KiWi
1907

W0021327

**Das Buch**

Die Schriftsteller Jules und Edmond de Goncourt teilen alles: das Haus, die Gedanken, die Arbeit, die Geliebte. Zu zweit gehen sie zu Treffen mit Flaubert, Zola und anderen Künstlern, ins Palais der Cousine des Kaisers, in Ausstellungen und zu Restaurantbesuchen mit Freunden und Bekannten. Anschließend lästern sie über alle, die sie getroffen haben, in einem geheimen Tagebuch, das sie gemeinsam führen. Berühmt-berüchtigt sind sie für ihren Blick, dem angeblich nichts entgeht, und ihre spitze Feder, die alles notiert. Bis Jules unheilbar erkrankt …

Zu ihrem Hausstand gehört die Haushälterin Rose, die unbemerkt von den Brüdern existenzielle Dramen durchlebt, sich hoffnungslos in den Falschen verliebt und von ihm schamlos ausgenutzt wird. Die ein Kind austrägt, ohne dass die Brüder es bemerken, es gebiert, liebt und später auch verliert; die Trinkerin wird und ihre Dienstherren hintergeht und bestiehlt, ohne dass diese es merken. Bis sie stirbt und den Brüdern ein Licht aufgeht.

Ein packendes Epochengemälde in Lebensläufen, die gegensätzlicher kaum sein können.

**Der Autor**

Alain Claude Sulzer, 1953 geboren, lebt als freier Schriftsteller in Basel, Berlin und im Elsass. Er hat zahlreiche Romane veröffentlicht, u. a. *Ein perfekter Kellner, Zur falschen Zeit, Aus den Fugen* und *Unhaltbare Zustände.* Seine Bücher sind in alle wichtigen Sprachen übersetzt. Für sein Werk erhielt er u. a. den Prix Médicis étranger, den Hermann-Hesse-Preis und den Kulturpreis der Stadt Basel.

Alain Claude Sulzer

# Doppelleben

*Roman*

Kiepenheuer
& Witsch

*Die Einbildungskraft ist die Königin des Wahren und das Mögliche eine ihrer Provinzen.*

Charles Baudelaire

*Das Publikum liebt unwahre Bücher: Dieser Roman ist ein wahrer Roman.*

Edmond und Jules de Goncourt

## *1 Blutiger Zwischenfall, Februar 1869*

Sie verließen ihr Haus kurz vor elf. Pélagie verabschiedete die beiden mit einem Nicken und stieß die Tür sachte hinter ihnen zu. Sie fiel leise ins Schloss. Die Magd hatte Übung im Huschen. Wann sie zurückkehren würden, wusste sie nicht.

Lärm war bedrohlich. Jeder Ton, jeder Laut, jedes Geräusch ließ Jules zusammenzucken, gleichgültig ob laut oder leise. Geräusche neigten sich vor und zurück. Gestern gehörte Geräusche ragten in den heutigen Tag hinein. Die Hunde in der Nachbarschaft brachten ihn auf. Spielende Kinder ertrug er nicht. Ihn störte das Rauschen der Bäume. Das Klappern von Fensterläden. Das Krächzen der Krähen. Quaken der Frösche. Nur die Stimme seines Bruders, den nichts aus der Ruhe brachte, übte eine besänftigende Wirkung auf ihn aus. Und Pélagie, sie war nie laut.

Prinzessin Mathilde erwartete sie zum traditionellen Mittwochsdejeuner in der Rue de Courcelles, wo sie residierte, doch sie hatten es nicht eilig. Sie würden am Quai de Passy, unweit ihres Hauses, eine Kutsche nehmen, auf eine Minute mehr oder weniger kam es nicht an. Die Cousine des Kaisers legte keinen ausgeprägten Wert auf Pünktlichkeit. Freundschaft, Talent und Originalität gewichtete sie höher als das pedantische Einhalten von Konventionen. Das erklärte vermutlich ihre Vorliebe für Künstler. Wenn Pünktlichkeit die Höflichkeit der Könige war, dann war die Signatur der Künstler Lässigkeit und Laisser-faire.

In gut gefütterte, dicke Wintermäntel gehüllt, kamen die beiden nur langsam gegen die eisigen Windstöße voran. In welche Worte ließen sich die flirrenden Peitschenhiebe der kurzen Böen fassen? Wie hieß der Wind? Wie hieß die Kälte? Viele Wendungen und Möglichkeiten erwogen sie in schneller Folge, tauschten sie aus und begutachteten sie, verglichen, verwarfen, wägten ab, die Wörter und Ausdrücke wurden gedreht, erweitert, verknappt und geprüft, die meisten erwiesen sich als unzulänglich. Edmond und Jules traten vorsichtig auf, denn wo der Boden feucht schien, befürchteten sie tückisches Glatteis. In der Sonne Getautes gefror leicht, wenn es wieder im Schatten lag.

Wer die beiden tuschelnden Männer beobachtete, die gestikulierend unterstrichen, was außer ihnen niemand hören konnte, mochte sie für genau das halten, was sie waren, Freunde oder Brüder, die einander stützten; Brüder, gewiss, vor allem aber Dichter! Erkunder! Wörtersucher! Sucher, Entdecker und hellwache Erkenner des sichersten Werts und Gewichts der freimütigsten, farbigsten, treffendsten, wahrsten Formulierung für jedes Ding, jede Regung, jeden Stoff, kurz jede Erscheinung der sicht- und nichtsichtbaren Welt. Nur selten genügte ein einziges Wort, Farben wurden auf der unsichtbaren Palette gemischt, bis der gewünschte Ton genau getroffen war. Nach zehn Minuten erreichten sie den Kutschenplatz, an dem vier Wagen warteten, sie hatten die Wahl.

Sie bestiegen die erste Kutsche, das gebot ihnen ihr Sinn für Gerechtigkeit gegenüber dem Kutscher, der am längsten wartete. Die zwei jungen, nervösen Pferde, die vor den Wagen gespannt waren, scharrten mit den Hufen und schüttelten ihre Mähnen, als sich die Brüder näherten. Schreckhaft machte Jules zwei Schritte zurück. Aus ihren Nüstern dampfte heißer Atem und verwehte in der kalten Luft.

Als sich der Kutscher vom Bock zu ihnen herunterbeugte, hätte ihnen die rote Nase des Mannes auffallen können, über deren Rücken sich ein Netz geschwollener blauer Äderchen bis zu den Wangen zog; sie schenkten der Nase keine Aufmerksamkeit, doch später erinnerten sie sich so gut daran, als stünde der Mann noch vor ihnen. Ein Tropfen hing standfest wie vereister Tau an deren Spitze, und Edmond wendete sich leicht angewidert ab. Später sagten sie: »Das hätten wir nicht tun sollen.« Der frierende Trinker – nachher wussten sie es besser –, dem sie nicht nah genug kamen, um zu riechen, wonach er roch, würde sie ihre fahrlässige Nachlässigkeit bald bereuen lassen. In jede Kutsche, aber nicht in diese, hätten sie einsteigen dürfen, aber hier stiegen sie ein und schlugen den Wagenschlag zu, und damit war das Schicksal besiegelt. Jules zuckte kurz zusammen und warf Edmond einen schwarzen Blick zu, der sich schnell lichtete, als Edmond ihm seine Linke beruhigend aufs Knie legte.

Der Kutscher, von dem sie nun nichts mehr außer den schmalen, hochgezogenen Schultern und ein paar Büscheln spärlichen Haars sahen, nahm die Zügel auf – so sahen sie nun auch seine geballten Fäuste – und ließ die Peitsche über den Rücken der Tiere knallen. Die Pferde, die nur darauf gewartet hatten loszuziehen, zogen an.

Sie waren kaum fünf Minuten gefahren, als die Kutsche seitlich mit einem entgegenkommenden Wagen zusammenstieß. Es geschah überraschend. Die Kollision war heftig.

Edmond und Jules wurden durch den Aufprall nach vorne geschleudert. Edmonds Kopf prallte gegen die Vorderscheibe. Das Glas zersprang. Jules, den seine fortwährende Nervosität schützte, hatte instinktiv die Hände vors Gesicht gehoben, und so geschah ihm nichts. Stets auf das Schlimmste gefasst, blieb er unversehrt. Edmonds Kopf steckte zwischen den Splittern wie zwischen gläsernen Gitterstäben. Sofort war sein Gesicht blutüberströmt. Die Halsschlagader schien aber nicht betroffen.

Als die Kutsche stand – da sie sich mit dem anderen Gefährt verhakt hatte, nützte alles Ziehen und Zerren der Pferde nichts, sie kamen nicht mehr voran –, versuchte Jules seinen Bruder aus der gefährlichen Umrahmung der Scherben zu befreien. Bei der geringsten Bewegung brachen Glasstücke ab.

»Ich kann nichts sehen!«, sagte Edmond, eher verwundert als erschrocken. Waren seine Augen verletzt? Beängstigende Vorstellungen befielen die beiden Junggesellen. Mochten die Splitter noch so winzig sein, jeder konnte Edmond das Augenlicht rauben, die kleinsten waren womöglich noch gefährlicher als die größeren.

Indem Edmond mit großer Vorsicht millimeterweise vorging, gelang es ihm schließlich, den Kopf aus dem Glas zu ziehen, doch mit jeder Bewegung drangen neue Splitter in seine zerkratzte Haut, die von groben und staubfeinen Glasteilchen glitzerte. Die Augen bedeckend, drehte er seinen Kopf zu Jules. Das Blut tropfte von seiner Stirn über die Nase und den Mund und versickerte in seinem dunklen Bart. Wie gefährlich die Verletzungen waren, konnte

Jules nicht erkennen. Dazu wäre das Wissen eines Mediziners nötig gewesen.

»Edmond, kannst du mich sehen?«, fragte Jules außer sich.

Edmond tastete mit geschlossenen Augen nach seinem Taschentuch und presste es sich aufs Gesicht. Innerhalb weniger Sekunden war es mit Blut getränkt.

»Ich sehe nichts.«

»Vorsichtig, vorsichtig«, flüsterte Jules.

»Ich kann nichts sehen.«

Jules wagte kaum, es auszusprechen: »Etwas Schlimmes?« Die Frage, ob Edmond blind sei, traute er sich nicht auszusprechen.

Als Jules den linken Wagenschlag aufstieß, bemerkte er die Blutspritzer auf der Scheibe. Langsam glitten sie das Glas hinab.

Er half Edmond, der seine Anweisungen gehorsam ausführte, aus dem Wagen.

»Einen Arzt!«

Die beiden Kutscher waren damit beschäftigt, sich gegenseitig anzubrüllen; der verletzte Fahrgast kümmerte sie nicht.

»Es gibt dort eine Apotheke«, sagte Jules und deutete den Boulevard hinunter, obwohl er wusste, dass sein Bruder nichts sehen konnte.

»Dahin, so schnell wie möglich! Sie werden dich dort untersuchen.«

»Du bist ja krank, du bist besoffen, du Ratte!«, rief der schuldlose Kutscher. »Rufen wir also die Polizei!«, schrie der andere.

»Je schneller wir dort sind, desto besser«, sagte Jules,

hakte seinen Bruder unter und führte ihn wie einen Blinden über die Straße, auf den Bürgersteig, in Richtung Apotheke, was um sie herum geschah, sah er nicht.

Edmond sah aus wie ein Maurer, der vom Dach gestürzt war. Doch er war nicht gestürzt, und er konnte noch gehen.

Mochte Edmond noch so viel Blut verlieren, sein Schritt war erstaunlich entschlossen.

Sie erreichten die Apotheke, und der junge Apotheker eilte auf sie zu, kaum hatten sie den Laden betreten. Jules vertraute ihm trotz seiner Jugend. Der Apotheker bat Edmond, sich zu setzen und das Taschentuch vom Gesicht zu nehmen, »ganz vorsichtig und ganz langsam«, was Edmond tat. Der Mann nahm einen kleinen Schwamm und reinigte Edmonds Gesicht vorsichtig und gründlich. Die Blutung wurde schwächer. Eingehend untersuchte der Apotheker die kleinen und größeren Schnitte und stellte fest, dass die Augen unverletzt waren. Lediglich die Lider waren betroffen, nicht aber die Augen, die Sicht war nicht beeinträchtigt. Schließlich sagte Edmond die erlösenden Worte: Ja, er sehe alles ganz klar, nur das Blut habe ihm vorübergehend die Sicht geraubt.

Als sie sich zum Telegraphen begaben, um eine Depesche an die Prinzessin zu senden, in der sie sich für heute entschuldigten, erinnerte sich Edmond, dass er kurz vor dem Aufprall eine merkwürdige Vorahnung des Unfalls gehabt hatte: Durch eine Art brüderlicher Übertragung hatte er nicht sich, sondern Jules in der Lage des Verunglückten gesehen, verletzt war nicht sein Auge, sondern das des Bruders.

Dass dieser Vorfall auch als Vorahnung auf die folgenden Monate gedeutet werden konnte, die ungleich schrecklicher sein würden als dieser Unfall, konnte er noch nicht wissen; erst lange nach Jules' Tod dachte Edmond wieder daran, als er in ihrem gemeinsamen Tagebuch las, was Jules über den Unfall geschrieben hatte.

Edmond und Jules kamen in den folgenden Tagen noch oft darauf zu sprechen.

»Wir hätten den Kutscher nicht ungeschoren davonkommen lassen dürfen. Wie dumm von uns, ohne Strafe wird er sich niemals bessern. Er gehört hinter Gitter.«

Sie hatten ihn nicht einmal nach seinem Namen gefragt. Doch was hätte ihnen der Name genützt, wenn es zum Äußersten gekommen wäre?

Die Wunden heilten. Ein leichter Bluterguss an der rechten Wange machte sich bemerkbar, der nach wenigen Tagen verschwand. Zum Glück hatten sie sich die Nummer der Droschke gemerkt.

## *2 Zwei ungleiche Gewichte, Oktober 1869*

Das Hundegebell war fürchterlich. Noch schlimmer aber waren die Kinder, fünf Nachbarskinder, die spielten und schrien und herumrannten, aber jetzt waren nur die Hunde zu hören. Dreiundachtzigtausend Francs hatten sie ausgegeben, um dieses Haus und damit ihre wohlverdiente Ruhe zu erwerben. Den Kauf hatten sie mit dem Erlös aus der Veräußerung ihrer Ländereien in Breuvanne und Fresnoy in der Haute Marne in der Nähe von Vittel getätigt. Doch von Ruhe konnte keine Rede sein. Die Kinder ihrer Nachbarn Courasse zur Linken taten alles, um den Frieden erst gar nicht aufkommen zu lassen. Und wenn nicht sie, dann störte das Pferd der Louveaus zur Rechten, das in eine Art großen Schrank gesperrt war, gegen dessen Wände es tagein, tagaus das Gewicht seines Körpers rammte. Es wurde nur selten ausgeführt, denn einen Kutscher besaßen die Eigentümer nicht. Also war es tagelang auf engstem Raum gefangen, harrte ungeduldig aus und versuchte sich zu befreien.

Jules stand mit nacktem Oberkörper am offenen Fenster der Mansarde des Hauses am Boulevard de Montmorency, das auf den Garten ging, und starrte geradeaus. Dreiundachtzigtausend Francs für keine Ruhe. Ein Witz, über den er nicht lachen konnte.

Auch heute Morgen atmete er die frische Luft ein und bewegte die seitlich ausgestreckten Arme auf und ab, vor und zurück. Es war seine Gymnastikstunde. Die Hunde bellten. Das Pferd war ruhig. Die Hanteln lagen auf dem Boden seines Zimmers neben dem Bett, in dem er unruhig – von Alpträumen geplagt – geschlafen hatte. Kindheitsträume und unanständige Fantasien suchten ihn heim wie eh und je. Und da war noch etwas, was ihn beunruhigte.

Das war ihr Heim, das Haus der Brüder Goncourt, die überzeugt waren, ihr Name würde sie überleben. Jules' Zimmer war schlicht. Er schlief ganz oben. Er hatte es so gewollt. Der Fußboden bestand aus einfachen Tannenriemen.

Seit zehn Jahren erst gehörte das einst ländliche Auteuil zu Paris, nun wurde überall gebaut, von allen Seiten schlug einem der Lärm der Handwerker und Transporteure entgegen. Auch Vogelgezwitscher war zu hören, und die Hunde und das Geschrei der Kinder und das Pferd und die Katzen. Jules drehte sich um, bückte sich, griff nach den Hanteln und hob sie langsam, mit Leichtigkeit hoch. Er hatte Übung. Es schien ihm jedoch, als sei die Hantel in seiner Linken schwerer als die in seiner Rechten, obwohl beide denselben Umfang hatten, sie schienen identisch, waren es aber nicht, er hätte schwören können, die eine sei leicht, die andere schwer.

Dann wieder glaubte er, es sei genau umgekehrt. Welche Hantel war schwerer, die linke oder die rechte? Er schwankte. Er stemmte die Hanteln über die Schulter, über den Kopf hinaus. Die Nachbarshunde, die er nie zu Gesicht bekam, bellten. Mit diesem Gewicht könnte man leicht einen großen Köter erschlagen.

Die Muskeln spannten unter der blassen Haut seiner fein geäderten schmalen Oberarme, das Geräusch der Bauarbeiter war verstummt, er hörte das Lärmen der Vögel. Das waren Spatzen. Er besaß nicht die Fähigkeit, das Gezwitscher der einzelnen Vogelarten einzuordnen – er empfand es als eine mal gesellige, mal streitlustige Unterhaltung, der er nie lange folgen mochte –, aber immerhin erkannte er morgens, vor allem aber abends den freudigen Gesang der Amseln, die sich immer am selben Ort niederließen, auf dem einen Baumwipfel oder anderen Giebel, den sie sich eines Tages erkoren hatten, und er fragte sich manchmal, ob sie morgens nicht in einer anderen Tonart pfiffen als in der Dämmerung, doch von Musik verstand er so wenig wie sein Bruder. Das aufgeregte Gezwitscher der Spatzen wurde durch das sichelnde Sirren der Mauersegler abgelöst, die durch die Luft pfeilten.

Eine gesunde Physis sollte dem Geist ermöglichen, über seine begrenzten Fähigkeiten hinauszuwachsen. Deshalb die Hanteln. Doch war Vorsicht geboten, denn es gab keine Garantie für geistige Gesundheit, eher musste man stets mit dem Schlimmsten rechnen, mit Krankheit und Tod.

Wer sich schöpferisch verausgabte, setzte sich der Gefahr der Überbeanspruchung aus, ließ sich von innen auffressen und zerfiel allmählich, bis vom Intellekt nichts übrig blieb als angestrengter Unsinn. Intellekt verlangte Unterscheidungs- und Einschätzungsvermögen, Distinktion und Abstraktion. Intellekt hieß, eine Meise von einer Schwalbe, das Lamento eines Kastraten vom Gesang eines Tenors, einen Mann von einer Frau, das Meer von der Wüste, ein Sandkorn von einem Samenkorn, die Blume vom Dorn, Schnee von Hagel und Hagel von Schnee und das Gute vom Schlechten unterscheiden zu können.

So wie sexuelle Ausschweifung oft übel endete, forderte auch geistige Plackerei ihren Tribut, niemand wusste das besser als Jules und Edmond. Die Flamme des Fiebers zehrte an einem, und man verbrannte. Überfeinerung konnte Schönheit und Reife, aber auch langes Siechtum oder frühen Tod bedeuten, auch geistige Umnachtung, Verlorenheit in tiefster Finsternis, überall schoben Nachtmahre aufmerksam Wache.

Allmählich erlahmten Jules' Arme, und er schnappte nach Luft.

Jedes schöpferische Talent war gefährdet, das Genie lebte stets auf Messers Schneide. Während außen das Feuer loderte, schmolz innen das Eis. Ein verantwortungsvoller Arzt riet dem Patienten, seinem Körper Bewegung und Luft zu verschaffen. Auch wenn noch keine endgültige Einigkeit über die Frage des medizinischen Nutzens regelmäßiger Gymnastik bestand, schien es zumindest so, als sei kein dauerhafter Schaden zu erwarten. Manche waren der Überzeugung, dass noch viel mehr Zeit auf die körperliche Ertüchtigung verwendet werden sollte. Waren nicht die Griechen das beste Beispiel für einen gesunden Geist in einem starken Körper? Doch wie viele Stunden des Tages? Gewiss würde stets mehr Zeit dem Geist als dem Körper vorbehalten bleiben. Etwas anderes war nicht wünschenswert.

Nicht wenige hielten jedoch solche Betätigungen für schädlichen Unfug. Einen Rücken krümmt man, um in die Schuhe zu schlüpfen, eine Hand bewegt man, um eine Gabel oder ein Glas zum Mund zu führen und um sich die Augen zu reiben, und einen Arm biegt man, um einen Hut aufzusetzen oder um eine Frau zu umarmen. Bewegungen führte man in einer bestimmten praktischen Absicht aus, wenngleich zumeist ohne Bewusstsein dafür, dass man es tat; man tat es mechanisch, ohne Absicht. Jules aber fand, und hatte es auch seinem Bruder gegenüber geäußert, dass der einzig richtige Maßstab das Übermaß sei. Der Exzess, die Maßlosigkeit. Das tödliche Fieber. Balzac hatte es zehn Jahre zu früh geholt, andere wie Victor Hugo holte es zehn Jahre zu spät.

Jules spürte, wie das Stemmen der Hanteln ihn von den lästigen Gedanken befreite. Je stärker der körperliche Schmerz, desto leichter wurde der Geist. Der Geist löste sich aus dem Körper, wenn er ihn zum Äußersten zwang. Vor – zurück – auf – ab. Der Geist verflüchtigte sich unter der Last der Hantel. Die Bewegung der angespannten Arme befreite die Ideen mehr als die Fortbewegung in der Kutsche, die zwar dem schweifenden Auge entgegenkam, die Arbeit der Gedanken aber nicht unterbrach, weil sie dem Körper nichts abverlangte. Hin und wieder musste man die Ketten sprengen. Die Eigenbewegung im Zimmer vor dem offenen Fenster löste die Bande, lockerte die Stricke. Im Rücken die Büchervitrinen, die Kultur des Abendlands, des Morgenlands, des Fernen Ostens, Japans, Chinas, ihrer Leidenschaften, die in den Augenblicken des Hantelhebens und Innehaltens wie ein versenkbares Bühnenbildmodell mit dem Horizont eins wurden. Ach, Hokusai!

Je schwerer die Hantel, desto schwereloser der Geist. Eine feste Mauer wurde gegen ihn errichtet. Der Geist wurde leicht wie eine Montgolfiere und ziellos wie eine taumelnde Hummel.

Am hilfreichsten war es, wie ein Handwerker zu schwitzen. Jules schwitzte jedoch nicht leicht. Obwohl er ein Unterhemd trug, blieb die Haut unter dem Hemd trocken wie Pergament. Schwitzen kannte er nur vom Land, von den heißen Sommern, dunstigen Nächten und weit zurückliegenden Wanderungen seiner Jugend in den Süden.

Kniebeugen förderten die Durchblutung, so dass sich die Schleusen der Inspiration öffnen und der Geist sich erheben konnte. Dehnungen brachen die erstarrten Räume auf, öffneten verschlossene Truhen und verflüssigten die stockende Tinte. Noch fehlten die großen Männer, die die Wirkung der Turnkunst in angemessene Worte zu fassen und bei Gymnopaedien vorzutragen verstanden, wie einst die Griechen es taten. Die Zeit war reif für den athletischen Reim und das sportliche Drama.

Das Turnen wurde inzwischen, wie er gelesen hatte, auch an französischen Schulen unterrichtet. Nach schwedischer oder preußischer Manier, je nachdem, welcher Nation und Methode man den Vorzug gab.

Edmond verstand Jules' Hingabe an die Körperkultur ganz und gar nicht. Er lehnte die Überzeugungen seines Bruders entschieden ab. Sie zu verbreiten und danach zu leben war Unfug. Doch Jules war gegen das Maßhalten, nicht nur in Fragen des Ausdrucks, der Form und des Stils. Er war kein Handwerker, er war Schriftsteller. Maßhalten war etwas für Feiglinge. Beschränkung war Einschränkung und erzeugte nur Durchschnitt. Er musste den Bogen überspannen, auch die Erziehung seines Körpers.

Edmond hingegen würde selbst unter Androhung der härtesten Strafe keine Hantel in die Hand nehmen und sie auch in Zukunft tunlichst ignorieren, wenn er, während Jules seine Morgengymnastik betrieb, dessen Zimmer unter dem Dach betrat, was allerdings selten vorkam, da Edmonds Schlafzimmer ein Stockwerk tiefer lag, ebenso ihr gemeinsames Arbeitszimmer.

Doch Edmond konnte Jules hören, er hörte seine Schritte auf den Dielen. Er hatte sich angewöhnt, auf jeden seiner Schritte zu achten. Er wollte ihn schützen. Er musste ihn behüten.

Anders, als viele glaubten – selbst viele ihrer engeren Freunde waren davon überzeugt –, schliefen sie, außer im Hotel, nicht im gleichen Zimmer, nicht im gleichen Bett, nicht unter der gleichen Decke, auch wenn sie zugegebenermaßen in allem sonst wie ein altes Ehepaar lebten, nur dass es zwischen ihnen nie, niemals zum Streit kam. Ob es stimmte, dass sie sich eine Frau teilten, die ihre Bedürfnisse besser kannte als sie selbst, wusste niemand außer ihnen selbst – ja, es stimmte, Maria, die Hebamme, die Unabhängige, die Vertraute, gehörte zeitweise beiden, auch wenn es Jules war, der sie liebte, während Edmond ihr lediglich den Vorzug vor anderen gab.

Was an körperlicher Arbeit anfiel – als solche Tätigkeit betrachtete Edmond Jules' Hantieren mit Hanteln –, verrichteten üblicherweise die Hausangestellten, und in diesem Augenblick dachte Jules unwillkürlich an Rose, ihre törichte Magd, die nicht mehr lebte. Rose, die Anfang 1868 durch Pélagie Denis ersetzt worden war, geisterte ständig durch Jules' Gedanken, mal ferner, mal näher. Das letzte Recht der Toten bestand darin, dass sie die Lebenden störten. Rose machte des Öfteren Gebrauch davon.

Nachdenklich starrte Jules auf seine nackten Füße. Die Zehen wölben sich leicht nach oben. Sie schienen sich von selbst zu bewegen. Aus der Ferne ertönte ein wuchtiges Hämmern. Dann die Hunde. Alle Vögel waren verstummt, selbst die vorlauten Spatzen.

Wenn auch die Stärke der neuen Lehrer – genau wie bei dem griechischen Athleten Milon – mehr im Bizeps als im Cerebrum lagen, hieß das noch lange nicht, dass sie die Jugend nichts lehrten, was dieser später von Nutzen sein würde. Dem Mann gebührte der Lohn der Ehre. Er hatte sich um die Polis verdient gemacht. Solche Männer!

Milons späte Adepten hatten dem Jahrhundert des technischen Fortschritts den Gedanken des edlen Wettstreits zurückgebracht, dazu war vielleicht nicht übermäßig viel Hirnmasse nötig, aber ohne Muskeln, wie man sie im Musée du Louvre an den antiken Steinkörpern griechischer und römischer Athleten studieren und bewundern konnte, hätte er nicht stattgefunden.

Natürlich durfte man nicht wahllos und ohne Anleitung vorgehen. Ohne Führung durch einen erfahrenen Athleten, wie ihn Jules in Monsieur Tourin gefunden hatte, der ihm die Geheimnisse der Leibesertüchtigung enthüllte, lief man Gefahr, den Körper Anstrengungen auszusetzen, denen er auf Dauer nicht gewachsen war; nicht wiedergutzumachende Schäden und Verbiegungen drohten dem unbedachten Kontorsionisten. Manche behaupteten sogar, dass Gymnastik diesen Namen nur verdiene, wenn sie in Gesellschaft anderer Männer ausgeführt werde; der einsame Turner ähnele dem Virtuosen am Klavier, der keine Rücksicht auf andere Musiker nehmen müsse, weshalb er nicht selten dem Wahnsinn oder frühzeitigen Tod anheimfalle. Das schien Jules aber eine viel zu drastische Betrachtungsweise. Sport, der zur Gemeinschaft ausartete, war ihm ein Gräuel und lediglich eine weitere Unart der modernen Zeit.

Von Turnvater Jahn, der eher einem polnischen Rabbiner als einem olympischen Diskurswerfer glich, hatten die Brüder gehört, als sie vor einigen Jahren Deutschland besuchten. Gesehen hatten sie ihn natürlich nicht, denn er war, wie sie erfuhren, bereits etliche Jahre zuvor in der Nähe von Erfurt gestorben; ein durch und durch vorbildlicher Vertreter seiner Rasse, politisch, athletisch, umstürzlerisch und antisemitisch. Stark und mächtig in jeder Hinsicht. Ein Mann mit einem Bart wie ein Prophet; sie sahen ihn auf einem Kupferstich. Jules fiel es nicht schwer, sich Jahn, trotz der gravitätischen Erscheinung, an Reck und Barren vorzustellen.

Es war besser, zu Hause zu turnen, wenn man sich unbeobachtet wusste. Wer öffentlich turnte, setzte sich leicht dem Gespött Fremder aus, insbesondere wenn diese nicht anders konnten, als sich die schlackernden Hoden und das schwingende Gemächte vor Augen zu führen.

Doch auch wer täglich seine Gelenke und Knochen bewegte, die Muskeln spielen ließ und den Brustkorb weitete, musste geistig maßhalten. Leibesübungen ersetzten nicht die Zügelung des Geistes, sie unterstützten sie höchstens.

Als sich bei Jules erste Erschöpfungszustände bemerkbar machten und bald verstärkten, begann er sich mit seinem Körper zu beschäftigen, als müsste er sich um ein bislang vernachlässigtes Familienmitglied kümmern. Ohne es auszusprechen, wusste er mehr, als er wissen wollte, es fiel ihm schwer, weniger zu denken, als er ahnte. Es war, als schwimme er in einem milchigen See, in den ein Blutstropfen gefallen war, der groß und größer wurde. Eintrübung der Wahrnehmung. Luft. Er brauchte Luft und Bewegung, Blut und Wasser. Er hatte die Brust von der beengenden Bekleidung befreit. Hoffnungsvoll setzte er sich am offenen Fenster der Morgenluft aus, in der schon der Geruch nach herbstlichem Laub und Rauch lag, denn man hatte begonnen, die Kamine und Öfen zu heizen, er taumelte, und etwas riss an ihm wie eine fremde Gewalt, ein böses höheres grausames Wesen, das alles, was der geheimen Ordnung unterworfen war, in Unordnung brachte.

*Ich träumte, in einem engen Raum zu sein, hoch wie ein Turm, ich war an den Füßen gefesselt, ließ den Kopf hängen, war nackt unter einer Glasglocke, und über meinen Körper ergoss sich ein Haufen kleiner grünlicher Funken, die meine Haut umhüllten und auf ihr ein Gefühl der Erfrischung hinterließen, als würde ein Hauch Kölnisch Wasser über meine Schläfe gesprüht. Dann wurde ich von weit oben hinabgeworfen und empfand dabei einen keineswegs schmerzhaften, sondern köstlichen Hochgenuss von Bangigkeit: Mir war, als müsste ich freimaurerische Prüfungen bestehen, die mir jedoch keine Angst einflößten; die Überraschung, der ich teilhaftig wurde, war so atemberaubend wie unvorhergesehen. Das Entzücken, das ich empfand, erinnerte mich an das Gefühl, das man empfindet, wenn man einer Gefahr entronnen ist; ein Schauder ängstlichen Wohlbehagens durchzuckte meinen Körper.*

Jules stand da, als verlöre er nächstens das Gleichgewicht, ganz krumm, etwas stimmte nicht. Etwas stimmte nicht mit der Hantel in seiner rechten Hand, sie war schwerer als die linke und wurde immer schwerer, er keuchte und fragte sich, wie es wäre, unter Gymnosophisten zu leben, jenen indischen Asketen, die keine Bedenken hatten, in der Öffentlichkeit nackt zu wandeln, und sich selbst vor Alexander dem Großen ihrer Blöße nicht schämten; auch vor Frauen zeigten sie sich unverhüllt, sie waren frei, auch frei von körperlichem Verlangen. Nackt zu sein war ihre Art, den Göttern nahe zu sein. Jules schwitzte etwas unter den Achseln, weil er sich verausgabte, der Körper blieb trocken.

Heute Abend würden sie Froschschenkel essen und vielleicht über den Unfall sprechen. Noch stand das Frühstück bevor. Sie würden Pélagie beauftragen, Froschschenkel zu kaufen und in Butter, Petersilie und Knoblauch zu dünsten, wie sie sie schon als Kinder mit Heißhunger verschlungen hatten. Gleich würde er die Hantel fallen lassen, weil sie zu schwer war, weil sie ihn hinabzog, er würde stürzen. Sie hatten die Idee schnell fallen gelassen, das neue Mädchen Rose zu nennen, sie hieß Pélagie. Im Gegensatz zu Rose war sie eine gute Köchin. Rose war eine furchtbare Köchin gewesen. Sie hatte die unglaublichsten Zutaten gemischt und dadurch so gut wie ungenießbare Resultate erzielt, doch sie hatten meist klaglos gegessen, was sie ihnen mit einer Miene serviert hatte, als sei sie Vatel persönlich. Jules brach in lautes Gelächter aus. Es übertönte alles.

Edmond fuhr zusammen, als er das Poltern hörte. Es handelte sich um zwei in kurzem Abstand aufeinanderfolgende dumpfe Geräusche von oben. Entweder waren seinem Bruder beide Hanteln entglitten oder er war gestürzt oder beides oder etwas Drittes war geschehen, wovon er noch keine Vorstellung hatte. Er musste nachsehen.

Es genügte, Jules von weitem zu hören, um Edmond in Alarmbereitschaft zu versetzen. Es genügten eine Bewegung, ein Geräusch, ein Laut, es gab keinen Moment mehr, in dem er nicht aufmerksam lauschte, was sich im Haus tat.

Er machte sich unverzüglich auf den Weg nach oben, denn es gelang ihm schon lange nicht mehr, die ungeahnten Gefahren, denen Jules ausgesetzt war, aus seinen Gedanken zu verbannen. Er musste ihn beschützen. Er liebte ihn mehr als alles auf der Welt. Nichts wäre schlimmer und einschneidender gewesen, als ihn zu verlieren.

Er rief nach Pélagie, die ihm helfen würde, sollte es nötig sein. Er rief zwei Mal nach ihr, dann stand sie unter der Tür. Auch sie war hellhörig, was Jules betraf.

Sie eilte ihm voraus hinauf zu Monsieur Jules' Zimmer. Sie hatte keinerlei Ähnlichkeit mit ihrer Vorgängerin Rose, die sie nicht gekannt hatte.

Ein Bild von Rose gab es nicht. Niemand hatte Rose je porträtiert, gar fotografiert. Wenn ihr Gesicht irgendwo lebte, dann in der Erinnerung der anderen: ein Gesicht, als hätte jemand eine Zeichnung zerknüllt und dann hastig wieder glattgestrichen. Doch die Linien blieben verwischt und abgehärmt.

Jules war nur unglücklich gestürzt, es war nichts weiter geschehen, als dass er zwei Hanteln unterschiedlichen Gewichts gestemmt hatte, falsche Handhabung.

»Die Hunde«, er machte Edmond auf die Hunde aufmerksam, die bellten. Sonst war es ruhig. Kein Kindergeschrei. Kein Vogelgezwitscher. Eine grelle Sichel, die durch die Stille einen Riss in den Himmel schnitt.

Edmond schickte Pélagie aus dem Zimmer, ihre Hilfe war nicht erforderlich, Jules war unverletzt. Seit Roses Entlarvung war Edmond auf der Hut vor unberechenbarem Personal, auch wenn Pélagie nie Anlass zu erhöhter Vorsicht geboten hatte. Aber was hieß das schon?

Als habe er Jules' unausgesprochenen Wunsch erraten, rief Edmond ihr ins Treppenhaus nach, sie möge Froschschenkel besorgen, abends wünschten sie welche zu essen, nach dem Rezept ihrer Mutter zubereitet, wie immer.

Er wandte sich zu seinem Bruder um: »Wir gehen heute besser nicht aus.«

Jules nickte gefügig, als kleiner Bruder, der sich in der sicheren Obhut des Älteren wusste. Ein weiterer ruhiger Tag stand bevor, keine Gesellschaft, kein Theater, keine Freunde, Tagebuch führen, am Buch über ihren verstorbenen Freund Gavarni, den Maler, Aquarellisten und Lithographen, schreiben, Erinnerungen heraufbeschwören und festhalten, Lesen, Studieren und Schreiben, sofern die Hunde sie in Ruhe ließen, die Hunde, diese Plage der Menschheit. Wie oft hatte Edmond sich lebhaft ausgemalt, sie zu vergiften, eigenhändig zu erwürgen oder ihnen die Kehlen durchzuschneiden, damit das Gebell endlich aufhörte. Er horchte. Er hörte nicht den geringsten Laut.

Pélagie, die weder schreiben noch lesen konnte, kannte das Rezept auswendig, da Edmond es ihr bereits wenige Tage nach ihrer Anstellung langsam, fast feierlich vorgetragen hatte, damit sie es sich für immer – oder zumindest für die Zeit ihrer Anstellung bei den Goncourts – einprägte. Sie hatte eine schnelle Auffassungsgabe, was für die Herrschaft nicht nur von Vorteil war, doch besser als Trägheit und Begriffsstutzigkeit. Unerwünschtes Wissen war nie ganz zu vermeiden und völlige Loyalität ein frommer Wunsch, der selten in Erfüllung ging. Er mochte sich nicht ausmalen, was Rose, ihre verstorbene Magd, bei wem herumgetratscht hatte. Noch weniger mochte er darüber nachdenken, wie bedenkenlos sie ihrer Aufrichtigkeit vertraut hatten, als sie sich in ihrer Wohnung an der Rue Saint-Georges verhielten, als wären sie unbeobachtet, nur sie, Edmond und Jules. So trauten sie sich heute in ihrem Haus in Auteuil nicht mehr zu bewegen, obwohl es keinen Grund gab, an Pélagies Ehrlichkeit zu zweifeln.

Doch hatte es auch keinen Grund gegeben, Rose zu misstrauen.

Er konnte nicht wissen, dass Jules wenige Minuten zuvor das gleiche – unausgesprochene – Verlangen nach Froschschenkeln verspürt hatte; gewundert hätte er sich aber nicht darüber, da ihre Gedanken sich ständig überschnitten, was beiden bewusst und schon oft Gegenstand ihres nie abreißenden Gesprächs gewesen war, das einem endlosen, sich dahinschlängelnden Bach glich, der nirgends entsprang und nirgendwo endete. Dass Jules keinen Einspruch erhob, hieß nichts anderes, als dass auch ihm nach Froschschenkeln war. Darüber mussten sie sich nicht austauschen.

Doch in letzter Zeit riss der Faden zwischen ihnen immer öfter.

Edmond half Jules auf die Beine.

Die Sorge um seinen kleinen Bruder war größer als der Ärger über die Ursache des Missgeschicks; Edmond unterließ es also, seiner Abneigung gegen die Turnerei und insbesondere gegen die Hanteln allzu deutlichen Ausdruck zu verleihen. Statt zu räsonieren, schwieg er einfach. Schwieg und zog seinen Bruder hoch, der leicht war wie ein Hühnchen. Er liebte seinen Bruder viel zu sehr, um ihm Vorwürfe zu machen. Einen Augenblick sah es so aus, als sinke Jules ihm in die Arme, aber dann straffte sich sein Oberkörper, er drückte die Knie durch und stand gerade, nur etwas schwankend. Beinahe noch ein Knabe, fast schon ein Mann, hatte man Jules in den Herbergen für ein Mädchen gehalten, das sich als Junge verkleidet hatte, um mit dem Geliebten zu fliehen, als sie damals durch halb Frankreich – ein ihnen weithin noch unbekanntes Land – über Marseille in Richtung Algier reisten, ERINNERST DU DICH?

Trotz des Sturzes war Jules darum bemüht, so zu tun, als wäre nichts geschehen. Er sagte: »Nur ein kleines Missgeschick, eine Unpässlichkeit – zu viel frische Luft sicher.« Edmond tat, als höre er das, was diesen Sätzen fehlte, nicht. DU BIST KRANK. DU BIST KRANK.

Obwohl das Fenster offen stand, hing der ungewohnte Geruch nach körperlicher Anstrengung in der Luft. Jules hatte geschwitzt. Edmond schloss das Fenster, es war schließlich Herbst und schon kühl.

Seine Geschäftigkeit täuschte darüber hinweg, dass er sich darum bemühte, die zwei ungleichen Gewichte zu ignorieren, die Jules gestemmt hatte und die nun weit voneinander entfernt auf dem Boden lagen. Dass das eine Gewicht leichter war als das andere, war mit bloßem Auge nicht zu erkennen. Jules erwähnte den unsichtbaren Unterschied nicht. Welches Gewicht ihm zuerst aus der Hand gefallen war, wusste er nicht mehr, alles war wie in seiner Abwesenheit geschehen.

Edmond hielt seinen Bruder leise, aber nachdrücklich

an, sich anzukleiden, und tupfte mit einem Taschentuch angetrockneten Speichel aus seinen Mundwinkeln. Jules trug keinen Rock, kein Hemd, er war im Unterhemd. Sie hatten noch nicht gefrühstückt. Sie frühstückten sonst immer gemeinsam. Es war Zeit. Jules keine Vorwürfe zu machen, fiel Edmond nicht schwerer, als den Speichel aus seinem Gesicht zu entfernen. Es war, als sorgte er sich um den besten Teil seiner selbst. Es gab keine Unstimmigkeiten zwischen ihnen, die gab es nie. Es war, als hätten sie ein Herz, eine Seele, einen Verstand, eine Hand, selbst der Augenblick sexuellen Verlangens übermannte nicht selten beide zur gleichen Zeit, als wären sie ein einziges Wesen.

»Ich will nicht, dass du dich erkältest. Du zitterst ja«, sagte Edmond. »Dir ist kalt, nicht wahr?«

»Mir ist nicht –, ich – nur«, stammelte Jules und verzog den Mund zu einem Lächeln; er wusste ja, dass sein Bruder recht hatte.

Die kurzen senkrechten Linien der Mundwinkel, sein angedeutetes Lächeln, waren eine letzte Erinnerung an die entschwundene Jugend. Der Rest seines Gesichts, dessen Unverwechselbarkeit sich aufzulösen begann, sprach eine andere Sprache.

Das einst blonde Haar war fahl und schütter geworden, die entspannte Haut aufgedunsen und blass. Daran würde keine Gymnastik der Welt mehr etwas ändern. Überhaupt würde sie nichts ändern.

Jules war ein sehr hübscher Junge gewesen, kein Wunder, dass alle ihn liebten und viele ihm nahe sein wollten, Frauen, auch Männer. Doch näher als Edmond war ihm niemand je gekommen, keine Frau und kein Mann, nicht einmal Kokolis, das Krallenäffchen, dessen Tod ihn tiefer getroffen hatte als der Verlust der Mutter. Edmond liebte seinen Bruder mehr als eine Geliebte, mehr als eine Ehefrau, mehr als sich selbst. Stets hatte Edmond Eigenschaften in ihm gesehen, die den anderen noch verborgen waren, das Glühen seines Talents für viele Künste; insbesondere die Malerei, der er zunächst den Vorzug gegeben hatte und in der er zweifellos ein ebensolcher Meister hätte werden können wie als Schriftsteller, hatte ihn stets angezogen und bezaubert.

Jules hing am Leben, aber das Leben hing nicht an Jules. Edmond versuchte seine Gedanken auf etwas zu lenken, was so weit entfernt war, dass es sich mit keiner Faser an Jules klammern konnte. Es sollte alles wieder gut werden. Warum sollte Jules nicht über ungeahnte Kräfte verfügen? Früh schon hatte etwas in ihm geschlummert, das nur geweckt werden musste; erst die Kunst, dann die Literatur. Die Literatur war sein Opfer, und er war das Opfer der Literatur, der Satz war die Hingabe, die Suche nach dem richtigen Wort eine Entdeckungsreise in Richtung eines unbekannten Kontinents. Jules war nicht nur jünger als er, sondern auch zarter, zugleich aber war er mit einem außerordentlichen, nicht niederzuringenden Willen ausgestattet, der sich so gut unter der sanften Oberfläche verbarg, dass Fremde nichts anderes als diese zu sehen vermochten; eine Hülle.

Edmond war sich darüber im Klaren, dass der Gedanke an das drohende Ende seines Bruders wiederkehren würde, bis das Leben von Jules abgefallen war wie ein totes Blatt von einem herbstlichen Baum. Verdorrtes Laub ergrünte nicht. Auch Jules würde fallen. Blätter verfaulten und lösten sich zu nichts auf oder zerbröselten wie trockener Tabak unter den Sohlen der Passanten, unter den Pferdehufen oder Wagenrädern, die darüber hinwegrollten. Er unterdrückte seine Tränen nicht. Jules würde sie nicht bemerken, geschweige denn kommentieren.

»Hast du nicht Hunger? Willst du nicht frühstücken?«

Jules wollte wissen, wie spät es sei. Edmond fingerte seine Taschenuhr aus der Westentasche und klappte sie auf.

»Es ist halb acht.«

»Ist deine Uhr nicht stehengeblieben, Edmond?«, fragte Jules und blickte auf Edmonds Uhr, deren Zifferblatt er unmöglich sehen konnte, aber sein Gespür schien sich noch verfeinert zu haben.

Edmonds Uhr war kurz zuvor stehengeblieben.

»Du hast recht. Sie steht.«

Sie horchten beide auf, als die Uhren im ganzen Haus zu schlagen begannen, erst die Standuhr im Wohnzimmer, dann die Uhr im ersten Stock, zuletzt die Pendule in Jules' Zimmer, von oben und unten, aus allen Ecken und Winkeln ertönte das feine Gezirpe und kehlige Brummen, das von Pélagie am Laufen gehalten wurde.

Dann fielen die unsichtbaren Nachbarshunde mit ihrem Gekläff wie eine hungrige Meute über das Gewirke und Geläute her, bis sie alles übertönt hatten.

Edmond wendete sich zum Gehen. »Komm bald, ich warte auf dich.«

Er wollte nicht sehen, wie Jules sich beide Hände an die Ohren hielt, nicht flach, wie man es erwarten sollte, sondern mit geballten Fäusten und schmerzverzerrtem Gesicht.

## *3 Botin des kommenden Unheils*

Sie aßen abends – es war bereits dunkel – die saftigen Schenkelchen mit spitzen, vom Fett glänzenden Fingern.

»Haben wir uns je gefragt, was wir hier essen?«, scherzte Edmond.

Jules lachte folgsam: »Glans penis.«

Edmond gehörte nicht zu denen, die deshalb erröteten. Pélagie war nicht im Raum. Tatsächlich war es ihre Freundin Maria, die Hebamme, gewesen, die eines Nachts bemerkte, Jules' Eichel habe die Konsistenz von Froschschenkelfleisch. Zwischen ihren Lippen, in ihrem Mund.

Mit Lippen, Zungen, Gaumen und Zähnen erspürten sie die Knöchelchen und trennten sie akkurat vom samtig glatten Fleisch. Sie saugten daran, bevor sie die blank gegessenen Knochen an den Rand ihrer Teller legten. Darin waren sie Meister. Schon als Kinder hatte man ihnen, kaum waren ihnen die Milchzähne gewachsen, Froschschenkel à la meunière vorgesetzt, nach dem von Generation zu Generation weitergereichten Rezept einer Urahnin väterlicherseits; manche Dinge änderten sich nie und durften sich nicht ändern, auch wenn der Rest der Welt sich immer neu drapierte. Nichts musste sich deshalb an der vollkommenen Zubereitung von Froschschenkeln ändern. Die zarte Schärfe und zurückhaltende Säure und hintergründige Bitterkeit von Zitrone, Knoblauch, Schalotte und Petersilie gaben dem Gericht Farbe und

Geschmack, ohne diese Beigaben war das Froschfleisch belanglos.

Neben jedem Gedeck standen silberne Schälchen (achtzehntes Jahrhundert) mit lauwarmem Wasser und Zitronenscheiben, in die Jules und Edmond, oft gleichzeitig, kurz ihre Fingerspitzen tauchten, um sie dann an den Servietten abzutrocknen, die sie zur Schonung ihrer Hemden umgebunden hatten. Für jeden ein gutes Dutzend Froschschenkel auf einem Teller mit Goldrand. Pélagie hatte Pierre, den Hausburschen, damit beauftragt, dreißig Stück zu besorgen. Als wäre alles normal.

Man sollte von diesen Portionen nicht satt, sondern hungrig werden. Sie kitzelten den Magen und regten den Appetit an, wie die Spießer zu sagen pflegten. Dazu gab es knusprig geröstetes Brot. Es war Spätherbst. Sie liebten den Herbst.

Danach trug Pélagie ein Ragoût à la marinière in Pastetchen auf. Als sie Kinder waren, hatten die heißen luftigen, im Nu zerbröselnden Blätterteiggebilde in ihrer Fantasie Festungstürme dargestellt, in denen sich die Feinde der Monarchie verschanzt hatten und denen man mit Messer und Gabel auf den Leib rückte, bis nichts von ihnen übrig blieb als Saucenkleckse und aufgeweichter Teig. Muscheln und Krevetten quollen in der mit Eigelb gebundenen Sauce über den Rand der knusprigen Pastetchen. Es roch nach Meer. Pélagies Kochkünste übertrafen Roses Versuche, ihrer Küche einen Anflug von Verwegenheit zu verleihen, bei weitem. Rose war so gut wie immer gescheitert, ihre Kreationen waren Triumphe des Missglückens gewesen. Sie aber hatte stets den befriedigten und freudigen Eindruck vermittelt, ihr sei Köstliches gelungen.

Jules lächelte zufrieden, und Edmond erfreute sich beim Anblick seines Lächelns, es tat gut.

»Ich dachte eben an Rose. Du auch?«, sagte Edmond gut gelaunt.

Sie aßen. Es schmeckte vorzüglich.

Froschschenkel und Ragout reihten sich zu einer Suite im italienischen Stil, bemerkte Jules, wobei er das »L« verschluckte. Er sagte Sti statt Stil. Edmond blickte auf. Das L? Das L? Der Gedanke jedenfalls war ungewöhnlich.

»Froschschenke und Rag reihen sich zu einer Suite im itaienischen Sti – «, wiederholte Jules, diesmal fehlten drei L. Und hatte er nicht Sui – gesagt?

Edmond versuchte, das Fehlen zu überhören, aber wie sollte das gelingen? Es war keine Nachlässigkeit, es war ein Hinweis auf etwas Schreckliches, ein Zeichen.

Manche hielten sie für Zwillinge, auch wenn Edmond unverkennbar älter war als Jules. Unterbrach sich der eine mitten im Satz, um zu überlegen, nahm der andere den Faden auf, als wären sie einer. Sie waren ja eins.

Als Jules die Gabel mit Muschelfleisch und Sauce zum vierten Mal an die Lippen führen wollte, verdüsterte sich sein Gesicht, und die Hand stockte zwischen Tisch und Mund und zuckte und ruckelte auf und ab wie die Hand einer von einem zitternden Spieler geführten Marionette. Es roch nach Meer. Sie waren aber in Auteuil. Zu Hause. In ihrem Speisezimmer. Umgeben von ihren Möbeln, Bildern und hunderterlei kleinen und großen Kostbarkeiten, Kram und Trödel, der eines Tages den Ritterschlag der antiken Exklusivität empfangen würde. Kaum etwas stammte aus diesem Jahrhundert, sie hatten es mit Objekten aus dem vergangenen ausgestattet.

»Erinnerst du dich an e avre?«

»Le Havre? Wollen wir wirklich davon anfangen?«, fragte Edmond gegen seinen Willen viel zu laut. Und leiser: »Schmeckt es dir nicht?«

»Oh, doch. Es schmeckt.«

Jules bewegte die Lippen weiter in einer Weise, als wollten sie den Name Le Havre immer wieder neu bilden, doch er blieb stumm, was Edmond beunruhigte. Er war alarmiert.

»Rue de l'Hôpital«, sagte Jules deutlich. »Der kleine fremde Arzt. Er hatte einen uckel.«

»Er hatte einen Buckel?«

»Er hatte einen uckel, ja, ja, einen uckel.«

Edmond hätte es sich gewiss gemerkt, hätte Jules je erwähnt, dass der Arzt bucklig war. Das war ihm neu. Was sollte er davon halten?

»Einen uckel, einen uckel«, wiederholte Jules immer wieder, quälend, leidvoll, wie besessen von dem Gedanken an den Buckel oder den buckligen Arzt.

»Du solltest es vergessen«, sagte Edmond. »Es gibt Besseres zu erzählen und an Besseres zu denken.«

MEINE NERVEN, dachte Edmond, MEINE NERVEN!

»Wir wollen alles wissen und müssen alles w – «, statt den Satz zu Ende zu bringen, begann Jules zu summen, wie ein großes Insekt. Summte und summte unentwegt. Mit einem zischenden Laut schien das Insekt am Licht zu verbrennen, als er endlich verstummte. Jules zischte und verstummte.

Doch dann begann er von Neuem, als könne das Tier

nicht sterben, wie es seine Bestimmung war, als klammerte es sich ans Leben, wie ein Wesen, das nach Atem rang.

»Was machst du da? Hör auf! Jules!«

Jules zuckte zusammen wie ein ertapptes Kind und verstummte erneut und sah verständnislos auf seinen Teller und sagte: »Köstliches leisch. Kös kös – «

»Iss, mein Lieber, iss. Es schmeckt einfach herrlich. Pélagie ist ein Segen für unser Haus und unseren Tisch. Nie hat das Ragout besser geschmeckt als bei ihr. Nicht wahr, Jules?«

Doch Jules antwortete jetzt nicht.

»Denkst du an Rose?«

»Jules«, wiederholte Edmond. »Denkst du an Rose?«

Und Jules sprach ihm nach wie ein braver, aber unaufmerksamer Papagei:

»Iss den Segen unseres Tischs Pélagie« – und aß weiter und grinste. Er fletschte die Zähne.

»Was sagtest du, Jules?«

»Was sagte ich, Jules? Froschundpélagieragout. Und e Havre, sagte ich.«

Er überlegte, er schwieg.

»Was war das für ein Summen eben?« Ein korrekter Satz.

»Habe ich gehört«, erwiderte Edmond.

Zum Glück war Pélagie nicht im Zimmer. Niemand konnte sie hören, niemand konnte sich wundern, niemand konnte etwas aufschreiben, niemand etwas weitererzählen, niemand war Zeuge, sie waren unter sich, sie waren – dachte Edmond – wie immer, nur dass sie nicht mehr dasselbe dachten.

Edmond schenkte Wein nach, um Jules auf andere Gedanken zu bringen, dabei wusste er nur zu gut, dass Jules' Gedanken ihm kaum noch vertraut waren. Auch ihm ging Le Havre nicht aus dem Sinn, obwohl das Schicksal in Paris, nicht in Le Havre zugeschlagen hatte und obwohl ihn nur angenehme Erinnerungen erfüllten, wenn er an das nahegelegene Sainte-Adresse dachte, wo sie sich mehrmals zur erholsamen Sommerfrische aufgehalten hatten. Er erinnerte sich an die einfachen weißen Sommerhäuser und an den Künstler Monet, der dort in freier Natur gemalt hatte. Kaum jemand kannte das verschlafene Nest, ein Aufenthalt dort war immer angenehm.

»Erinnerst du dich?«, sagten beide gleichzeitig.

»Vergiss Le Havre«, sagte Edmond beschwörend. »Le Havre ist bloß eine Stadt mit einem kleinen fremden Arzt. Und bucklig dazu, wenn du meinst.« Er blinzelte nervös.

EIN KLEINER FREMDER ARZT hing wie ein Bild im Zimmer schräg an der Wand. Nun auch noch: bucklig. Jules sah ihn deutlich vor sich, etwas höher als zwergwüchsig, entfernt ein verzerrtes Abbild des Prinzen Napoleon, des Cousins des Kaisers, des Bruders der Prinzessin Mathilde.

»Wir wollen morgen Mathilde besuchen«, sagte Edmond.

»Ma – ma – «, stotterte Jules.

»Prinzessin Mathilde Bonaparte.«

»Bo – bo«, stotterte Jules.

Pélagie hatte die Teller bereits abgetragen, aber es lag noch ein Hauch Meerbrise in den unteren Räumen.

Jules erinnerte sich an Dr. Maire und an die schiefen Häuser, deren obere Stockwerke sich bauchig wie schwangere

Frauenleiber zur Straße hin wölbten. Man musste fürchten, dass sie platzten und sich der Inhalt der Häuser, die sich erschöpft aneinanderlehnten, auf die Passanten ergoss, die sich ängstlich an den Hausmauern entlangdrückten. Betten, Schränke, Tische, Stühle, Kleider, Wäsche, Geschirr, Gerümpel, die diskret gehüteten Abfälle ganzer Familien drohten über der Straße ausgeschüttet zu werden. Warum hatte er ausgerechnet diesen Arzt aufgesucht, der ihm nach einer oberflächlichen Untersuchung angeboten hatte, eine Syphilisation vorzunehmen? Übel durch Übel zu bannen sei eine äußerst vielversprechende, in Paris seit langem erprobte Methode, hatte der kleine Mann hitzig erklärt und einmal mit seiner Rechten weit ausgeholt, um eine Fliege zu treffen, die sich auf seinem kahlen Schädel niedergelassen hatte, doch bevor der Schlag sie treffen konnte, war die Fliege entwischt, um sich auf seinem runden Buckel niederzulassen. Jules erinnerte sich nicht daran, warum er just diesen und keinen anderen Arzt aufgesucht hatte. Wer hatte ihm zu Dr. Maire geraten, vielleicht der Zufall?

Weil Jules wenig davon verstand, hatte er um Bedenkzeit gebeten und war nicht mehr erschienen. Niemand suchte ihn auf, um ihn wie einen armen Sünder zum Arzt zu schleppen, wie er einmal geträumt hatte. Zwei Jahre später erfuhr er, dass die Kaiserlich Medizinische Akademie die mutwillige Okulation von Schanker – die Geschwulst wurde aufgeschnitten und giftiger Körpersaft in gesundes Gewebe gepflanzt – hatte verbieten lassen. Das von Dr. Auzias-Turenne ersonnene und angewandte Verfahren der Vorbeugung war so umstritten, dass der Polizeipräfekt von Paris dessen Anwendung schließlich sogar an syphilitischen Prostituierten untersagt hatte. Ein heilender Zweck konnte nicht nachgewiesen werden, die billigende Hinnahme von Krankheit und Tod hingegen schon.

An den Namen der Prostituierten, die ihn im zarten Alter von zwanzig Jahren angesteckt hatte, erinnerte Jules sich natürlich nicht. Doch was spielte der Name für eine Rolle, ob Chouchou, Minet oder Nounou, es handelte sich ja nur selten um den, auf den sie getauft worden waren: Mathilde, wie die Prinzessin, Marie, wie die Muttergottes, Emilie, wie ihre Schwester, die im Kindesalter gestorben war; lauter unverfängliche Namen, die die fromme Krinoline gegen ein Straßenkleid getauscht hatten, das bessere Tage gesehen hatte.

Es war üblich, dass sich die jungen Huren mit ihren falschen Namen vorstellten. Auch die Freier wahrten ihre Anonymität, ihnen genügte es allerdings, ihre Namen zu verschweigen; nicht anders übrigens als die älteren Prostituierten oder Bordellbesitzerinnen, die sich als Mademoiselle oder Madame ansprechen ließen. Die Namen ihrer jungen Berufskolleginnen – ob echt oder falsch – waren so abgedroschen wie die Momente, die man in ihrer Gesellschaft verbrachte. Außer es blieb etwas hängen, was den Rest eines Lebens bestimmte. So wie es Jules passiert war.

Jules hatte selbst den Ausdruck dieses Gesichts vergessen wie er tausend andere Gesichter vergessen hatte, denen er im Lauf der Jahrzehnte – er war nun achtunddreißig Jahre alt – auf der Straße, im Theater oder in Restaurants begegnet war und die sich ihm genauso wenig eingeprägt hatten. Gewiss war es das Gesicht eines jungen Mädchens gewesen, denn die meisten dieser Mädchen waren jung; Nachschub gab es immer. Jene, die das Altern zu überlisten versuchten, strafte die Nacktheit Lügen, es war unmöglich, im ältesten Gewerbe unauffällig alt zu werden, der entblößte Körper verriet alles.

Das Gesicht der Botin des kommenden Unheils war wie Papier in einem versiegelten Kuvert für alle Zeiten fest verschlossen. Sosehr er daran riss, es blieb undurchdringlich wie von der Zeit getrübtes, vom Glasrost zerfressenes Fensterglas. Er hatte auch keine Erinnerung an ihren Körper, nur die Temperatur ihrer warmen Hand auf seinem Bauch glaubte er manchmal zu spüren, und das gelockte, feste Haar, das vielleicht daher rührte, dass kreolisches Blut in ihren Adern floss, nach einer Brennschere hatte es sich nicht angefühlt. Aber was wusste er von weiblicher Toilette und von den verschiedenen Rassen, von Haut und Haaren? Genug, um darüber schreiben zu können, nachdem er sich in die Materie vertieft hatte. Genug. Mehr war nicht nötig.

Ein Streifen fahles Licht fiel auf den Esszimmertisch, auf das Geschirr, auf die monogrammierten Servietten, die Speisen, das Besteck. Auf dem Kaminsims brannten zwei Petroleumlampen. Die Nachbarshunde schwiegen. Die Nachbarskinder schwiegen. Jules schwieg. Die Uhr tickte. Jules hörte seinen Bruder fragen, ob es ihm gut gehe, Jules nickte. Jules nickte mehrmals. Jules überlegte, ja, er fühlte sich doch gut. Er nickte. Er nickte. Er hieß Jules. Er erinnerte sich.

Nachdem Gott den Koitus und der Mensch die Liebe erschaffen hatte, erfanden die Geschäftstüchtigen die Mädchen, die Letzteres für Geld simulierten. Es war eines dieser

Mädchen gewesen, ihr Bett das Schafott, auf das Jules seinen Kopf gelegt, ihr Stöhnen das Urteil, das sie gesprochen, und ihr Geschlecht das Beil, das sein Verderben entschieden hatte.

Der Aufschrei der Lust, den das käufliche Mädchen ausgestoßen hatte – eine Lust, die nur vorgetäuscht war –, gellte längst nicht mehr in seinen Ohren.

Er hätte das alles aufschreiben sollen, doch Edmond, der ihn sonst in allem gewähren ließ, hätte es ebenso wenig geduldet wie die Erwähnung seiner wahren Krankheit.

Beim Austausch der Säfte stachen die schlechten die guten aus, so war es wohl immer; geschmeidig wie Schlangen waren die Gifte in seine Blutbahn eingedrungen und hatten die reinen Flüssigkeiten kontaminiert, um seinen Körper von innen heraus zu zersetzen. Dass sie siegen würden, stand außer Zweifel; Heilung war nicht zu erwarten. So alt und abgekämpft die Krankheit auch sein mochte, jeder, der ihr in die Falle ging, wurde zu ihrem Jungbrunnen, in dem sie sich fröhlich fortpflanzte. Ihre Kraft versiegte nie, ihre Zerstörungswut entzündete sich stets von Neuem.

Edmond duldete es nicht, dass Jules darüber sprach. Versuchte Jules es doch, gab er dem Gespräch eine Wendung, die vom Gegenstand ablenkte. Wäre sonst jemand davon betroffen gewesen, egal ob Dichter, Politiker, Aristokrat oder Lakai, ob Freund oder Feind, Bekannter oder Fremder, Mann oder Frau, hätte er über die Krankheit mit der größten Selbstverständlichkeit gesprochen; Rang und Namen spielten keine Rolle angesichts der beeindruckenden Erkenntnisse, die man aus dem Unglück der anderen für sich – und für den Rest der Welt – gewinnen konnte. Egal wer sonst, nur nicht sein kleiner Bruder.

Als es in ihrem Roman »Germinie Lacerteux« darum ging, vom körperlichen und geistigen Verfall der Hauptperson zu erzählen, hatte es Edmond an Kaltblütigkeit und Fantasie nicht gemangelt, die nötig waren, um den Krankheitsverlauf mit der gebotenen Unerbittlichkeit zu illustrieren. Nicht anders als Jules hatte er keine Skrupel gekannt, bei der Wahrheit zu bleiben, die sich auf die Wirklichkeit stützte.

Jules' unvermeidliche Auflösung protokollarisch ins Auge zu fassen wie die einer Romanfigur, kam jedoch nicht in Frage. Gelassenheit war nur dann erlaubt, wenn die Sache von anderen handelte. Da konnten sie schonungslos und ohne Rücksicht auf die schockierten Zeitgenossen auf der Chronologie der Krankheit beharren.

Edmonds Ablenkungsmanöver, sobald Jules auch nur darauf anspielte, waren erfolgreich.

Jules ließ ihn im Glauben, er selbst gehe von einer naturgegebenen Indisposition aus, die keine andere Erklärung als anhaltende Überbeanspruchung des Geistes zuließ. Er hatte sich angewöhnt, dem älteren Bruder nicht zu widersprechen, zumal es ihn beruhigte, wenn Edmond nicht protestierte. Er stimmte ihm nicht zu, er nickte nicht, er schwieg. Sein Schweigen schien Edmond hinreichend zu beschwichtigen. Dessen Vorstellung, der stete Schwund von Jules' geistigem Vermögen sei auf die immer weiter vorangetriebene Verfeinerung seines Schreibens zurückzuführen, war so viel tröstlicher als der Name und die Symptome einer Krankheit.

Vielleicht wäre es besser gewesen, er wäre jetzt zur Malerei zurückgekehrt. Er war ein talentierter Zeichner, ein begabter Maler. Den Stift zu führen fiel ihm leichter, als seine Gedanken in Schach zu halten.

Jules zuckte heftig zusammen, als Edmond die Gabel aus der Hand rutschte und klirrend auf dem Teller aufschlug.

»Du bist so empfindlich, mein Kleiner, so empfindlich«, sagte Edmond, und er hatte recht, Jules war in einem Maß geräuschempfindlich geworden, wie es sonst vielleicht nur ein Komponist oder Musiker war, den jeder falsche Ton in einen mordlustigen Zustand versetzen musste, weil er durch Fehler erzeugte Missklänge hörte, die dem Laien entgingen, ihm aber unerträglich waren.

In Edmonds Stimme lag mehr zärtliche Liebe, als Jules sie je in der Stimme einer Frau gehört hatte. Liebende Frauen vermisste er nicht. Frauen, die liebten, waren fordernd und anstrengend wie die Liebe selbst, die vom Wesentlichen ablenkte, und dieses Wesentliche war nicht die Liebe, sondern das Werk, das man schuf, das sie schufen, das sie noch schaffen würden, das sie schaffen mussten, das ihnen, den Brüdern Goncourt, aufgetragen war, über die sich manche Leute das Maul zerrissen, weil sie ihre Werke nicht kannten oder deren Bedeutung einfach unterschätzten.

»Magst du etwas Lustiges hören?«, sagte Jules, völlig verändert.

»Ja«, erwiderte Edmond, und Jules sagte: »Etwas Lustiges. Lustiges. Erinnerst du dich an Onkel Alphonse?«

Edmond nickte, und aus dem, was Jules nun in unvollständigen, abgebrochenen Sätzen erzählte, setzte Edmond jene Geschichte zusammen, die er längst kannte.

Der siebzehnjährige Jules hatte seinen Onkel Alphonse begleitet, als dieser einen alten Schulfreund in der Nähe von Orléans besucht hatte. Sie erschienen zum Mittagessen und wurden pünktlich zu Tisch gebeten. Die Dame des Hauses duftete nach Kuchen und Ofen, gerade so, als habe sie das Essen selbst zubereitet. »Kuchen und Ofen«, sagte Jules und wurde nicht müde, es zu wiederholen, »Kuchen und Ofen, Kuchen und Ofen.«

Die Gastgeberin hatte Jules aufgefordert, er möge sich neben sie setzen, und ihm schon beim Hors d'œuvre eindeutige Blicke zugeworfen und zweideutige Dinge geäußert, nachdem die Herren nur noch über Politik und Finanzen sprachen. So entgingen ihnen die herrlichen Unverfrorenheiten der freizügigen Gastgeberin, die sich mit Jules unterhielt, als sei er ein Kind, das nicht verstand, was sie sagte. Was jeden gewöhnlichen Sterblichen zum Erröten gebracht hätte, blieb unter ihnen. Mehrmals hatte sie heimlich seinen Oberschenkel berührt und nach seinem Geschlecht gegriffen, was erst gelang, nachdem sie den Stuhl in seine Richtung gerückt hatte. »Ein Kinderspiel!«

Zunächst ging alles von ihr aus, aber als der kleine Jules begriff, was sie wollte, streckte er sein rechtes Bein – »Mein Bein!« –, bis er ihren Fuß berührte, dann ihre Waden – »Waden! Waden!« – und ihren Oberschenkel, und er wagte sich immer weiter vor, bis er schließlich beinahe unter den Tisch rutschte, der Stuhl nach hinten kippte und er, zur großen Erheiterung der fröhlichen Tischrunde, die den Grund seines Sturzes nicht kannte, auf dem Hintern landete.

Als sie wieder in der Kutsche saßen und heimwärts fuhren, behauptete Onkel Alphonse, er habe schon befürchtet, sich an Jules' Stelle mit seinem alten Freund duellieren zu müssen. Jules lachte nun, bis ihm die Tränen kamen.

Er nahm einen Schluck Wein. Es war alles wie früher, nur dass Jules sich nicht daran erinnerte, dass er ihm diese Geschichte schon oft erzählt hatte.

Auch hatte er vergessen, dass Onkel Alphonse ihm anlässlich dieses Besuchs ein Spitzenjabot aus seinem Kleiderschrank ausgeliehen hatte, weil er fürchtete, er würde auf die Gastgeber einen allzu provinziellen Eindruck machen, was natürlich bloß Ausdruck seiner eigenen Provinzialität gewesen war.

»Immerhin blieben Hemd und Hosen sauber, du weißt ja, was ich meine«, hätte er früher bemerkt.

Beide hätten gelacht.

»Wir werden diese Geschichte aufschreiben«, sagte Edmond. »Die Pointe ist umwerfend. Kein Wunder, dass sie sich in dich verguckte, Jules, blond, hübsch und fröhlich, wie du warst. Welche Frau, die diesen Namen verdient, wollte ernsthaft darauf verzichten, von einem reizenden Cherub verwöhnt zu werden, insbesondere, wenn sie schon etwas in die Jahre gekommen ist.«

Ob sich Jules an die Erektion erinnerte, die ihr vermutlich nicht entgangen war, als er wie ein Maikäfer auf seinem Hosenboden lag?

»Mit ihr hättest du sicher mehr Glück und Vergnügen gehabt als ich mit Madame Charles, dieser zu kurz geratenen Kreatur, an die ich mit sechzehn geriet. Es ist wahrlich ein Wunder, dass mir der Anblick ihrer Blöße die Lust an der körperlichen Liebe nicht ein für alle Mal genommen und mich zum Päderasten gemacht hat. Ekel erfasst mich, wenn ich daran denke, dass ich mich tatsächlich an ihr verging und ihre Lustschreie ertrug, ohne sie zu erwürgen. Ihr Torso hatte die Form eines Rhombus, an den ein ungnädiger Gott kurze Ärmchen und Beinchen geschraubt hatte. Sie sah aus wie ein Taschenkrebs, der auf dem Rücken liegt, als sie mich auf ihr Lager zog. Wie habe ich das bloß überlebt? Bin ich überhaupt steif geworden? Nun ja, an ihr Aussehen erinnere ich mich besser als an meine jugendlichen Triebe, die sich offenbar selbst an diesem abstoßenden Wesen aufrichteten.«

»Womöglich«, warf Jules ein, »hatte sie hübsche, volle Brüste?«

»Wer weiß, wer weiß.«

Sie lachten beide und malten sich alles Mögliche aus, so dass sie Pélagies Eintreten nicht bemerkten, die begann, das Geschirr abzuräumen. Es war so, als wäre nichts, als wäre alles beim Alten.

Er war zwanzig Jahre alt gewesen, als sich eine rötliche Geschwulst, klein wie ein entzündeter Insektenstich, in der Leistengegend bemerkbar gemacht hatte. Weder schockiert noch bestürzt – Geschlechtskrankheiten waren schließlich sein tägliches Brot –, hatte der Arzt seine Befürchtungen bestätigt.

Längst nicht jeder stirbt daran, hatte Edmond damals beschwichtigend behauptet. Der Arzt hatte sich auf keine Prognosen eingelassen.

»Ich empfehle eine Syphillisation«, hatte er gesagt. »Ich bin überzeugt, dass man Übel erfolgreich nur mit Übel bekämpft.«

Dann hatte er ihm erklärt, was er damit meinte.

Name und Gesicht der Hure von damals waren ausgelöscht, nicht aber das armselige Zimmer, in dem Jules ihr auf die gewöhnlichste Art beigewohnt hatte, er war gerade zwanzig geworden, unerfahren, er kannte nichts weiter als die aushöhlende Selbstbefriedigung, das unerfüllte Verlangen und dann noch jene lächerliche Situation, in die er sich als Jugendlicher im Haus des Freundes seines Onkels hatte bringen lassen.

Im Gegensatz zu ihr war das Zimmer, in dem sie ihn vor achtzehn Jahren kontaminiert hatte, so gegenwärtig, als habe er es nie verlassen, ein Verschlag, in den man ihn gesperrt hatte, aus dem er sich nicht befreien konnte, auch wenn er ihn manchmal tage-, wochenlang vergaß, aber nie länger, nie monatelang, das Verlies war immer nah. Warum er die Hure ohne seinen Bruder besucht hatte, war nirgendwo vermerkt. 1850, im Jahr, als es geschah, hatten sie noch kein Tagebuch geführt.

Es mochte Zufall sein, doch von dem Augenblick an, da er die Krankheit in sich trug, schienen seine Fähigkeiten als Dichter und genauer Beobachter seiner Zeit zu explodieren; der Zeichner und Maler war von der Bühne abgetreten.

Es gab andere, die ihn auf diesem Gebiet mühelos überragten, Gavarni etwa. Dies zuzulassen und ohne Neid oder Missgunst zu schätzen war die Freiheit, die er empfand, wenn er Gavarni bewunderte, glücklich darüber, seine Bekanntschaft gemacht und seine Freundschaft errungen zu haben; doch seit drei Jahren war er tot. Sie sprachen oft von ihm, sehr oft.

»Gavarni«, murmelte er.

Edmond nickte, bewegte die Lippen: »Gavarni …«

Zurück im Verschlag seiner Krankheit hörte er, wie in der Ferne ein besoffener Chopin Kleinholz auf einem verstimmten Klavier hackte, indem er die Tasten in der Klaviatur versenkte, bis es endlich verstummte. Ein paar schlaffe

Saiten baumelten wohl hüpfend hin und her. Der Wind, der sie berührte, mochte sie zum Klingen bringen, aber zu leise, als dass er sie hörte. Dann bewegten auch sie sich nicht mehr.

»Ssss…«

»Jules, mein Junge?«

Das Pferd bockelte.

Die Hunde bellten.

Die Kinder schrien.

Das Klavier schwieg.

Da war noch etwas.

Die Gardine hatte die Farbe von Kinderpisse, der Saum war am Boden umgeknickt wie ein zu langes, von Gossenwasserflecken beschmutztes Abendkleid. Das Fenster stand halb offen, ein warmer Windhauch, in dem sich der Salzgehalt des trägen Meers verfangen hatte, streifte Jules, den jungen Mann, damals, als sie das Gift in ihn geträufelt hatte. Im dampfenden Mondlicht tanzten die Falter. Alles schwitzte Feuchtigkeit aus. Der Schweiß auf seinem Körper schützte ihn vor dem Mond, nicht vor der Frau. Der warme Wind trug die Matrosenkrankheiten und die Melancholie an Land. Hier war kein Raum für Sentimentalität.

In einer Ecke stand ein Stuhl mit der Sitzfläche zur Wand, der einem Schüler ähnelte, den man zur Strafe dorthin gestellt und vergessen hatte. Unter dem Waschtisch dehnte sich eine dunkle Wasserlache aus, die wie Blut aussah, auf der sich gläserne Blasen gebildet hatten, es war kein Blut, sah nur so aus, es war bloß Seifenwasser, mit dem sich die Prostituierte Schweiß und Sperma seines Vorgängers vom

Körper gewaschen hatte. Bald würde sie ebenso mit dem, was von ihm übrig blieb, verfahren. Auf dem Waschtisch stand ein Waschbecken aus grauem Steingut.

Wenige Tage später hatten sich die ersten Anzeichen der Krankheit bemerkbar gemacht, vor der man ihn schon als Jugendlicher gewarnt hatte, ohne ihm zu sagen, wie man sie vermeiden konnte. Zu vollständiger Abstinenz hatte ihn niemand angehalten, schließlich galt es, die menschliche Rasse am Leben zu erhalten, und sei es um den Preis, sich in Lebensgefahr zu begeben.

Er hatte dem kleinen Ausschlag zunächst keine Beachtung geschenkt oder jedenfalls nicht mehr als nötig, er war erst zwanzig, er war so jung, so schön, so gesund. Gewiss hatte er später etliche Frauen damit angesteckt. Wenngleich er sich damit nicht brüstete wie andere, schämte er sich auch nicht dafür.

Wer wusste besser als die Hure, die ihn angesteckt hatte, welche Risiken es barg, mit einem Fremden zu schlafen? War es tatsächlich die eine gewesen, an die er sich nicht erinnerte, in deren Zimmer ein Teil von ihm geblieben war, und nicht die Nächste, an die er sich ebenso wenig erinnerte?

Wie man die Ansteckung vermeiden konnte, ohne jungfräulich zu bleiben, wussten sie so wenig wie er. Sie wussten nur um die Unheilbarkeit der neapolitanischen Krankheit, die anderswo die Franzosenkrankheit hieß. Sie hatte sich in den Jahrhunderten, die seit ihrem ersten Auftreten vergangen waren, dort häuslich eingerichtet, wo Menschen lebten. Manche überlebten sie, es gab immer Wunder.

Selbst vor Edmond hatte er es ein paar Stunden geheim gehalten, vor dem er sonst keine Geheimnisse hatte, so wie Edmond nicht vor ihm, denn sie waren doch eins. Leichenblass war Edmond geworden, als er ihm das Geschwür gezeigt hatte, das nach wenigen Tagen abheilte und verschwand, als wäre es nie da gewesen. Das besagte nicht mehr, als dass es sich in den Körper zurückgezogen hatte, um sich zu verpuppen, Kräfte zu sammeln und eines Tages Auferstehung zu feiern, erstarkt und gefährlicher als zuvor.

Erst vierzehn Jahre nach der Infektion hatte er es ins Tagebuch eingetragen. Edmond hatte nichts dagegen einzuwenden gehabt. Die Wahrheit gehörte nicht unter den Teppich gekehrt, die Wahrheit, so düster sie auch sein mochte, durfte das Tageslicht nicht scheuen. So wie alles, was sie sagten, hörten und dachten, wert war, für die Nachwelt aufgezeichnet zu werden. Das Tagebuch war Teil ihres Werkes und ihres Lebens, die Rangfolge austauschbar.

Gott hatte den Koitus geschaffen, der Mensch die Liebe. Hätte sich Gott auf die Liebe beschränkt, wären ihm unzählige Tote jeden Alters erspart geblieben, die jetzt in der Hölle schmorten, dachte Jules. Die Liebe ist nur eine Konvulsion. Weitreichender als ihre angenehmen Seiten sind ihre bösen Folgen.

Wenn etwas Erfolg versprach, dann heiße mineralische Bäder: die Thermen von Leuk, die Bäder von Royat, die sie aufsuchten. Bereits die alten Römer hatten sich davon Heilung versprochen. Man erzählte sich von wahren Wundern. Natur korrigiert die Natur und heilt sich selbst.

»Wie viel Hitze, meinst du, erträgt der Mensch, bevor er in Flammen aufgeht?«, fragte er seinen Bruder.

»Wie kommst du darauf?«, sagte Edmond.

»Gesetzt den Fall, ein Mensch, irgendein Mensch, leidet an einer schlimmen Krankheit, die allein dadurch geheilt werden kann, dass man das Blut des Kranken bis zum Siedepunkt erhitzt und so die Krankheit wegbrennt?«

»Die Gefahr lebensgefährlicher Verbrennungen ist viel zu groß. Er wird daran sterben, noch bevor er an der Krankheit stirbt, die er heilen will.«

Im September 1868 hatten sie ihre Wohnung in Paris gegen das Haus am Boulevard de Montmorency Nr. 53 getauscht, den Lärm der Stadt gegen die ländliche Ruhe, so jedenfalls hatten sie gehofft. Die Nachbarschaft der Ringbahn, die es ihnen jederzeit erlaubte, für wenig Geld mitten in die Stadt zur Gare Saint-Lazare zu fahren, war ein weiterer Anreiz.

Jules hatte keine Erinnerung an den Geschmack der Erdbeeren. Er erinnerte sich nicht daran, wie ein Feuer, wie der Schnee roch, wie ein Apfel oder wie Sahne schmeckte. Er erinnerte sich auch nicht an den vergangenen Tag. Er wusste nicht, wie man es niederschrieb. Wie man was und wozu niederschrieb. Zahlen und Buchstaben zerflossen. Was bedeuteten sie? War es Sommer? War es Sommer gewesen? War heute Montag, Mittwoch oder Samstag, ein Wochentag, ein Sonntag oder ein achter Tag? Wie viele Tage wurden zu Nächten? Er schlug die Augen auf – er lag bekleidet auf seinem Bett – und versuchte sich zu vergegenwärtigen, was ein Monat, ein Tag, was eine Jahreszeit sei, was Erdbeeren, was Äpfel, Sahne, aber er hatte keine Erinnerung, und damit waren die Worte für die Gegenstände fort, so wie die Gegenstände für die Worte nicht mehr existierten, sie waren wertlos, sie hatten weder Gewicht noch Kontur. Er schloss die Augen, er versank im eigenen Körper wie im Sumpf. Stetig. Langsam. Nicht unangenehm. Jahrzehnte der Erkenntnis waren unbemerkt, haltlos verstrichen wie eine Sekunde und hatten keine Erinnerung hinterlassen.

Er besaß lediglich ein paar herumliegende Worte, nutzlose Dinge, Buchstaben und Silben, die sich nicht fügten und nicht ineinander- und zusammenpassten, renitente, unwillige Fragmente. Er hob sie auf und ließ sie fallen, immer wieder, hundertmal, tausendmal.

Aber er war hungrig. Tief in seinem Inneren rief etwas danach, lückenlos gefüllt zu werden, damit das Loch, eine Blase wie eine Schweinsblase, nicht größer wurde. Die Lücke war schon groß genug, und er fürchtete, sie würde immer größer. Draußen war es dunkel. Kein Hund bellte. Kein Wind rauschte. Er hörte das Stampfen einer nahenden Lokomotive. Er setzte sich auf und sah an sich herab. Im Haus war es still. Waren alle ausgegangen, aber wer waren sie? Die Petroleumlampe brannte auf dem Nachttisch, der in Zinn gefasste Glasbehälter war fast leer. Sie musste bald verlöschen. Der Docht der Kerze war unberührt. Er wollte rufen. Wen sollte er rufen? Es war immer jemand da, der ihn hörte, aber wer? Wo? Er öffnete den Mund, doch mehr als ein Lallen kam nicht über seine Lippen. Er schloss die Augen. Er stöhnte leise, die Laute blieben an den nackten Wänden hängen, sie füllten sich mit seinen Seufzern, tierischen Lauten, Zeichnungen an den Wänden. Das Zimmer lag im Zwielicht. Die Lampe flackerte nicht. Sonst flackerte sie meist. Er wusste, was eine Lampe ist. Er wusste, was ihr Flackern bedeutete, doch was bedeutete es, wenn sie nicht flackerte? Vielleicht würde das Wissen allmählich zu ihm zurückkehren wie ein entwichener reumütiger Hausdiener, wie ein Ball, den man zum Himmel warf und der stets auf die Erde zurückfiel. Er wusste, was ein Hausdiener war, ein Ball, ein Licht, er schloss die Augen, er wusste, was Schlaf war, wozu es diente, wenn man die Augen schloss. Er legte sich wieder hin, starr wie ein Stück Holz, aus dessen Astlöchern man Arme und Beine herausgedreht hatte. Er warf den Himmel in den Ball, den Hausdiener und das Licht.

An der abgeschrägten Mansardendecke zeichnete sich das Gesicht eines Menschen ab, an dessen Namen er sich nicht erinnerte, ein Schriftsteller, ein Theaterdirektor, ein Freund oder Verwandter der Prinzessin, ihr Bruder, der Kaiser? Musik macht man mit acht Noten auf drei Oktaven, Verse mit sechsundzwanzig Buchstaben auf Tausenden von Seiten, das Glück mit dem, was dafür übrig bleibt. Kinder sind wie Sahne: Je mehr man sie schlägt, desto fester werden sie. Nach einer Weile zerfließt das Glück, und die Sahne wird wieder flüssig.

Über seinen Handrücken lief Blut in Strömen, Ströme von Blut. Sie hatten die Kinder steif geschlagen wie gestärktes Linnen. In diesem Augenblick spürte er das Anschwellen seines Glieds und stöhnte laut, einmal, zweimal, dreimal, dann wurde die Tür seines Zimmers aufgerissen und Edmond betrat das Zimmer mit einer Kerze. Da erinnerte sich Jules an alles, an ihr Gesicht, an ihre Hände, Brüste, Schenkel, und danach fiel er in einen Zustand der Bewusstlosigkeit, in dem er alles vergaß, was er je gewusst hatte.

## *4 Sonntagsmarsch 1860*

Militärmusik war die einzige Musik, die sie nicht gleich in die Flucht schlug. Sie horchten also lediglich auf, als kurz vor zwölf an einem Sonntagmorgen eine ausgewachsene Blaskapelle vor der Instrumentenfabrik zu spielen begann, um Adolphe Sax zu Ehren zwei, drei ungesund muntere Blechmärsche zu spielen; vermutlich war ihm einmal mehr ein Titel oder eine Medaille verliehen worden. Erfolgreiche Unternehmer wie Sax durften ebenso regelmäßig mit solchen Würdigungen und Ehrenbezeugungen rechnen wie mit vorübergehenden geschäftlichen Erschütterungen. Man nahm sie nur dann zur Kenntnis, wenn die Betroffenen in den endgültigen Ruin getrieben wurden, was bei Sax noch nicht der Fall war. Erfolgreich war er meistens, laut war er immer, und vielleicht war er besonders erfolgreich, wenn er lauter war als alle anderen.

Obwohl sie im rückwärtigen Teil des Hauses mit Blick auf den Innenhof wohnten, durchstieß die Musik spielend alle gemauerten Hindernisse, um an ihr Ohr zu gelangen. Dennoch schlossen sie die Fenster.

Immerhin unterschied sich die Harmoniemusik – vor allem bei geschlossenen Fenstern – wohltuend, wenngleich nicht unbedingt wohltönend vom Lärm der ständig zur Probe geblasenen Instrumente, der werktags aus der Werkstatt des Instrumentenbauers drang: Posaunen, Trompeten, Wald- und Flügelhörner, Tuben und Saxophone in allen erdenklichen Größen und Registern wurden auf ihre Eignung geprüft; ihnen allen war eines gemeinsam: Am besten hörte man sie aus weiter Ferne, wollte man nicht Gefahr laufen, seine Ohren zu schädigen oder den Verstand zu verlieren, denn sie waren, gleichgültig wie stark oder schwach man in sie hineinblies, alle dem Gehör unzuträglich, schmerzhaft, insbesondere aber für Menschen wie sie, deren Nerven empfindlicher waren als die gewöhnlicher Leute. Wie sinnvoll doch, dass die Deutschen das Trommelfell, das sich immer erst dann bemerkbar machte, wenn es geplatzt war, nicht Tympanon nannten wie die Franzosen, sondern Trommelfell, ein um vieles ausdrucksstärkeres Wort. Wie viele Trommelfelle von Arbeitern und Musikern waren in Sax' Manufaktur wohl schon geplatzt, wie viele ahnungslose Passanten, die zufällig vorbeigeschlendert waren, aufgrund eines Posaunen- oder Trompetenstoßes ertaubt, wie viele Kinder und Kindermädchen zu Tode erschrocken, wenn in unmittelbarer Nähe ihres unvorbereiteten Ohrs der schrille, markerschütternde Ton eines Blechblasinstruments aufheulte? Jules und Edmond hätten es wissen müssen, als sie 1851 hier einzogen, denn die Ateliers von Adolphe Sax waren damals schon seit fast zehn Jahren in Betrieb. Doch die niedrige Miete, für die nicht zuletzt die andauernde Ruhestörung aus Sax' Werkstätten verantwortlich war, wie sie bald am eigenen Leib erfahren sollten, war zu verlockend gewesen und hatte sie lange genug an den Ort gefesselt, den sie nun endlich verließen.

Hätten sie in einer ruhigen Gegend gewohnt, wäre Musik ihnen vielleicht gleichgültig gewesen, aus gebührender Distanz hätten sie sie womöglich sogar schätzen gelernt, obwohl sie ihnen ja schon von Haus aus wenig bedeutete;

so aber hatten sie keine andere Wahl, als alles Musikalische von Herzen zu hassen; gern hätten sie die Ohren vor dem verschlossen, was sie kaltließ, doch angesichts der unüberhörbaren Tatsache, dass das Blech im Haus gegenüber tagtäglich ertönte, war das unmöglich.

Gegen diesen Krach war selbst das Klavier machtlos, das im Stockwerk unter ihnen hin und wieder malträtiert wurde.

Keine zehn Pferde hätten sie in die Oper oder gar ins Konzert gebracht, Sax hatte sie gegen jede Art der Musikliebe unempfindlich gemacht; was in den Blättern über die neuesten Opern oder sinfonischen Werke geschrieben wurde, lasen sie nicht, Komponisten, Pianisten und Sänger gehörten nicht zu ihrem Bekannten- und Freundeskreis, sie interessierten sich nicht einmal für das, was sich an Klatsch um sie ranken mochte. Sie brachten kein Interesse an Menschen auf, die sich einer Kunst verschrieben hatten, die sie kaltließ; und erst recht hatten sie kein Verständnis für jene, die schwärmerisch außer sich gerieten, wenn Namen wie Paganini, Chopin oder Liszt, Rossini, Meyerbeer, Halévy oder Offenbach fielen. Sie verkehrten nicht in musikalischen Kreisen, und Musiker verkehrten nicht dort, wo sie heimisch waren. Man brauchte sich nicht einmal vorsätzlich aus dem Weg zu gehen: Die Kreise berührten sich nicht, Musik und Literatur trennten sich auf natürliche Weise.

Es war schon mehr als genug, wenn ihre Magd Rose Melodien vor sich hin brummte, die meist aus erfolgreichen Opern oder Operetten stammten, hin und wieder auch alte Revolutionslieder, die sie weiß der Himmel wo aufgeschnappt hatte. Mit einem »Rose, sei still« brachten sie sie jeweils zum Schweigen. Rose kannte ihre Abneigung gegen jede Art von Gesang und murmelte irgendeine Entschuldigung, aber es klang, als machte sie sich über sie lustig, »... ja, ja, pardon, pardon ...«.

In ihren Ohren tönte alles gleich. Ob Lied, Sonate, Sinfonie oder Oper, mehr als einen Unterschied in der Lautstärke konnten sie nicht erkennen; wie man darüber in Verzückung geraten konnte, war ihnen also unbegreiflich. Bei Marschmusik und beim Cancan glaubten sie immerhin den Takt und den Unterschied zu einem Walzer zu erkennen; nach Märschen ließ sich marschieren und beim Cancan zusehen, wie die Beine unter den gerafften Röcken hochgeworfen wurden.

Auch wenn sie nicht so weit gingen wie ihr Freund Théophile Gautier, der Charles Gounod für einen Esel hielt und von Verdi meinte, der habe die großartige Idee gehabt, bei traurigen Stellen dü dü dü zu machen statt bum bum bum, waren Jules und Edmond, wie alle ihnen bekannten Schriftsteller – Balzac ebenso wie Victor Hugo –, stolz darauf, musikalische Laien, ja eigentliche Musikverächter zu sein, taub für jede schöne Melodie, unberührt von kunstfertigem Lärm und sinfonischer Dynamik und erst recht natürlich bar jeden Interesses an theoretischen Prinzipien und dergleichen Verstiegenheiten. Musikalische Lehren wie Kontrapunkt oder Harmonik waren für sie Zauberformeln, deren Logik ihnen, wie den meisten Musikliebhabern, fremd war; diese zielten lediglich darauf ab, die hilflosen Zuhörer in einen Zustand ästhetischer Erregung, ja in einen geradezu hypnotischen Rausch zu versetzen, der das Denken unmöglich machte, weil es aussetzte; nicht anders als das gelenkige Spiel sogenannter Virtuosen. Wenn Musik überhaupt einen Zweck erfüllte, dann den, dass man die Stille umso mehr zu schätzen wusste, wenn sie endlich eintrat.

Dass der Instrumentenbauer, den sie übrigens nie zu Gesicht bekamen, sie nicht früher vertrieben hatte, grenzte an ein Wunder; sie lebten lange genug im Haus gegenüber, hatten erst eine Wohnung im Erdgeschoss bewohnt und waren dann in die dritte Etage gezogen, auf der auch Anna Deslions, eine stadtbekannte Kurtisane, lebte; doch auch nach dem Umzug änderte sich nichts am Ausmaß des Lärms, im Gegenteil, je höher sie hausten, desto durchdringender der Krach. Nichts vermochte den Fanfarenstößen, Quetschgeschossen und Ventilfürzen Einhalt zu gebieten.

Vielleicht waren sie der Grund für Kokolis Selbstmord gewesen. Sie hatten diese Möglichkeit oft erwogen und es bedauert, ihn nicht davor bewahrt zu haben. Vielleicht hatte sich das Seidenäffchen, das sie 1854 aus Sainte-Adresse mitgebracht hatten, aber auch aus reiner Dummheit aus dem Fenster gestürzt, weil es glaubte, Lianen oder Palmen würden sich ihm entgegenstrecken, sobald es sprang, und also sprang es ins Leere und in den Tod. Kokoli machte einen beachtlichen Bogen durch die Luft und blieb mit zerschmettertem Schädel und hervorquellender Hirnmasse auf dem Pflaster des Hofs liegen und sorgte bei den Mitbewohnern für Entsetzen und Ekel. Mitleid hatte außer den Brüdern niemand. Noch Wochen später hatte die Portiersfrau behauptet, der Affe habe die Läuse importiert, die sie und ihren Mann seit seinem Tod plagten, sie seien regelrecht in alle Richtungen aus seinem Fell gestoben, als er unten aufschlug. Mehrmals hatte man sie auf Knien den längst unsichtbaren Blutfleck wegwischen sehen.

Der anhaltende Lärm aus der musikalischen Folterkammer hielt die Mieten niedrig und war somit auch der Grund dafür, dass alleinstehende Frauen wie Anna hier wohnten (was die anderen Hausbewohner aber nicht störte). Deren Zofe Adèle, die in der Mansarde neben Rose schlief, versorgte diese regelmäßig mit Neuigkeiten aus Annas Leben; durch sie erfuhren die Brüder von ihrem Verhältnis mit Joseph Napoleon, dem Cousin Napoleons III. und Bruder der Prinzessin Mathilde, die damals noch nicht zu ihrem Freundeskreis gehörte.

Dass Anna Deslions hier lebte, roch man im ganzen Treppenhaus; der Duft nach Maiglöckchenparfum und einem weiteren Fächer verlockender Aromen, die wie eine Schleppe hinter ihr herwehten, erfüllte das ganze Gebäude und folgte den Bewohnern und Besuchern über die Türschwelle hinaus durch den Hof bis auf die Straße.

Nachdem Anna die Mätresse Joseph Napoleons geworden war, den nicht nur seine Nächsten Plon-Plon nannten, zog sie 1858 aus und ließ sich in der Rue Lord Byron nieder. Dass sie Plon-Plon, der seinem berühmten Onkel wie aus dem Gesicht geschnitten war, genauso betrog wie ihre anderen Liebhaber, wusste halb Paris, oder zumindest wussten es jene, die es interessierte.

Unter der neuen Adresse führte sie, großzügig wie sie war, ein offenes Haus, in dem bedeutende, geist- und oft auch schwerreiche Männer verkehrten, die sie mit all den Kostbarkeiten überhäuften, welche Anna halb scherzhaft, halb im Ernst von ihnen forderte, solange ihre Reize es ihr erlaubten.

Solange sie begehrt wurde, war sie erfolgreich. Dass sie, wie die Gerüchte besagten, als junges Mädchen in einem

Bordell gearbeitet hatte, bezweifelte keiner, der sie reden hörte. Sie war hübsch und ordinär und sah sich durch niemanden gezwungen, ein Blatt vor den Mund zu nehmen. Die Männer liebten ihre unverblümte Art, sie war nicht der geringste ihrer vielen Reize (sie war klein, hatte Kinderhände und wunderbar geformte Beine, die sie nicht nur im kleinen Kreis gern zeigte); mit anderen Frauen – außer den eigenen Bediensteten, Modistinnen, Hutmacherinnen und Verkäuferinnen – pflegte sie grundsätzlich keinen Umgang, ob sie Geschwister hatte, wusste niemand, bereits die Mutter war, so hörte man, demselben Gewerbe nachgegangen wie sie.

Von all den Reichtümern – Bilder, Schmuck und eine überaus üppige und abwechslungsreiche Toilette für jede Tages- und Nachtzeit –, die sie einst besessen hatte, blieb, als ihr Stern gesunken war, nichts übrig; von den natürlichen Gaben lediglich die freimütige Redeweise und ihre vor langer Zeit gewonnene Einsicht, dass auch der Reichtum nicht von Dauer ist. Er war ihr wie ein zufälliger Passant begegnet, war etwas, was einem geschenkt wurde, was man akzeptierte, was sich entfernte und dem man nicht nachtrauerte, wenn es dahin war. Sie weinte ihrem Besitz jedenfalls keine Träne nach, als er mit allem, was er ihr einst eingebracht hatte, zu nichts zerrann. Auch ihre Schönheit löste sich wie ein Regentropfen, der eben noch in der Sonne geglänzt hatte, in einer unscheinbaren Pfütze auf.

Jedoch nicht ganz, denn ein Spanier namens Perez, den sie einst fast in den Ruin getrieben hatte, bewahrte sie vor dem traurigen Ende in der Gosse. Mit den wenigen Mitteln, die ihm geblieben waren, finanzierte er ihr eine bescheidene Wohnung in der Rue Taitbout. Das Armenhaus blieb ihr also erspart. Sie starb mit dreiundfünfzig Jahren, manche Quellen behaupten, sie sei erst fünfundvierzig gewesen. Doch wen interessierte zu jenem Zeitpunkt ihr Alter?

Schon zu Lebzeiten vergessen, hatte ihr eine Kartoffelspeise namens Pommes Anna und der Umstand, dass Emile Zola, ein eifriger Schüler Edmonds und Jules', sie zum Vorbild für die Edelprostituierte Nana nahm, einen gewissen Nachruhm gesichert.

Eines Tages hatte Rose bei der Concierge einen Blick auf Anna Deslions' Garderobe werfen dürfen, die diese durch ihre Zofe Adèle mit der Mietkutsche jeweils zu dem Liebhaber schicken ließ, bei dem sie die Nacht verbringen würde. Wenn sie deren Vorlieben noch nicht kannte, bat sie ihre Zofe, bei den Liebhabern Erkundigungen nach deren geheimen Wünschen einzuholen. Dieses Angebot, das bald als selbstverständlich angesehen wurde, schätzten die Männer sehr und nutzten es gern; jeder der Auserwählten wünschte sie in der Aufmachung zu sehen, die seinem Geschmack entsprach oder ihn, anders gesagt, am meisten erregte. Ihre Toilette wuchs mit jedem neuen Kunden, bis ihre Schränke aus den Nähten zu platzen drohten. Der Umzug kam also zur richtigen Zeit.

Anna war sehr auf Reinlichkeit bedacht. Die beiden Badewannen, die täglich außer sonntags, wenn sie vierundzwanzig Stunden untätig ruhte, durch das enge Treppenhaus nach oben getragen wurden, ließen keinen Zweifel an der Sorge aufkommen, die sie für ihren kostbaren Körper trug; schließlich war er die Quelle ihres Vermögens, ein Kapital, von dem sie wusste, dass er nicht ewig Zinsen tragen würde. Stets schleppten die vier Männer zwei Wannen mit warmem Wasser durch den Innenhof und in den dritten Stock hinauf, sie nahm jeweils zwei Bäder. Wie Rose von Amélie erfuhr, badete die Kurtisane in zweierlei Essenzen, zunächst in heißen südländischen Kräutern wie Rosmarin, Oregano, Lavendel oder Thymian, danach in warmer Rosen-, Kamillen- oder Honigmilch. Die Extrakte, deren Aromen vermutlich den olfaktorischen Vorlieben ihrer jeweiligen Liebhaber entsprachen, wurden dem Wasser erst zugesetzt, wenn die Wannen wohlbehalten in ihrem geräumigen Boudoir angekommen waren, kurz bevor sie hineinstieg.

Als Edmond und Jules hörten, dass Rose eines Nachmittags bei der Hausmeisterin Einblick in Anna Deslions' Abendtoilette erhalten hatte, die man genauso gut als ihre Morgentoilette hätte bezeichnen können, wollten sie alles über jedes Kleidungsstück wissen, jeder Stoff, jede Farbe, jede Paspel, jedes Band, jede Naht, kurz sämtliche Details interessierte sie. Rose erzählte ihnen mit Hilfe der beschränkten Auswahl an Adjektiven, die ihr zur Verfügung standen, aus der Erinnerung von einem wattierten Morgenrock aus gestepptem weißem Satin, von dazu passenden gleichfarbigen Pantöffelchen mit applizierten Goldstickereien, deren Wert sie auf weit über tausend Francs schätzte – über den Wert der Dinge war Rose, die täglich Stunden mit Einkaufen zubrachte, gut unterrichtet –, von einem Unterhemd aus Batist, das Valenciennesspitze schmückte, und einem Unterrock, der mit drei Lagen Spitzenvolants bedeckt war.

Nachdem Anna Deslions auf dem Höhepunkt ihrer Karriere aus der Rue Saint-Georges ausgezogen war, hatte eine

Prostituierte namens Durand ihre Wohnung übernommen. Die Nachmieterin hoffte wohl, dass ihr diese Umgebung das gleiche, wenn nicht noch mehr Glück bescheren würde wie Anna, die hier dank begüterter Männer reich geworden war. Ob dieser Wunsch in Erfüllung ging, ist nicht bekannt, die Geschichte der Kurtisanen war selten länger als die Geschichte ihrer Erfolge, die oft abrupt ihr Ende im frühzeitigen Tod fanden.

Edmond und Jules verfolgten Durands Lebensweg nicht. Hin und wieder ließ Jules sie kommen, während Edmond im Nebenzimmer las oder schrieb. Rose entging es nicht, nichts von dem, was in den vier Wänden in der Rue Saint-Georges geschah, entging ihr. Mademoiselle Durand war zwar hübsch und willfährig und fragte Jules einmal, ob sich sein Bruder nicht dazugesellen wolle, aber sie hatte bei weitem nicht Annas Klasse.

Jules überhörte ihre Frage – oder tat so –, und sie war beim nächsten Mal nicht mehr darauf zu sprechen gekommen. Wozu sollte sie sich freiwillig zusätzliche Arbeit aufbürden, die vermutlich nicht doppelt entlohnt wurde.

## 5 *Kein Grund zur Klage*

1837 war Rosalie Malingre im Alter von siebzehn Jahren in Madame de Goncourts Dienste getreten; sie war zunächst deren langjähriger Haushälterin Françoise Mangin zur Hand gegangen, die bei den Goncourts seit 1823 arbeitete.

Als Françoise 1840 starb, lag es nahe, dass Rose deren Stelle übernahm. Sie blieb der Familie Goncourt bis an ihr Lebensende zweiundzwanzig Jahre später treu ergeben.

Roses ältere Schwestern hatten der jüngsten nur Vorteile in Aussicht gestellt, als sie sie dazu drängten, nach Paris zu ziehen. Doch Rose konnte zunächst keine erkennen. Die Stadt war laut und schmutzig, die Menschen auf den Straßen waren unaufmerksam und rüpelhaft, viele sogar gefährlich. Wen man in den Dreck gestoßen hatte, ließ man liegen. Wer nicht ständig auf der Hut war, hatte das Nachsehen. Selbst Menschen, denen Rose vertraute, weil sie sich hilfsbereit zeigten, erwiesen sich oftmals als berechnend und bösartig.

Als Mädchen für alles arbeitete sie nach ihrer Ankunft in der Hauptstadt auf Vermittlung ihrer Schwester, die als Concierge mit ihrem Mann eine Portiersloge bewohnte, zuerst einige Wochen lang in einem Café, das in den oberen Etagen auch Gästezimmer zur Verfügung stellte. Zu ihren Aufgaben gehörte es, während und nach dem Aufenthalt der durchreisenden Gäste für Ordnung und Sauberkeit in den Zimmern zu sorgen, was keine leichte Arbeit war. Das Haus war eng, verwinkelt und schlecht beleuchtet, graues Licht fiel tagsüber lediglich durch das verschmutzte, fast blinde Oberlicht im Treppenhaus. Es dauerte Tage, bis Rose sich im Haus zurechtfand, oft half ihr lediglich der Tastsinn. Mehrmals kam es vor, dass sie unvermittelt mit Gästen zusammenstieß, die wie sie durch die dunklen Gänge irrten oder ihre Türen nicht abgeschlossen hatten und in den fremden Zimmern auf etwas zu warten schienen. Manche sprangen auf, wenn sie Rose erblickten, andere sahen sie nur befremdet an, selten sagte einer etwas, während Rose stotternd und errötend die Tür ins Schloss zog, zitternd vor Furcht, sich unangemessen verhalten zu haben. Sie kannte sich ja nicht aus. Frauen waren nicht unter den Gästen, nicht einmal Huren. Ständig hatte Rose das Gefühl, das Geld nicht wert zu sein, das sie verdiente.

Außer ihr waren in dem Café nur Männer beschäftigt. Ein älterer Kellner namens Joseph, den sie zunächst für den Besitzer gehalten hatte, unterschied sich durch seine Fürsorglichkeit wohltuend von den anderen Männern, die sie entweder ignorierten oder herumkommandierten. Er war an die sechzig oder sogar älter und hätte also gut und gern ihr Großvater sein können. Dass es sich bei seinem Verhalten nicht um einen freundlichen Charakterzug, sondern um eine geschickte List handelte, um sie gefügig zu machen, musste sie an einem Sonntag erfahren, als sie allein mit ihm im Haus war. Da legte er die Maske des Ehrenmannes ab.

An diesem Tag stand es allen Angestellten frei, zum *Champ de Mars* zu gehen und einer großen Parade beizuwohnen. Rose, die keine Lust verspürte, sich unter die Menge zu mischen, war allein mit Joseph im Haus, der in einem der

Hinterzimmer des Cafés Tischwäsche sortierte. Er rief nach Rose, rief laut, ob sie ihm dabei helfen könne, sie folgte seiner Aufforderung gerne, denn sie mochte seine Gesellschaft und hatte inzwischen begonnen, sich zu langweilen und zu bereuen, den anderen nicht zum Paradeplatz gefolgt zu sein. Mit dem alten Mann über dieses und jenes zu plaudern, war eine willkommene Abwechslung, er erzählte gern vom Land, wo er herkam, und obwohl er aus dem Süden stammte, sie aber aus der Mitte Frankreichs, erkannte sie in seinen Erzählungen die eigene Kindheit wieder. Hunde. Felder. Äcker. Der Regen, der anders roch und anders fiel als in Paris, die Sonne, die heißer brannte und die Haut ganz anders färbte.

Es kam anders, als Rose erwartet hatte. Sie betrat die Kammer, schrie, fiel hin, weinte, flehte, wehrte sich, rief verzweifelt um Hilfe … Das leere Haus blieb taub.

Als Rose wieder zu sich kam, rannte sie in ihr Zimmer, schloss sich ein, übergab sich, wusch sich am ganzen Körper, übergab sich ein weiteres Mal, wusch sich erneut, doch was sie auch tat, es reinigte sie nicht von dem, womit sie beschmutzt worden war. Sie war wie betäubt. Der Unterleib schmerzte. Sie entdeckte Blut in ihrer Unterwäsche. Ein Faden Blut mit einer weißen Flüssigkeit vermischt, die sie zunächst für Eiter hielt, lief über ihre Oberschenkel.

Sie ließ sich an diesem Tag nicht mehr blicken. Sie hörte die Männer nach Hause kommen und hielt sich die Ohren zu. Sie harrte aus. Sie machte aus sich eine Höhle, in der sie sich versteckte.

Als Joseph am folgenden Tag mit ihr sprechen wollte, wich sie verschreckt zurück. Wie konnte er nur. Was wollte er noch? Roses Mienen und Gebärden waren die einer Wahnsinnigen. War sie irre geworden, fragten sich jene vielleicht, die die kurze Szene beobachteten, und arbeiteten weiter, als wären sie blind.

Fünf Wochen später verbrachte sie den Abend bei ihrer Schwester Bénédicte. Auch die ältere Schwester Sidonie, die auf dem Land lebte und sie nur selten besuchte, war zugegen. Nachdem sie Kuchen gegessen hatte, übergab sich Rose und verlor kurz das Bewusstsein. Der Arzt, der in dem Haus zur Miete wohnte und eben seinen Schlüssel in Empfang nehmen wollte, klärte die Frauen über den Zustand ihrer jüngsten Schwester auf. Sie war nicht krank. Sie war schwanger.

Sie war schwanger? Wo und mit wem hatte sie sich herumgetrieben? Die Schwestern und der Schwager, der sich dazugesellt hatte, ließen ihre Empörung an ihr aus. Niemand hinderte sie daran, der Arzt war schon fort, was gingen ihn die Bediensteten an? Die Schwestern zerrten noch an Rose herum, als diese längst aus ihrer Ohnmacht erwacht war.

»Am liebsten würde ich dich in den Bauch treten«, sagte der Schwager.

»Mach nur«, sagte Rose ausdruckslos.

Sollte man sie doch zu Tode zu prügeln, was hatte sie noch zu verlieren, was sie nicht schon verloren hatte, da ihre Ehre dahin war, niemals würde sie, die ein Kind ohne rechtmäßigen Vater erwartete, einen Ehemann finden.

»Du bist schwanger, hast du gehört?«, sagte Sidonie.

»Du bist viel zu jung. Du bist noch nicht einmal verheiratet«, sagte Bénédicte, als wäre ihre jüngste Schwester schwer von Begriff.

»Hure«, sagte der Schwager, auf der Straße hätte er vor ihr ausgespuckt, hier aber, wo der Boden frisch gebohnert war, hielt er sich zurück. »Verdammte Hure.«

Stumm nahm Rose die Fragen, Beschimpfungen und Drohungen hin. Weder versuchte sie sich zu verteidigen noch entschuldigte sie sich. Sie schwieg. Stumm sein war besser, als nach Worten zu ringen, weniger anstrengend, weniger schmerzhaft und genauso aussichtslos. Kein Wort bot ihr Schutz. Schläge waren nichts im Vergleich zu dem, was Joseph an ihr verbrochen hatte.

Sie sagte nicht, wie wenig sie selbst zu ihrem Unglück beigetragen hatte. Niemand erfuhr den Namen des Mannes, der sie geschwängert hatte. Ihr blieb die vage Hoffnung, sie würde plötzlich sterben und mit ihr, was in ihr wuchs. Sterben, verschwinden. So einfach.

Als die weltgewandte Bénédicte fragte, ob es zu einer Gewalttat gekommen sei, und mit gesenkter Stimme verschwörerisch hinzufügte, es gebe Kommissare und Gerichte, drang ein klagender Laut aus Roses Mund. Sie selbst hörte ihn wie aus der Ferne, wie von einer Fremden, als dringe er von außen durch ein geschlossenes Fenster – von weit her und unmissverständlich zugleich. Niemals würde sie ihre Schande öffentlich preisgeben. Die Schwestern merkten kurz auf. Der Schwager schien inzwischen in Gedanken anderswo. Waren nicht sie es gewesen, die so lange auf sie eingeredet hatten, bis sie ihr Dorf endlich verließ, nach Paris zog und die Stelle in dem Café annahm, wo sie dann missbraucht worden war?

Das Kind machte sich in ihr breit und wuchs. Das war die Natur, gegen die sich niemand auflehnen konnte.

Vier Monate später brachte sie ein totes Kind zur Welt.

Nach der Aufdeckung der Schwangerschaft durch den zufällig anwesenden Arzt war Rose nicht ins Café du Marché zurückgekehrt, sie lebte zurückgezogen bei einer Näherin zur Untermiete (den geschuldeten Lohn holte Bénédicte ab). Ob das Kind ein Knabe oder Mädchen gewesen war, erfuhr sie nicht, sie hatte nicht danach gefragt. Zwei-, dreimal war sie dem Kindsvater auf der Straße begegnet, als sie zum Markt ging, er hatte sie angehalten, machte ihr Vorwürfe, bei Nacht und Nebel ohne ein Wort verschwunden zu sein, und versuchte sie davon zu überzeugen, zurückzukehren und ihn zu heiraten, sie ließ ihn stehen. Hinkend lief er ihr nach und rief immer wieder ihren Namen: »Rose, meine kleine Rose!« Wieder täuschte er väterliche Fürsorge vor. Er war außer Atem, seine Stimme zitterte wie die eines alten Weibes, er wollte ihr Obst schenken, eine Ananas, sagte er. Nie hatte sie so etwas gegessen. Sie war schon weg, sie drehte sich nicht um.

»Eine Mandarine? Eine Banane?«, rief er ihr nach.

Zum ersten Mal lachte sie über ihn.

Rose verschwieg ihm das totgeborene Kind. Sollte er je davon erfahren, dann nicht von ihr. Sie wollte die Erinnerung daran für sich behalten. Allmählich erlosch das Kind auch in ihrem Gedächtnis.

Wer den alten Mann hinter dem jungen Mädchen herlaufen sah, mochte sich denken, was er wollte, aber wohl kaum, dass er der Vater ihres Kindes war.

Josephs Freundlichkeit, die nur dem Zweck gedient hatte, ihr Vertrauen zu gewinnen, sie in ein dunkles Zimmer zu locken und zu vergewaltigen, war ihr eine Lehre, fremden Menschen, die freundlich zu ihr waren, nicht blind zu vertrauen. Sie sprach von nun an wie eine erfahrene Frau, wenn sie über Männer redete, obwohl sie nur wenig davon verstand.

Viol und Vitriol waren fortan ein unzertrennliches Wortpaar. Hörte sie das eine, dachte sie an das andere und umgekehrt: Viol und Vitriol. Vergewaltigung und Salzsäure.

Sie dachte immer öfter an den Vorgang, der dazu geführt hatte, dass sie beinahe Mutter geworden wäre, als an das Kind selbst, das nie ein Mensch geworden war. Was war es anderes als ein lebloser Klumpen?

Die Schwestern hatten den Vorgang ein Verbrechen genannt, das gesühnt werden sollte. Wie denn gesühnt? Joseph anzeigen? Joseph eine Falle stellen? Joseph töten? Sie war doch viel zu schwach. An all das dachte sie, aber immer nur wenige Sekunden lang.

Es blieben das Blut, der Schweiß, das Sperma, der Klumpen, kurz die Erinnerung. Sie hatte Tränen des Schmerzes und der Wut über die eigene Unvernunft vergossen. Sie konnte darüber nicht sprechen. Mit niemandem. Mit wem auch? Wäre sie nicht so unerfahren – so jung – gewesen, hätte sie die anderen zur Parade begleitet und nichts wäre geschehen.

Einen Mann fürs Leben zu finden, war für ein Mädchen in ihrer Stellung so gut wie ausgeschlossen. Wer zu jeder Tages- und Nachtzeit damit rechnen musste, der Herrschaft zur Hand zu gehen, konnte sich nicht auch noch um einen Ehemann und Kinder kümmern. Es kam die verlorene Unschuld hinzu. Wer wollte ein gebrauchtes Mädchen zum Altar führen, das nicht einmal hübsch war?

Rose war überzeugt, dass man in ihren Augen Dinge lesen konnte, über die sie nicht sprach. Sie fragte sich, ob sie dieses Kind der Schande geliebt hätte. In ihrer Vorstellung wuchs es schneller, als es in Wirklichkeit gewachsen wäre, bis es sich eines Tages unversehens aus ihren Gedanken stahl. Vielleicht lag es daran, dass es weder ein Mädchen noch ein Junge gewesen war, sondern eher eine Made, die keine Liebe verdiente, die man zertreten musste. Nicht daran zu denken kostete nichts.

Städter dachten wohl, dass Mädchen vom Land – anders als Stadtkinder – die Geheimnisse der Natur kannten und ohne Hemmung damit umgingen, weil sie ständig mit trächtigen Kühen und frisch geborenen Ferkeln zu tun hatten und ihnen der Anblick von brünstigen Pferden und samenden Stieren alltäglich war. Sie hatten es nicht nötig, in die Vorgänge rund um die Geburt eingeweiht zu werden, sie waren es von Geburt an.

Erst später, viel später, erzählte Rose der Hebamme Maria, dass ihre erste Nacht mit einem Mann eine Vergewaltigung mitten am Tag gewesen war.

Maria war immer da für sie, wenn sie sie brauchte. Ihre Güte schien von einer anderen Welt. Wie sehr wünschte sich Rose, Edmond oder Jules würde sie heiraten, oder beide, am liebsten beide, der Gedanke erheiterte und wärmte sie.

Bei den Goncourts lernte Rose die Annehmlichkeiten eines geregelten Haushalts, sauberer Bettwäsche und regelmäßiger, reichlicher Nahrung kennen, die sie stets allein in der Küche zu sich nahm.

Sie entdeckte die Wohltaten des Kirchgangs und der Beichte, die ihr für einige Stunden Erleichterung verschafften. Die Sünde, mit der sie beschmutzt worden war, löste sich ganz allmählich in Luft auf; sie kehrte zurück, um beim nächsten Beichtgang erneut auf den Schwaden des Weihrauchs davonzuschweben, die im Licht der einfallenden Sonnenstreifen von einem Ende des Kirchenschiffs zum anderen zogen.

Mit ihrer Anwesenheit im Gotteshaus bezeugte Rose dem Herrn ihre Dankbarkeit, weil er ihr den richtigen Weg, den Weg zu Madame de Goncourt und ihren Söhnen gewiesen hatte, vielleicht auch, weil er sie von der unerwünschten Frucht ihres Leibes erlöst hatte. Die Schwermut junger Mädchen, wie die Ärzte ihre Krankheit bezeichneten, wurde dadurch etwas abgeschwächt, wenngleich Rose nie mehr ganz davon geheilt werden würde – wie sich wenige Tage nach ihrem Tod herausstellen sollte, als die ganze Wahrheit über ihr Leben ans Licht kam.

Der hin und wieder aufflackernde Wunsch nach einem Eheleben wich für die Dauer des Kirchenbesuchs innerem Frieden, der sie alles um sie herum vergessen ließ.

Ob ihr etwas fehle, fragte Madame de Goncourt sie einmal, als Rose ihr abends beim Abnehmen der Haube behilflich war, da sie den Eindruck hatte, sie träume mit offenen Augen und tauben Ohren. Sie hatte wohl eher mit einer versteckten Träne als mit dem kurzen Auflachen gerechnet, das als wortlose Antwort über die zusammengekniffenen Lippen der kaum zwanzigjährigen Rose kam, die stets älter wirkte, als sie war.

In der Kirche ruhte Gottes warmes Auge auf ihr. Wenn sie zur Beichte ging, wusste sie, dass ER sich in ihrem Beichtvater verkörperte. Er hatte keinen weißen Bart, sondern Ähnlichkeit mit Jesus auf den entfärbten Kirchenbildern, den milde Jünger, strenge Apostel und heilige Jungfrauen umgaben. Statt zu ihnen sprach Jesus zu Rose, statt über Wasser zu wandeln und Brot unter den Armen zu verteilen, nahm er ihr – pünktlich alle sieben Tage – die Beichte ab. Er befreite sie von der Last ihrer Sünden.

Während eines halben Jahres ging sie jeden Samstag zur Beichte und am nächsten Morgen zur Kommunion. Doch an den jungen Priester, der sie im Beichtstuhl erwartete, dachte sie an allen Tagen. Die Vokale seiner sanften Stimme – er sprach etwas undeutlich, öffnete die Lippen kaum, beendete die Sätze im Ungefähren – waren wie Schalen, in denen er kostbare Dinge aufbewahrte, um sie ihr zu überreichen. Sie nahm sie in Empfang wie die Hostie. Sie träumte von ihm. Sie wachte davon auf. Sie schloss die Augen und spürte seine Hände auf ihrem Scheitel. Er hieß Abbé Joseph – ja, wie Joseph, der ihr das Kind gemacht hatte, mit dem er so gar keine Ähnlichkeit hatte. Wenn sie sich im Beichtstuhl auf die Knie niederließ, kniete sie nicht vor Gott, sondern vor Abbé Joseph. Wenn sie Mein Gott sagte, meinte sie ihn, Abbé Joseph, aus Fleisch und Blut.

Dem Beichtstuhl galt während dieser erhebenden Monate ihr erster Gedanke am Morgen und ihr letzter am Abend. Sie war voller Vorfreude auf den Samstag, die Zeit schlich im Schneckentempo darauf zu.

Wenn der junge Priester ihr sein Ohr lieh, neigte er den Kopf und legte das Kinn in die durch Daumen und Zeigefinger gebildete Gabelung seiner schönen Hand; trotz der Dunkelheit gewahrte sie den Perlmuttschimmer seiner Fingernägel und den Glanz seiner von der Zungenspitze befeuchteten Lippen. Sie erzählte ihm alles, nur nicht, dass sie vergewaltigt worden war. Ein solches Wort hätte sie in seiner Gegenwart nicht auszusprechen gewagt, auch wenn sie wusste, dass der Sündenschmutz hier abgewaschen wurde, wozu sonst war die Beichte gut? Aber nein. Er sollte nicht wissen, was an ihr haftete. Sie erzählte ihm kleine, lässliche Sünden, die sie entweder lange vor der letzten Beichte oder gar nicht begangen hatte, womit sie sich vermutlich schuldig machte, aber wenn, dann vor Gott, nicht vor dem Abbé.

Auf dem Weg zur Kirche bereitete sie sich gut vor, wie eine echte Schülerin (die sie nur kurz gewesen war). Je mehr sie aufzuzählen hatte, je mehr Worte sie für ihre kleinen Vergehen fand, desto länger durfte sie in seiner Nähe sein, sie roch seinen kühlenden Atem durch die vergitterte Öffnung, er roch einmal nach Minze, ein anderes Mal nach Veilchen, auch nach Lavendel, Düfte, die nicht zu fassen waren, aber man konnte sie in sich aufnehmen. Wie gern hätte sie ihn darum gebeten, ihr die Pastille auf der Zungenspitze durchs Gitter des Beichtstuhls zu reichen.

Er durfte nicht schlecht von ihr denken. Vielleicht durchschaute er sie. Vielleicht verzieh er ihr wortlos sogar das Wesen, das sie geboren hatte. Gott sah, was wirklich geschehen war. Er kannte ihre Gedanken und Taten, die Fallen, die man ihr gestellt hatte, und die Strafe, die ihr auferlegt worden war und vielleicht auch dem Übeltäter. Gott hieß auch die Ungerechtigkeiten gut. Gott forderte sie heraus. Gott duldete sie. Gott war in allem, selbst in dem, den er verlassen und verstoßen hatte. Gott würde ihr die unschuldige Liebe zu Abbé Joseph verzeihen, denn Gott war unbeirrbar wie ein Esel, auf den man einschlug und der sich doch nicht bewegte.

In der Dunkelheit des Beichtstuhls sah sie von Abbé Josephs Gesicht mehr Schatten als Konturen. Einmal sah sie ihn im Traum mit nackten Beinen und entblößten Armen auf einem Schimmel reiten. Einmal stieß er ein Tor auf, dahinter öffnete sich der Blick auf ein Schloss und einen lieblichen Park voller Palmen, Papageien und schöner Frauen. Einmal war er durchsichtig und hielt ein Flammenschwert in der ausgestreckten Rechten. Sie blieb so lange in der Kirchenbank, bis er den Beichtstuhl verließ, das dauerte manchmal eine Stunde, oft länger. Er war so jung, warmherzig, geduldig und schön. Er hatte die Stimme eines Heiligen.

Eines Tages bemerkte sie zwei Mädchen, die Abbé Joseph in die Sakristei folgten. Sie tauchten aus dem Nichts auf. Sie verschwanden hinter der schweren Tür, die lautlos ins Schloss fiel. Rose hatte keine von beiden aus dem Beichtstuhl kommen sehen. Sie hatte sie überhaupt noch nie gesehen. Sie wartete ein paar Minuten, dann folgte sie ihnen. Als sie die Tür zur Sakristei aufstieß, sah sie, wie die beiden Mädchen vor Abbé Joseph knieten, der mit offenem Mund, gerecktem, weggedrehtem Hals und halb geschlossenen Augen zum Kruzifix emporblickte, das über dem schmucklosen Altar hing. Christus am Kreuz trug nur einen Lendenschurz. Dann fiel sein Blick auf Rose.

Beim nächsten Beichtgang stellte sie den Abbé zur Rede. Sie fragte: »Warum die beiden?«

Er flüsterte: »Es ist Blasphemie, was auch immer du dir ausdenkst. Nimm dich in Acht. Ich bin ein Mann der Kirche. Du bist hingegen nichts. Bete. Schweige. Bete drei Rosenkränze, und beim nächsten Mal wirst du bei einem anderen Pater beichten. Du wirst diesen Beichtstuhl nicht mehr betreten. Halte dich von mir fern.«

Er sagte es, als müsste sie den Teufel meiden. Als wäre er der Teufel selbst.

Als sie den Beichtstuhl verließ, öffnete auch er die Tür, und Rose bemerkte zwei scharf gezackte Äderchen an seinen Schläfen, die wie Nadelstiche unter seiner Haut pulsierten. Er hatte vergessen, ihr die Absolution zu erteilen, und sie hatte keinen Wert darauf gelegt, sie zu erlangen.

Rose verlor den Geschmack an der Kirche, die ihr eine Weile die Bitterkeit des Lebens genommen hatte. Ihre Kirchgänge beschränkten sich fortan auf Gottesdienstbesuche an Ostern und Weihnachten. Saint-Roch, wo Abbé Joseph ihr so oft die Beichte abgenommen hatte, besuchte sie nicht mehr; um eine Begegnung mit ihm zu vermeiden, nahm sie lieber den langen Weg nach Notre-Dame auf sich.

Die Kathedrale von Paris machte jedes Mal großen Eindruck auf Rose. Sie machte den verlorenen Glauben mit Leichtigkeit wett. Bei jedem Besuch erschien Notre-Dame ihr mächtiger als zuvor.

Er hatte sie ziehen lassen. Keine Sekunde lang hatte er versucht, sie zurückzuhalten. Wer war sie schon in seinen Augen? Eine Gefallene, die niemandem gefiel. Sie träumte nun manchmal von ihm wie vom Kellner Joseph, aber zum Glück nicht zu oft.

Nun wandte sich Rose dem kleinen Jules zu, dem sie bis zu diesem Augenblick kaum mehr Beachtung geschenkt hatte als einer verirrten Katze, die um ihre Beine strich. Er war sieben, als sie ihre Stelle bei der zurückhaltenden, fast schüchternen, eindeutige Gefühlsregungen unterdrückenden Madame de Goncourt in der Rue de Provence antrat. Ein Jahr später zog man in die Rue des Capucines um. Den etwas nervösen, klugen und anmutigen Jungen liebte sie jetzt noch zärtlicher als den nachdenklichen, acht Jahre älteren Edmond, der für sie ein König war, Jules hingegen ein Prinz.

Nachdem Rose in Madame de Goncourts Dienste getreten war, gehörte sie zur Familie. Daran änderte sich nichts bis zu deren Tod. Sie wurde gut behandelt und anständig bezahlt. Sie war weder bei Madame noch später bei den Söhnen sklavisch ans Haus gebunden, sondern hatte ausreichend Zeit, sich in der Öffentlichkeit zu bewegen. Niemand hatte etwas dagegen, dass sie samstags zum Tanzen ging und sich vergnügte. Sie war noch so jung.

Annette-Cécile Huot de Goncourt, die bei Roses Antritt bereits seit drei Jahren Witwe war, war weder anspruchsvoll noch launisch. Rose war ein schüchternes, wortkarges Mädchen, über dessen Vorgeschichte niemand Bescheid wusste. Dass sie trotz ihrer Jugend bereits schwanger gewesen war, hätte sich Annette-Cécile, die seit dem Tod ihres Mannes zurückgezogen und enthaltsam lebte, wohl nicht einmal im Traum vorstellen können, und dies, obwohl sie eine Mutter hatte, die sich, indem sie ihre Kinder für einen anderen Mann verließ, alles andere als sittsam verhalten hatte. Rose war so unauffällig, wie es sich für ihren Stand geziemte.

In den drei Jahren, da Rose Madames langjähriger, erfahrener Zofe Françoise Mangin unterstellt war, eignete sie sich alles an, was nötig war, um sich unentbehrlich zu machen. Als Françoise unerwartet starb – Madame regelte ihren Nachlass und hielt einen dreisten Erben in Schach, der alles Mögliche forderte –, war Rose in der glücklichen Lage, sie so zu ersetzen, dass der Verlust im Haushalt gar nicht bemerkt wurde. Edmond und Jules hatte sie da längst in ihr einsames Herz geschlossen wie eigene Kinder, die jederzeit auf sie zählen konnten. Sie war verlässlich wie ein Hofhund und beständig wie ein Möbelstück.

1840, am Ende des Jahres, in dem Françoise gestorben war, wurden die sterblichen Überreste Napoleons I. während eines mehrwöchigen Transports von St. Helena – wohin ihn zwanzig Jahre zuvor die Briten nach der Niederlage bei Waterloo deportiert hatten – nach Paris überführt. Sie sollten im Invalidendom einen Ehrenplatz erhalten. Da der Bau der imposanten Krypta, in der das stolze Grabmal aus rotem Quarzit errichtet wurde, noch in seinen Anfängen steckte, konnten die Gebeine erst im April 1861 endgültig beigesetzt werden. So lange harrten sie in einer Seitenkapelle ihrer künftigen Ruhestätte im inneren Kern einer Art russischen Puppe, denn fünf weitere Särge umhüllten den Weißblechsarg, in dem sie lagen: ein Sarg aus Mahagoni, zwei Bleisärge, ein Sarg aus Ebenholz und ein Eichensarg.

Die Überführung des ersten Kaisers der Franzosen war auf Anordnung von König Louis-Philippe erfolgt, der die neu entflammte Liebe seiner Untertanen zu seinem Vorgänger für die eigene Popularität zu nutzen hoffte. Doch als es endlich so weit war –, die Arbeiten an dem Grabmal dauerten beinahe zwanzig Jahre –, hatte er die Macht längst verloren. Seine Absetzung im Februar 1848 überlebte er lediglich um zweieinhalb Jahre.

Kurz vor Ablauf seiner Amtszeit hatte Louis Napoleon, ein Neffe Bonapartes und seit 1848 Staatspräsident der Zweiten Republik, die Macht an sich gerissen. Der Staatsstreich erfolgte am 2. Dezember 1851: Soldaten des 42. Regiments besetzten auf sein Geheiß den Palast der Nationalversammlung und verhafteten dort wohnhafte Volksvertreter, darunter den Vizepräsidenten des Parlaments. Nachdem die Nationalversammlung aufgelöst worden war, kam es auf den Straßen von Paris zu blutigen Auseinandersetzungen, bei denen mindestens dreihundertachtzig Menschen starben. Eine Volksabstimmung am 21. November 1852 erzielte ein eindeutiges Resultat: 96,7 Prozent der französischen (männlichen) Wähler wollten den Neffen Napoleons I. als zweiten Imperator auf dem Thron sehen.

Der Titel eines Pamphlets von Victor Hugo, »Napoleon der Kleine«, blieb zeitlebens an Napoleon III. hängen. Der Schriftsteller, der den neuen Kaiser als Dieb, Kriminellen und Filou bezeichnete, wurde verbannt und verbrachte die folgenden zwei Jahrzehnte auf den Kanalinseln Jersey und Guernsey.

Hugos zahlreiche Aufrufe verhallten folgenlos. Nicht die Franzosen sollten dem Herrscher ein Ende machen, sondern die Preußen und deren Verbündete. Seine zwanzigjährige Regentschaft endete in einer Niederlage.

1861 aber war es diesem Napoleon – dem dritten und absehbar letzten Kaiser der Franzosen – vorbehalten, die feierliche Grablegung seines Onkels, vor dem einst ganz Europa gezittert hatte, im Invalidendom zelebrieren zu lassen.

Tagelang hatte man damals über die Heimkehr des einst geächteten Monarchen geredet, der mit allen nur vorstellbaren Ehrenbezeigungen und der Aussicht auf Unsterblichkeit in Paris eingezogen war.

Annette-Cécile de Goncourt wurde von persönlichen Erinnerungen überwältigt, denn ihr Mann hatte als Offizier in Napoleons Großer Armee gedient, bis er in den unscheinbaren und unentschiedenen Rang eines mit dem Kreuz der Ehrenlegion ausgezeichneten »Halbsoldaten« versetzt wurde, der ihn in jeder Hinsicht lähmte; zum einen durfte er keinem Beruf nachgehen – als Guts- und Landbesitzer war es ihm lediglich erlaubt, seine Güter zu verwalten –, zum anderen war er dazu verdammt, sich in Lothringen anzusiedeln, wo seine Vorfahren gelebt hatten, und dies aus keinem anderen Grund als ebendiesem biografischen Detail. Dass er als Halbsoldat nur den halben Sold erhielt, machte die Sache nicht besser.

Zur Untätigkeit verurteilt, war Marc Pierre Huot de Goncourt dennoch verpflichtet gewesen, stets abrufbereit zu sein. Seine wiederholten Versuche, einen aktiven Posten in der Armee zu erlangen und damit seiner Passivität ein Ende zu setzen, schlugen trotz bester Verbindungen nach oben fehl. Immerhin wurde ihm schließlich gestattet, mit seiner Familie von Nancy nach Paris zu ziehen; er entging dem traurigen Schicksal, in der Provinz zu versauern.

Nachdem er sein halbes Leben als Major in der napoleonischen Armee gedient hatte, verbrachte er den Rest seiner Tage damit, von der Vergangenheit zu zehren, deren persönliche Krönung zugleich der politische Tiefpunkt Frankreichs gewesen war. Der Russlandfeldzug, an dem Huot teilgenommen hatte, war auch für ihn ungut zu Ende gegangen, denn er war verwundet worden; in Russland hatte eine Kugel seine Schulter durchschlagen, was ihm den Gebrauch der rechten Hand so gut wie unmöglich machte. Sein früher Tod mit nicht einmal fünfzig Jahren ging auf das Konto dieser Jahre, die den von Pocken gezeichneten Mann zudem ausgezehrt und für alle möglichen Krankheiten anfällig gemacht hatten.

Mit ihrer Zofe Françoise hatte Annette Cécile de Goncourt über all das sprechen können. Doch nun war auch diese tot, wie ihr Mann und ihre beiden Töchter Nephtalie und Emilie. Nephtalie war kein Jahr alt geworden, Emilie mit drei Jahren auf der überstürzten Flucht vor der Cholera in der Kutsche in den Armen ihrer Eltern just daran gestorben. Das Kostbarste, was Madame de Goncourt noch besaß – in Gelddingen war sie hoffnungslos überfordert, jede ihre Spekulationen erwies sich als verlustreicher Fehlschlag –, waren ihre beiden Söhne.

Während Edmond sich gut an seinen Vater erinnerte, fehlte Jules jede Erinnerung an ihn.

Annette-Cécile de Goncourt folgte ihrem Ehemann vierzehn Jahre nach dessen Tod ins Grab – sie war erst fünfzig.

Der Aufenthalt auf dem Land im Schloss ihres Cousins de Villedeuil hatte ihren Gesundheitszustand, entgegen der Hoffnungen ihrer Angehörigen, nur kurzfristig verbessert. Das Ende ließ sich nicht aufhalten. Anfang September 1848 verschlimmerte sich ihr Befinden so sehr, dass nicht einmal an eine Rückreise nach Paris zu denken war. Sie starb bei ihren Verwandten im Schloss von Magny in Anwesenheit ihrer beiden Söhne.

Edmond und Jules wechselten sich am Sterbebett ab und sahen fassungslos zu, wie der Tod ihre Mutter in Besitz nahm. Es ließ sich offenkundig nicht mit ihm handeln. Am Nachmittag des 5. September wurde ein Priester gerufen, der sie mit den Sterbesakramenten versah.

Als sie mit ihren Söhnen allein war, bat sie sie, einander die Hände zu reichen. Edmond musste bei ihrem Leben schwören, sich künftig wie um einen eigenen Sohn um Jules zu kümmern. Ihr Blick, der auf dem Älteren ruhte, war unmissverständlich. Als sie ihre kühlen Hände kaum spürbar um die Hände ihrer Söhne schloss, war der Bund endgültig besiegelt. Sie übertrug dem Sechsundzwanzigjährigen die Verantwortung für den Siebzehnjährigen.

»Wir werden niemals heiraten«, sagte Edmond am Abend, und Jules nickte. Nichts fiel ihnen leichter als diese Entscheidung, und niemals kam einem der beiden auch nur flüchtig der Gedanke, sie sei falsch gewesen.

Nun, da jeder über eine jährliche Rente von fünftausend Livres und über die Einnahmen aus den Ländereien in der Haute-Marne verfügte, waren sie unabhängig.

Rose hatte bis zur Morgendämmerung bei Annette-Cécile die Totenwache gehalten. Als es hell wurde, schlug sie das Leintuch zurück, zog den Leichnam aus und wusch ihn mit Wasser und Seife und einem Schwamm von Kopf bis Fuß, wie man es auf dem Land tat – sie selbst hatte nie eine Totenwaschung vorgenommen, aber als Kind hatte sie zugesehen, wie ihre Urgroßmutter und später eine Tante gewaschen wurden.

Niemand hatte sie darum gebeten. Niemand musste sie bitten. Sie verrichtete diese Arbeit, die sie als ihre Pflicht betrachtete, so leise, dass man im angrenzenden Zimmer nicht einmal ihre Schritte hörte. Als Edmond und Jules ihre Mutter wiedersahen, war ihr Haar ordentlich frisiert, ihre Stirn matt, ihre Wangen rosa gepudert und die Lippen geschminkt. Rose saß in einer Ecke und schlief. Ihre Schürze war noch nass.

Noch am selben Abend bat Edmond sie förmlich, ihnen weiter zu dienen. Niemand kannte ihre Wünsche besser als Rose. Niemand führte den Haushalt mit größerer Selbstverständlichkeit als sie. Es gab für die beiden Brüder keinen Grund, sich von Rose zu trennen, und für Rose keinen

Grund, den Haushalt zu verlassen. Sie hatte den Haushalt im Griff. Auch wenn ihre Kochkünste zu wünschen übrig ließen und sich auch im Lauf der Jahre nicht verbesserten, sahen sie in zerfallendem, farblosem Gemüse und hartgesottenem, faserigem Fleisch keinen Anlass, sich von ihr zu trennen. Sie kannten sie ja.

Rose nickte und blieb.

Madame de Goncourt blieb als Kette eines unsichtbaren Bandes, das sie mit Edmond, Jules und Rose einte, im Hintergrund stets gegenwärtig wie die Landschaft auf einem Gemälde, das jeder sah und über das niemand sprach, weil nicht sie, sondern die Personen, die darauf abgebildet waren, im Mittelpunkt standen. Niemand dachte je daran, den Bund zu lösen.

Wenige Tage nach der Beerdigung kündigte Edmond seinen Posten als untergeordneter Angestellter bei der Staatskasse, den er seit kurzem bekleidete. Damit verzichtete er freiwillig und leichten Herzens auf eine Karriere als Jurist, die er nicht nur aufgrund des mütterlichen Wunsches nach einer sicheren Position im Leben zunächst angestrebt hatte.

Künstler sein! Auf diesen Augenblick hatten sie gewartet, Edmond etwas länger als Jules. Beide zeichneten. Beide waren ungewöhnlich neugierig. Nun hatten sie genügend Zeit und Gelegenheit, ihr Talent an der Wirklichkeit und deren Reproduktion an der Wahrheit zu messen, die täglich von Neuem auf den Prüfstein gestellt werden würde.

Sofort begannen die Brüder Überlegungen darüber anzustellen, wohin sie – nunmehr als freie Künstler – reisen würden. Ihre Wahl fiel auf Italien. Doch da die politische

Lage in Rom unsicher war, entschlossen sie sich, die französischen Provinzen zu bereisen, die ihnen kaum bekannter waren als Venedig, Florenz oder Rom.

Die ausgedehnte Reise führte sie siebenhundert Kilometer zu Fuß von Burgund bis in die Provence, täglich legten sie selbst in der sengenden Sonnenglut bis zu vierunddreißig Kilometer in weniger als sechs Stunden zurück. Die Postkutsche benutzten sie nur selten, zu Fuß waren sie fast immer schneller am Ziel. Der Staub der Feld- und Ackerwege und des trockenen Getreides kroch unter ihre Kleidung. Doch nur selten legten sie eines der vier Kleidungsstücke ab, die an ihnen klebten. Einmal hielten die Gäste einer Herberge den bartlosen Knaben Jules für ein Mädchen, das der Entführer in Jungenkleider gesteckt hatte, damit es nicht entdeckt wurde.

Nach dreieinhalb Monaten schifften sie sich in Marseille ein und fuhren nach Algier. Als Maler hatten sie sich aufgemacht, als Schriftsteller kehrten sie zurück.

Was das Zifferblatt der Uhr anzeigte, kümmerte Rose wenig, sie richtete sich nach ihrem Magen, wenn es darum ging, das Essen vorzubereiten. Ihr inneres Uhrwerk war mindestens so zuverlässig wie die Uhr, die in der Küche hing.

Uhren gab es in der Wohnung der Goncourts an Wänden, auf Kommoden und Kaminsimsen mehr als genug, sie schenkte ihnen gerade so viel Aufmerksamkeit, wie nötig war, um sie am Pendeln, Ticken und Schlagen zu halten. Edmond duldete keine stehengebliebenen Uhren, auch wenn er ihrem Geläute keine Beachtung zu schenken schien. Manchmal bewegten sich Roses Lippen, mechanisch zählte sie dann mit, Zählen und Rechnen beherrschte sie gut.

Um sechs Uhr stand sie auf. Ein Wecker war nicht nötig, da die Glocken von Notre-Dame de Lorette pünktlich zum Angelusgebet riefen. Mit dem Weckruf begann ihr Dienst, dazu gehörte, dass sie sich gründlich wusch und ordentlich ankleidete. Im Winter heizte sie in der Wohnung zuerst die Öfen ein, dann den Herd, im Sommer lüftete sie und schloss sämtliche Fenster, sobald sich die Mittagshitze ankündete. Sie holte frisches Brot. Dann bereitete sie das Frühstück zu. Während Edmond und Jules im Salon frühstückten, machte sie deren Betten.

Um halb zwölf Uhr mittags begann sie zu kochen, sofern die Brüder nicht allein oder mit Freunden – deren Namen Rose geläufig waren, auch wenn sie sie nicht kannte – im Restaurant aßen, was ihnen offenbar die beste Ablenkung von der Arbeit in den eigenen vier Wänden bot. Um sechs Uhr abends stand sie erneut am Herd, wenn die Brüder nicht ins Theater gingen oder abermals Freunde trafen, was oft der Fall war; ihre Bekanntschaften schienen sich wie Kreise im Wasser stetig zu erweitern – und auch manchmal zu verlieren. Doch davon erfuhr sie nichts.

Kurz vor Mitternacht warf Rose einen letzten Blick auf die Küchenuhr, die neben dem Geschirrschrank hing. Dort sah sie, was ihre innere Uhr ohnehin wusste, die Zeiger rückten auf Mitternacht vor und glitten mit einem kaum hörbaren Klicken darüber hinweg, ein Tag war vorbei, ein neuer begann. Spätestens wenn die Zeiger sich übereinanderlegten, begab sie sich in ihre Dachkammer, wo ihr Bett stand, in dem sie im Winter vor Kälte und im Sommer vor Hitze oft unruhig schlief.

Morgens ging sie meist auf den Markt. Gern unterhielt sie sich mit den Ladenbesitzerinnen, Marktfrauen, Krämern, Bäckern, Gesellen, Austrägern und Dienstboten. Kellner mied sie, was aber niemandem auffiel. Sie hörte lieber zu, wenn andere erzählten, sie selbst erzählte wenig.

Rose argwöhnte, dass man hinter ihrem Rücken über sie tuschelte. Die einen mochten sie unauffällig, die anderen hässlich finden, sie selbst hatte es stets eilig, Schaufenster, die ihr Spiegelbild feindselig zurückwarfen, hinter sich zu lassen. War ein Blick in den Spiegel unumgänglich, hatte sie ihre eigenen Methoden, ihm auszuweichen. Sie hatte Übung im Weglaufen und Wegsehen. Während sie davoneilte, blieben die Spiegelbilder zurück und lösten sich auf; anders als der eigene Schatten konnten sie sie nicht verfolgen.

Nie sprach sie mit Fremden über die beiden Junggesellen, für die sie arbeitete und bei denen sie wohnte. In fast jeder Hinsicht war sie die ergebenste und verschwiegenste Dienerin, die man sich wünschen konnte. Die Flecken, die das Bild trübten, kannte nur sie, und sie tat ihr Möglichstes, um sie zu verwischen.

Was auch immer geschah, was auch immer sie abends erlebte, wovon auch immer sie träumte, ob ihre Nächte ruhig oder unruhig waren, morgens war sie lange vor den Brüdern wach und stand vor ihnen auf. Abends hingegen begab sie sich meist vor ihnen zur Ruhe. Wenn sie bis in die Morgenstunden kritzelten, brauchten sie sie nicht. Erst sagten sie, sie seien Journalisten, dann Romanciers. Nie war sie neugierig zu lesen, was sie schrieben, worüber, weshalb. Zwar konnte sie lesen, aber es bereitete ihr Mühe, den Zusammenhang zwischen zu vielen Worten herzustellen, die für sie oft nur nackte Buchstaben waren. Auch hatte sie keine Zeit. Wann hätte sie lesen sollen?

In der kalten Jahreszeit legte sie kupferne Wärmflaschen in ihre Betten und vergaß nicht, sie zu gegebener Zeit zu verschieben, vom Fußende in die Mitte des Betts und wieder zurück, so dass die Wärme gleichmäßig verteilt wurde.

Edmond und Jules wollten nicht mehr behelligt werden, wenn sie ihre Abendtoilette verrichtet hatten, und Rose hatte Verständnis für sie. Sie legte die Nachthemden bereit. Jules wünschte das Hemd zusammengelegt auf dem Kopfkissen, Edmond erwartete es ausgebreitet auf der glattgezogenen Bettdecke.

Bei Bedarf war Rose verfügbar, wenn man dies wünschte, zog sie sich zurück. War sie außer Haus, würde sie rechtzeitig zurück sein. Sie ging auf jede noch so kleine Laune ihrer Herren ein, las nötigenfalls von den Lippen oder Mienen ab, was sie von ihr erwarteten, und wusste oft früher als sie, was es war. Sie kannte ihre Zeiten und Gewohnheiten, ihre Ordnung und Unordnung, ihre Stimmungen und Anwandlungen, ihr Reden, ihr Schweigen, ihre Nachdenklichkeit, ihre Neugierde und Gesprächigkeit, ihre Abneigungen (gegen Artischocken) und Vorlieben (für Froschschenkel), die Freunde, die zum Essen kamen, deren Gewohnheiten, deren Schwächen, deren Abneigungen, die jungen Damen, die sie manchmal besuchten, Jules' Verliebtheiten, die meist so flüchtig waren wie das Wasser, das durch die Traufen vom Dach in die Abwässer floss.

Sie opferte sich auf, ohne je ein Wort darüber zu verlieren. Sie tat, was sich gehörte, sie wusste, was sich schickte, solange sie sich in der Wohnung aufhielt. Sie war gewandt und überzeugend. Sie wusste sich zu benehmen, sie kaufte ein und kochte. Den Einkaufszettel musste sie nicht schreiben, sie hatte ihn im Kopf. Täglich außer sonntags schrubbte sie die Fliesen der Küche, in der höchstens Edmond sie besuchte, und bohnerte das Parkett der Zimmer, des Flurs und des Treppenabsatzes auf Knien. Sie wusste, worauf sie zu achten hatte, wenn sie die Bilder, den Inhalt der Vitrinen, all den herrlichen, glänzend glatten, verzierten, zierlichen Zierrat abstaubte, der darin aufbewahrt war, Glas und Silber, Porzellan und Elfenbein, Marmor, Holz, Stoff und Papier, nicht selten ein Gemisch aus vielem. Selbst unverwüstliche Gegenstände behandelte sie wie rohe Eier und hielt sie manchmal ans Ohr und lauschte.

Keine war verlässlicher, ordentlicher und pünktlicher als Rose. Rose beherrschte ihre Rolle perfekt, auch wenn es in ganz Paris wohl keine unbegabtere Köchin gab als sie.

Waren die Speisen nicht angebrannt, waren sie roh. Waren sie gar, hatten sie meist jedwede Konsistenz verloren, die an ihre ursprüngliche Gestalt, geschweige denn an ihre Farbe oder ihren Geschmack erinnerten. Die Ratschläge, die ihr Françoise einst erteilt hatte, beherzigte sie nicht, die Rezeptsammlung der Familie konsultierte sie selten, und wenn, dann nur flüchtig. Sie kochte Grün zu Grau und Rot zu Braun. Kohl ließ sie anbrennen, bis er bitter war, Teigwaren verloren ihre Form und Festigkeit, Fisch schien zur Hauptsache aus Gräten und Schuppen zu bestehen, Austern und Muscheln ließen keinen Zweifel daran, dass sie im Sand gelebt hatten; der Geschmack des Fleischs verlor sich zwischen seinen Fasern.

EDMOND: Wo hast du kochen gelernt, Rose?

ROSE: Oh, das war nicht nötig, Monsieur Edmond, es wurde mir in die Wiege gelegt.

EDMOND: In die Wiege, von wem? Hast du denn schon als Kind gekocht?

ROSE: Es kam eine Fee. Ich habe von ihr geträumt, schon als Kind. Ich träume immer noch von ihr. Sie gibt mir die Ideen.

EDMOND: Zum Beispiel?

ROSE: Eine Suppe aus Fenchel, Kohl und Kümmel.

EDMOND: Oh!

ROSE: Sie schmeckt köstlich.

EDMOND: Bedenkst du auch die Fasern des Fenchels?

ROSE: Welche Fasern, Monsieur Edmond?

Jeder Versuch, sie mit den Geheimnissen der Küche, der Gewürze und der Ausgewogenheit vertraut zu machen, lief ins Leere, da sie überzeugt war, besser als irgendjemand sonst über diese Dinge Bescheid zu wissen. Es war also sinnlos, mit ihr darüber zu disputieren.

EDMOND: Als du bei unserer Mutter kochtest –

ROSE: Oh, Ihre Mutter verstand nichts von der Küche!

EDMOND: Mir schien aber, dass das Essen damals anders schmeckte.

ROSE: Ich weiß. Ich sage ja, Ihre Mama verstand nichts von der Küche, bestand aber manchmal darauf, dass ich nach ihren Anweisungen kochte. Das Ergebnis ließ meist zu wünschen übrig.

EDMOND: Ließ meist zu wünschen übrig …

Auch war sie offenbar davon überzeugt, eine innere Stimme – die Fee vermutlich – flüstere ihr arabische, russische, italienische, ja sogar chinesische Rezepte zu, die sie zu abenteuerlichen Speisefolgen kombinierte.

Lob erwartete sie so wenig wie Tadel. Sie behauptete, ein paar freundliche Worte genügten ihr, um sie stets für neue Abenteuer am Herd zu entflammen.

ROSE: Hat der Rosenkohl den Herren geschmeckt?

EDMOND: Es war tatsächlich Rosenkohl?

ROSE: Was sonst?

EDMOND: Gezuckert und was noch?

ROSE: Kein Zucker und auch sonst nichts außer Zitrone, Nelken, Mehl und Milch.

EDMOND: Milch und Zitrone? Daher also …

ROSE: Daher also was?

EMDOND: Das leicht Krisselige, als sei etwas, nun ja, geschieden.

ROSE: Geschieden! Was soll geschieden sein? Hat es denn nicht geschmeckt?

EDMOND: Doch, doch, es hat geschmeckt. Nelken betäuben selbst gesunde Zähne.

ROSE: Was ist mit Ihren Zähnen?

EDMOND: Rein gar nichts. Ich sprach von meinem Gaumen. Wie viele Nelkennägel?

ROSE: Eine halbe Hand voll. Mehr wäre zu viel, obwohl …

EDMOND: Woher hast du bloß dieses Rezept, Rose? Vom Henker von Paris? In Charenton bekommen die Insassen dieses Gericht zur Strafe für besonders grausame Vergehen.

ROSE: Sie sind undankbar, Monsieur Edmond. Nehmen

Sie sich ein Beispiel an Jules. Er gibt sich zufrieden und schweigt.

EDMOND: Er schweigt, weil er sich sein Teil denkt.

Rose zog ab, vielleicht um darüber nachzudenken, wie sie dem Gericht – ob Fisch oder Fleisch, was auch immer es war – zu noch mehr Bedeutung und Aufsehen verhelfen könnte.

Nur selten versagte sich Edmond in ihrer Gegenwart – und in Gegenwart seines Bruders – eine Bemerkung über ihren stumpfen Gaumen, ihre taube Zunge und ihre Nase, die spitz und unempfindlich aus ihrem Gesicht ragte.

Wenn sie sagten: »Du hüpfst wie eine lahme Krähe, Rose«, lachte sie, als machten sie ihr versteckte Komplimente. Aus der Sicht der Brüder war es ein Spiel, in Roses Augen sprach aus den Sticheleien eine Zuneigung, die auf Gefälligkeit verzichtete. Stillschweigend ließ sie es über sich ergehen. Sie dachten keinen Augenblick daran, es könnte sie verletzen.

Sie war so diskret wie ein Tisch oder Schrank, sie gehörte so unverrückbar zu ihnen und ihrer Wohnung wie ein Möbelstück oder eine Tür, die man täglich unzählige Male öffnete und schloss, ohne einen Gedanken daran zu verschwenden, warum man es tat und ob es nötig war, es zu tun.

Begann ein Tisch zu wackeln oder ein Schrank in den Angeln zu quietschen, ließ sich der Schaden leicht beheben. Man unterlegte das Tischbein mit einem Stück Holz und schmierte die Angeln mit Fett. Doch als Rose im Herbst 1861 an einer Rippenfellentzündung erkrankte, genügten solche Handgriffe nicht, um das Problem zu lösen.

Sie war Edmond und Jules stets zärtlich zugetan, sie kannte ihre Wünsche und führte sie aus, und nicht selten ging deren Erfüllung der Bitte noch voraus. Knurrend und auf der Hut bewachte sie Jules und Edmond wie ein alter Kettenhund, sie war ihr ständiger Begleiter, war immer in ihrer Nähe, und alles sprach dafür, dass sie mit ihnen alt werden würde wie der Geschirrschrank, der in der Küche der Rue Saint-Georges stand und in der Küche des Hauses am Boulevard de Montmorency stehen würde. Doch anders als der Schrank zog Rose nicht mit ihnen nach Auteuil.

Was auch immer sie später über sie erfuhren, selbst in ihrer Erinnerung, selbst nach ihrem Tod, blieb sie ein unveräußerliches Strandgut ihrer Jugend, eine Zeugin, ein Anker, an dem die Erinnerung an ihre Mutter vertäut war. Rose hatte die Lücke geschlossen, die zwischen der nüchternen Gegenwart und der feinsinnigen Kindheit und Jugend, den Tagen der Hoffnung und Zuversicht klaffte.

*In der Provinz herrscht das eherne Gesetz des alten Roms, das besagt, dass man alte Sklaven wie altes Eisen verkaufen solle. Es ist ein Kapital, aus dem man möglichst viele Zinsen herausschlägt. Was spielen da Krankheit, Traurigkeit und elende Schinderei schon für eine Rolle! Die Dienstboten sind der ständigen Schelte der Hinterwäldlerinnen ausgesetzt, die nichts anderes zu tun haben, als das unterdrückte, gefolterte, gekreuzigte Volk rechtloser Wesen zu unterjochen und sich daran zu ergötzen. Ängstlich, zitternd und furchtsam geben diese vor zu arbeiten, wenn man zufällig das Zimmer betritt, in dem sie sich gerade aufhalten; entweder wälzen sie in ihrem Inneren unentwegt Lügengeschichten oder ihre Gedanken und verängstigten Blicke irren hin und her wie gehetzte*

*Tiere, die einen Ausweg suchen. Es wird einem übel, diese traurigen jungen Mädchen zu sehen, die, statt herzhaft zu lachen, wie es ihnen gut anstünde, gedankenverloren und mit belegter Stimme herumdrucksen; es ist, als würden sie einem den Selbstmord ihrer Jugend vorführen.*

## *6 Rose*

Es war wie ein Märchen. Das Mädchen betrat die behagliche Küche, wo man es herzlich empfing. Man bat es, sich an den Tisch in die Nähe des Ofens zu setzen und sich daran zu wärmen, und bewirtete es fürstlich mit Napfkuchen und warmen Getränken. Unter den Getränken war eines, welches das Mädchen, sobald es davon trank, wie mit einem undurchdringlichen Schleier umgab, und die Gastgeberin, die in ein bodenlanges Wollkleid gehüllt war, forderte es ein ums andere Mal auf, dem Getränk nach Belieben zuzusprechen. Je mehr es jetzt davon trinke, desto weniger würde es für den Rest ihres einsamen Lebens allein sein und frieren. Und es bedankte sich und tat es und trank jeden Schluck, als handelte es sich um flüssiges Gold. Da betrat ein Jüngling das Zimmer durch eine unsichtbare Tür. Er war schöner als der schönste Prinz, sein Haar war schwarz wie Ebenholz, und er setzte sich zu seiner Mutter und zu dem jungen Mädchen, das aus der winterlichen Kälte gekommen war, und eine Wärme ging von ihm aus wie von einem Tier, an das sie sich anschmiegte, wie die Magd sich morgens an die milchspendende Kuh anschmiegt. Aber er sagte kein Wort, er war stumm. Allein der Anblick des jungen Mannes machte das arme Mädchen überglücklich. Die Frau gab ihr eine Spindel und bat sie zu spinnen. Sie spann sogleich mit der größten Selbstverständlichkeit und Ergebenheit, stach sich aber bald in den Finger, so dass sich das Garn, das sie spann, mit ihrem Blut färbte. Als die alte Frau das Blut sah, erschrak sie heftig und zeigte ihre wahre Gestalt. Das wollene Kleid, das sie trug, fiel von ihr ab und entblößte das Gerippe und den Schädel einer Greisin. Sie war eine Hexe. Der Jüngling aber verschwand für immer, und die Tür, durch die er getreten war, gab es nicht mehr. Da weinte das Mädchen bitterlich und fror. Der Ofen glühte nicht mehr, und das Glas, aus dem es getrunken hatte, war in tausend Stücke zersprungen.

Einige Monate nach dem Tod Madame de Goncourts hatte Rose bei Madame Colmant, die einen Milch- und Kolonialwarenladen an der Ecke Rue Saint-Georges/Rue Saint-Lazare betrieb, ihr erstes Glas Schnaps getrunken. Sie hatte zunächst daran gerochen und zwei Atemzüge lang gezögert, bevor sie ein Schlückchen davon nahm und sofort ein scharfes Brennen auf der Zunge spürte. Sie hatte das Glas wieder abgesetzt, gewartet und unter den neugierigen Blicken der Anwesenden schließlich den ganzen Inhalt getrunken.

Es schmeckte ihr nicht. Sie konnte nicht glauben, dass jemand so etwas genoss. Zu Hause auf dem Land tranken die Männer, die Frau standen daneben und sahen ihnen zu. Frauen, die tranken – die gab es natürlich –, versteckten sich im Keller oder auf dem Dachboden, wenn sie nach der Flasche griffen. Anwesend waren an jenem Tag außer Madame Colmant eine Wäscherin unbestimmten Alters, eine Näherin, die noch keine zwanzig war, und Alexandre, der Sohn Madame Colmants, von dem sie wusste, dass er sich im Boxen übte.

Als ihr Madame Colmant einige Tage später nach Ladenschluss erneut Alkohol anbot, ja beinahe aufzwang, wehrte sie zunächst zwar ab, willigte dann aber aus Höflichkeit ein. Sie leerte das Glas in kleinen, zaghaften Schlucken und genoss die Hitzewellen, die in ihre Brust und bis in die Fuß- und Fingerspitzen ausstrahlten. So wenig klare Flüssigkeit mit solcher Wirkung war doch wundersam.

»Ist doch wundersam«, sagte sie und strahlte.

Sie streckte den Arm ein zweites und drittes Mal aus und ließ sich nachschenken wie ein Mann, jedenfalls so, wie es eine Frau in ihrem Dorf – dazu in Gegenwart einer Fremden – niemals getan hätte. Diesmal waren sie allein, Madame Colmant hatte das Mieder gelöst, um ihrem rosigen, mit kupferfarbenen Flecken gesprenkelten Körper Freiraum zu verschaffen. Sie trug keine Strümpfe, ihre Füße waren fein geädert wie der Bleu d'Auvergne, den sie verkaufte.

Später betrat Alexandre die Küche, die an den Laden grenzte. Hier saß Madame Colmant bei schlechter Witterung am warmen Herd und wartete auf Kundschaft, wenn sie nach dieser nicht vor der Tür Ausschau hielt, was sie am liebsten tat; hier hatte sie den besten Überblick über die sich kreuzenden Straßen. Warum sie sich »Witwe Colmant« nannte, wusste übrigens niemand, denn niemand hatte je einen Mann dieses Namens in ihrer Nähe gesehen.

Von nun an gesellte sich Alexandre immer öfter dazu, wenn Rose die Witwe besuchte, was regelmäßig der Fall war, erst jeden Montag, dann zweimal, dann dreimal die Woche, morgens, nachmittags, sogar nach dem Abendessen, oft nur kurz, wenn möglich länger. Da sich der Laden in unmittelbarer Nähe der Wohnung der Goncourts befand, fielen ihre Besuche nicht auf. Außer Gemüse, Fisch und Fleisch kaufte sie inzwischen alles bei Madame Colmant.

Während nur wenigen Freundinnen Madame Colmants erlaubt war, das Hinterzimmer zu betreten, gewährte man Rose jederzeit Zutritt.

Alexandre sprach nicht viel, er ließ lieber seine Muskeln spielen, krempelte die Ärmel seines karierten Hemds hoch und demonstrierte, welche Kraft in seiner Muskulatur steckte, die Rose sehr beeindruckte. Die verstohlenen Blicke, die sie immer wieder auf seine nackten Arme und seinen breiten Nacken warf, entgingen weder dem Sohn noch der Mutter.

Während Alexandre meist schwieg, wurde Rose immer gesprächiger. Sie tauschten kurze Blicke aus. Er warf ihr einen Blick zu, sie schenkte ihm zwei. Er sah sie kurz an. Sie hielt ihm stand, sie bettelte stumm um mehr, dann hafteten ihre Blicke aneinander. Sie hätte für eine einzige Berührung alles geopfert.

Alles schien in dieser warmen Küche auf Dauer angelegt. Die Zeit stand still, nur ihr Herz klopfte wie verrückt. Was dachte er wohl, wenn er sie ansah? Was dachte überhaupt ein junger Mann, dem der erste Flaum am Kinn wuchs? Sie hatte keine Ahnung – was ihre Neugier nur steigerte.

Während sie den Schnaps trank und dabei immer ausgelassener wurde, nippte Alexandre hin und wieder an einer Zitronenlimonade und streifte sich eine Haarsträhne hinters Ohr.

Rose bemerkte, dass man sie nicht aus den Augen ließ. Jedes ihrer Worte, so schien es, wurde mit den Augen verschlungen, manches flüsternd oder stumm nachgesprochen, als seien es goldene Regeln, die zum vollkommenen Glück führten, wenn man sie nur befolgte. Mutter und Sohn beobachteten sie neugierig und unterwürfig, als stünden sie in ihrer Schuld. Dabei hatte sie doch nichts zu geben als unerwiderte Liebe.

Sie staunte über sich selbst, auf einmal hatte sie mehr zu erzählen als sonst, Geschichten fielen ihr ein, die sie vergessen hatte, und wenn sie welche erfinden musste, nicht schlimm, denn sie waren glaubwürdig genug, um auf offene Ohren zu stoßen. Sie sprach wenig über sich, mehr über andere. Als Madame Colmant aber etwas über die beiden Junggesellen in Nummer 43 wissen wollte – mit wem sie wann und wo und wie oft verkehrten, wie es um ihre Besitzverhältnisse stand, was sie den lieben langen Tag so trieben –, gab Rose nur ausweichende Antworten. So weit ging sie nicht, so weit würde sie niemals gehen, Fremden gegenüber Intimitäten über Edmond und Jules preiszugeben, denn die Krämerin war eine Fremde für sie, und das änderte sich auch nicht, da sie Alexandre nähergekommen war, als sie es je zu träumen gewagt hätte. Dass Madame Colmant von ihrer Zurückhaltung enttäuscht war, entging Rose nicht.

Als sie aufstand und feststellte, dass die Welt schwankte, sagte sie, als bemerkte sie es erst jetzt: »Die Erde ist wirklich rund, man stolpert darüber, wenn sie unter einem wegrutscht.«

Dann fiel sie auf den Stuhl zurück, der hin- und herwippte, sodass Madame Colmant instinktiv ihre Hand ausstreckte und ihn festhielt.

»Da sitzt sie wieder«, sagte Madame Colmant und gluckste zufrieden mit sich und ihren Fähigkeiten, die Menschen und ihre heimlichen Absichten zu durchschauen. »Nicht fallen, kleine Rose.«

Kleine Rose, hier durfte sie sein, wie sie sich fühlte, ein Mädchen, ein verliebtes Mädchen, von dessen Verliebtheit die anderen nichts wussten. Selten war sie mit sich und der Welt so zufrieden wie jetzt. Man saß gemeinsam in einer warmen Küche und schien auch gemeinsam zu atmen, zu denken, zu warten und zu lieben. So hätte sie immer weiterleben wollen, genügsam, etwas beschwipst, geliebt und in Sicherheit.

Alexandre starrte sie an. Er lächelte ein wenig spöttisch. Sein Kopf war nicht groß, aber von feinem klassischem Schnitt. Sein Haar kurz und gelockt wie das der Jünger Jesu auf den Kirchenbildern. Er war erst neunzehn, zehn Jahre jünger als Rose. Sah sie aus, als sei sie seine Mutter?

Sie fand ihn so schön, und seine Schamlosigkeit war entzückend. Man fragte sie, ob sie noch ein Glas trinken wolle, und sie nickte, nahm gern noch einen Schluck. Er wendete sein Gesicht etwas ab, so dass sie sein Profil bewundern konnte, den geraden Rücken seiner schmalen Nase, die vollen Lippen, das vorwärtsstrebende Kinn, den schwachen Bartwuchs und die weißen Zähne, als er sich ihr wieder zuwandte.

Fiel keiner der Freundinnen Madame Colmants auf, dass Rose nicht aus Freundschaft abgefüllt wurde?

Rose jedenfalls bemerkte es nicht.

Lieber malte sie sich aus, Alexandre wäre ihr Kind oder sie hätte ihn zumindest schon als Knaben gekannt, ihn in die Schule begleitet und von dort abgeholt, sich in jeder freien Minute um ihn gekümmert und in der Erziehungsanstalt Saint Nicolas besucht, als er dort wochentags in Pension war, weil seine Mutter keine Zeit hatte, auf ihn aufzupassen, er war ja ziemlich wild. Rose hätte großzügig ihren letzten Sou ausgegeben, um ihm die beste Ausbildung angedeihen zu lassen, sie hielt ihn für klug, auch wenn ihr nicht entging, wie durchtrieben er war, denn zweifellos besaß er die Gabe, sie um den Finger zu wickeln. Sie liebte einfach alles an ihm, das Kind, den Jungen, den Mann und den Verführer.

Wenn die Krämerin im Laden bediente, schaute Rose hinten immer öfter nach dem Rechten, wischte Staub und schüttelte die Kissen und Deckchen auf, die auf den dicht gedrängten Sitzmöbeln lagen, während Madame Colmant bei jedem Schritt, den sie tat, vor Schmerzen stöhnte. »Ich bin verbraucht, vom Leben verbraucht«, sagte sie dann und niemand widersprach ihr, obwohl niemand hätte sagen können, was sie so mitgenommen hatte.

Alexandre sagte eines Tages, er wolle Handschuhmacher lernen. Er sah sich vielleicht schon hinter dem Schaufenster sitzen, in dem auf hohen Handmodellen Handschuhe aus feinstem Lamm-, Hirsch- oder Känguruleder ausgestellt waren, die er selbst gefertigt hatte. Sie waren durch seine Hände gegangen und warteten nur darauf, über die Finger eleganter Damen gestreift zu werden. Dieser Beruf würde ihm erlauben, stets sichtbar zu sein. Er war nicht dafür gemacht, sich zu verstecken, er musste sich zeigen.

Rose verbrachte jede freie Minute bei den Colmants. Es sei ihr ein Vergnügen und eine große Ehre, Madame Colmant zur Hand zu gehen, sagte sie, und die dicke Krämerin hatte nichts dagegen, als Rose sich anbot, auch die Böden zu schrubben und sie im Laden zu vertreten, wenn sie lieber draußen in der Sonne auf der Straße sitzen und mit den

Kundinnen plaudern wollte. »Ah, die frische Luft tut mir gut!«, pflegte sie dann zu sagen.

Rose blühte auf und war gut gelaunt. Edmond und Jules entging nicht, dass sie das Haus oft spätnachts verließ, wenn sie bereits im Bett lagen oder noch in ihrem Tagebuch festhielten, was ihnen tagsüber aufgefallen war und was ihre Freunde gesagt und getan hatten. Sie hörten sie die Treppe hinabeilen wie ein Mädchen, das fiebernd seinem ersten Liebestreffen entgegenläuft, »und wer weiß, vielleicht ist es ja so, auch wenn es ein wenig zu oft der Fall ist, aber was geht es uns an, was Rose in ihrer Freizeit treibt, wir sind nicht ihre Sklavenhalter«, womit sie sich wieder ihrem eigenen Leben, dem Schreiben, zuwandten.

Die Unterwürfigkeit der beiden Colmants wich bald unverhohlen zur Schau gestellter Herablassung, die außer Rose allen auffiel, die das Verhältnis der drei neugierig beobachteten.

Nach einigen Wochen war Rose dankbar, wenn Alexandres Mutter ihr überhaupt ein paar freundliche Worte zuwarf, ganz zu schweigen von dem Jungen, der sie keines Blickes würdigte, wenn sie den Boden kehrte oder auf allen vieren die Dielen bohnerte. Er ging mit schmutzigen Sohlen über das frisch aufgetragene Wachs. Verträumt blickte Rose in die schwarzen Fußspuren, die ihr wie die Konturen fremder Länder auf einer Landkarte erschienen.

Als sie eines Nachts zufällig beobachtete, wie Adèle, Anna Deslions' Zofe, vor ihr die Treppe hinunterlief, den Innenhof überquerte, das Haus verließ und sich in Richtung Rue Saint-Lazare bewegte, hielt das unbestimmte, aber unabweisliche Gefühl einer persönlichen Bedrohung Rose davon ab, sie einzuholen und zu fragen, wohin sie gehe, wie sie es tagsüber sicher getan hätte, denn die beiden waren stets freundlich zueinander. Tagsüber hätte sie nicht den geringsten Hintergedanken gehegt, sie in solcher Eile zu sehen, aber jetzt, kurz vor Mitternacht?

Sie holte sie nicht ein und sprach sie nicht an, sondern folgte ihr unauffällig. Bald war klar, dass ihr Ziel der Laden der Witwe Colmant war, in dem trotz der vorgerückten Stunde immer noch Licht brannte; es gab wohl keine Tageszeit, zu der Madame Colmant nicht mit Kundinnen rechnete.

Doch Adèle hatte nicht die Absicht, Milch oder Butter für das Frühstück ihrer Herrin am nächsten Tag zu kaufen oder ein nächtliches Schwätzchen mit Madame Colmant zu halten, die übrigens weder vor dem Laden noch im Inneren zu sehen war, nein, sie huschte wie ein Schatten am Laden vorbei, ohne auch nur einen Blick hineinzuwerfen, und verschwand um die Ecke des Hauses, wo sich der Nebeneingang zur Wohnung der Colmants befand. Dort wartete bereits Alexandre, und es bestand kein Zweifel, auf wen er wartete. Spätestens als Rose sah, wie seine Hand schamlos an Adèles Hintern fasste, wusste sie, dass sie verraten worden war.

Der Gedanke, dass er sich darüber im Klaren war, beobachtet zu werden, und dass sie die Beobachterin war, ging ihr kurz durch den Sinn, blieb jedoch nicht haften.

Adèle gab einen kaum unterdrückten Schrei des Entzückens von sich und verschwand mit ihrem Geliebten, der sie vor sich herschob, im Haus. Rechter Hand des Eingangs lag das Zimmer des Jungen, das Rose nie betreten, über das sie aber oft nachgedacht hatte, ohne zu wissen, wie es darin aussah, ob aufgeräumt oder unordentlich, wie es bei jungen Menschen oft der Fall ist.

Stolpernd wie eine Marionette, die sich in ihren Fäden verfangen hatte, schlich sie die Mauer entlang zum Fenster von Alexandres Zimmer. Leicht vorgebeugt, das Gesicht unter der schwarzen Haube verbergend, die sie tief in die Stirn gezogen hatte, lauschte sie wie ein Polizeispitzel. Außer einem streunenden Hund und einer Katze kam in der nächsten halben Stunde niemand vorbei. Mit angehaltenem Atem drückte sich Rose an die Hauswand und spähte durch die Lamellen in das im Halbdunkel liegende Zimmer. Noch Stunden später spürte sie den Druck der niedrigen Brüstung auf ihrem Unterleib.

Es war besser zu hören als zu sehen, was sich dort abspielte. Was sie nicht sah, malte sich die Fantasie aus, es gab genug Geräusche und Laute, die ihre Einbildungskraft nährten und sie erstarren ließen. Adèle und Alexandre hatten sich verabredet, weil sie ein gemeinsames Ziel verfolgten.

Fünf Buchstaben brannten in Flammenschrift auf dem Haus von Mutter und Sohn Colmant: ORGIE. Die Orgie, die gefeiert wurde, schnitt Rose den Glauben an den guten Jungen wie mit einer Säge aus dem Herzen. Sie spürte jeden einzelnen Zahn, der sich durch ihre Haut fräste, als sich die Körper der beiden vereinten. Nichts konnte den Schmerz besänftigen.

Was sie eben gesehen hatte, sah sie noch, als sie sich längst umgewandt und auf den Weg in ihre Mansarde gemacht hatte. Bei den Brüdern hatte noch Licht gebrannt, was nicht bedeutete, dass sie noch arbeiteten. Nicht selten vergaßen sie die Lichter zu löschen, wenn sie zu Bett gingen. Diesmal tat Rose es nicht für sie.

Kaum hatte sie sich zugedeckt, fiel sie in einen schweren, tiefen Schlaf. Als sie am nächsten Morgen erwachte, hatte sie Fieber. Doch nicht einmal die Hitze vermochte den Schmerz wegzubrennen. Das Fieber hielt sich, sie stand auf wie jeden Tag.

»Na, Rose, verschmähte Liebe?«, schnappte Jules nach dem Mittagessen wie ein verspielter Terrier nach ihr, ohne von seiner Arbeit aufzublicken. Während er mit Löschpapier einen Tintenfleck vom Papier tupfte, hatte sie wohl mit sich selbst gesprochen. Den restlichen Tag wich sie den Brüdern aus. Sie musste verhindern, dass sie mit ihren Lupenaugen in sie hineinschauten.

Rose sah, womit sich die beiden beschäftigten, verstand es aber nicht. Sie lasen und schrieben den ganzen Tag und halbe Nächte, saßen über ihren Büchern und Heften, beugten sich über Papierstöße, tauschten sich unablässig aus, schrieben und kritzelten, aber was dabei herauskam, wusste sie nicht, es interessierte sie auch nicht. Das war nicht ihre Welt. Niemand hatte sie dazu anhalten müssen, keine Unordnung in die Papiere zu bringen, Bücher aufzuschlagen, die geschlossen waren, oder zu schließen, wenn sie aufgeschlagen waren. Alles an Ort und Stelle zu lassen, nichts zu verrücken, verstand sich von selbst.

Je mehr Zeit verstrich, desto leiser wurde ihre Wut auf Alexandre und Adèle; es waren eben junge, abenteuerlustige Leute. Der Kummer, den sie empfunden hatte, verzog sich. Nach einigen Tagen war Rose überzeugt, dass das Zusammentreffen der beiden sich nie wiederholen würde, und bald glaubte sie, von jenen nächtlichen Ereignissen bloß geträumt zu haben. Ein schlechter Traum, daran bestand kein Zweifel.

»Ich habe eine starke Fantasie«, scherzte sie eines Tages an Madame Colmants Küchentisch mit einem schiefen Blick zu Alexandre. Sie wünschte sich von diesem Mann ein Kind. Er übersah ihren Blick.

Alexandre erlernte den Beruf des Handschuhmachers. Er machte schnell Fortschritte, der Lehrmeister war zufrieden, er beurteilte seinen Lehrling als aufmerksam und von schneller Auffassungsgabe. Worauf es ankam, musste man ihm nicht lange erklären.

Doch das genügte ihm nicht. Wenn sie zu dritt in der Küche saßen und hinter ihnen die Suppe im Topf kochte, fing er immer wieder davon an, dass er sich selbstständig machen werde, sobald er seine Lehre beendet habe. Er müsse sein eigener Herr und Meister sein, er könne nicht länger Anweisungen entgegennehmen, sein natürlicher Freiheitsdrang lasse das einfach nicht zu, Boxen allein genügte ihm nicht.

Er werde suchen und etwas Passendes finden. Es fiel Rose nicht schwer, ihn sich als Meister vorzustellen. Die Mutter nickte bloß.

Der Kampf mit den Fäusten, der sich beim Publikum zunehmender Beliebtheit erfreute, entsprach seinem Hunger nach Unabhängigkeit und Aufsehen. Bald wollte er seinen ersten Boxkampf austragen, nackt bis zum Gürtel vor aller Augen. Er wurde bewundert.

Als Alexandre seine Lehre abgeschlossen hatte, hielt Rose nach einem Ladengeschäft Ausschau. Sie verkaufte ihre Ohrringe und bat die beiden Junggesellen um einen Vorschuss auf sechs Monatsgehälter, den sie ihr großzügig gewährten, ohne nach dem Grund zu fragen. In Alexandres Namen mietete sie zwei Räume mit zwei Schaufenstern im Erdgeschoss eines Hauses in der Rue Taitbout. Sie besorgte, was nötig war, damit er sich sofort an die Arbeit machen konnte. Sie gab ihre gesamten Ersparnisse aus, nun war sie besitzlos. Da es eine Überraschung sein sollte, stellte sie sich bei Alexandres Lehrmeister als Cousine vor, die für seine Zukunft sorgte; von ihm erhielt sie alle notwendigen Auskünfte über die Organisation und professionelle Einrichtung des Ladens.

Vom Inventar bis zu den erforderlichen Werkzeugen war alles bereit, als sie ihn eines Tages beiläufig darum bat, sie zu einem kleinen Spaziergang durchs Quartier zu begleiten. Als sie vor dem Laden standen, den sie ihm nun voller Stolz präsentierte, fiel ihm als Erstes der Name über der Tür auf. In schönen Lettern stand da sein Name: Alexandre Colmant, Handschuhmacher. Seine Überraschung war echt und seine Freude hielt zwei, drei Tage an, doch nach und nach wich auch sie der Selbstverständlichkeit, mit der er alles einstrich, was ihm, wie er glaubte, zustand.

Den Tisch, an dem er arbeitete, hatte sie so aufgestellt, dass die Passantinnen, die zufällig vorbeigingen, unweigerlich vom Anblick des jungen Handschuhmachers angezogen wurden. Der Mann in blauem Hemd und dunklem Wams, der dort mit Nadel und Schere, Schablonen und Leder, Schlageisen und Dolliermesser, Schnitttafel und Brenneisen hantierte, konnte nicht unentdeckt bleiben. Er war das eigentliche Prunkstück des Ladens, die Handschuhe spielten daneben eine untergeordnete Rolle. Passantinnen, die zunächst nur einen flüchtigen Blick durch die Scheibe geworfen hatten, blieben stehen und betrachteten verstohlen den in seine Arbeit versunkenen Mann etwas genauer. Der Handschuhmacher, der dort saß, war eine ebenso unwiderstehliche Attraktion wie die hübschen Arbeiten, die er anfertigte. Wenn er aufsah, trafen sich seine Blicke nicht selten mit denen einer Frau, die ihre Lider schuldbewusst niederschlug. Nicht nur Rose wäre fähig gewesen, den Ablauf dieses wortlosen Manövers zu durchschauen.

Alexandre überließ nichts dem Zufall, auch wenn es so aussah, als kümmerte er sich nicht um seine Wirkung auf die anderen. Er wusste, dass er beobachtet wurde. Er warb um die Aufmerksamkeit des weiblichen Publikums.

Rose war stolz auf ihn und die Bühne, die sie für ihn geschaffen hatte. Er hatte die Lässigkeit, die anmaßende Haltung und die pöbelhafte Herablassung des kleinen Mannes angenommen, der sich beobachtet weiß. Ihn erschütterte nichts.

Erst zwei Wochen später, als sie an Adèles Fingern Handschuhe bemerkte, die sie nie zuvor an ihr gesehen hatte, fragte sie sich – mit einem heftigen Stich im Herzen –, warum nicht sie solche Handschuhe trug. Wäre das nicht angebracht gewesen, nach dem, was sie für Alexandre alles getan hatte?

Sie blieb stehen, als sie Adèles Handschuhe sah, ihr wurde schwindlig, und sie wünschte sich, diesem Mann nie begegnet zu sein. Aber der Schwindel und der Wunsch verloren sich in den Alltagsverrichtungen ebenso wie die hässlichen Worte, die sie Adèle gern hinterhergeschrien hätte.

Handschuhe schmiegen sich an, umhüllen und schonen die empfindliche Haut, schützen vor Kälte und Sturm, vor Hitze, vor Feuchtigkeit und Schmutz; und auch vor unerwünschter Nähe.

Eines Tages gab Alexandre ihrem unscheinbaren Werben nach und küsste Rose. Dann schenkte er ihr ein paar Handschuhe, die eine Spur zu groß für ihre kalten, rissigen Hände waren. Aber schönere und weichere hatte sie nie besessen. Es waren die ersten Handschuhe, die sie trug.

Am nächsten Tag nahm er sie in Besitz, obwohl sie sich nicht herausgeputzt hatte, es geschah einfach so. Er nahm sie wie einen Gebrauchsgegenstand.

Es war kein Überfall, jedoch auch nichts, mit dem sie gerechnet hatte. Es war keine Liebe. Es war kein Dank für etwas. Alexandre nahm sich, was ihm zustand, als ob er in einen zufällig entdeckten Apfel gebissen hätte. Er nahm die Frucht, weil er hungrig war. Für Rose war es doch viel.

Sie gab ihm, was sie ihm geben konnte, sie gab ihm alles. Natürlich wusste sie, dass es nur wenig war. Andere hatten mehr zu bieten. Seine Annäherung machte sie weder jünger noch hübscher noch begehrenswerter, doch war sie glücklich. Sie hätte ihn am liebsten nicht mehr freigegeben. Er machte sich als Erster los, nichts anderes hatte sie erwartet.

Rose hatte beim Aufräumen ein kaum benutztes Zimmer im Haus der Krämerin entdeckt, das selbst Alexandre nicht zu kennen schien, eine Kammer mit einer ausgedienten Chaiselongue, auf der staubige Säcke und Decken lagen, die lange nicht mehr ausgebreitet worden waren. Sie waren dort ungestört, sah man vom allgegenwärtigen Getier ab, das sich – angelockt von den Lebensmitteln, die im Erdgeschoss lagerten – bemerkbar machte. Es blieb nicht bei dem einen Mal, Alexandre bediente sich bei Rose nach Lust und Laune.

Wenn es vorbei war, ging Alexandre nackt vor ihr auf und ab. Rose war fassungslos – er war so schön wie ein Athlet – und stumm, sie hüllte sich ins klamme Laken, das er ihr zugeworfen hatte, ohne sie eines weiteren Blickes zu würdigen. Ihm genügte es, dass sie ihn ansah.

Sie schwiegen beide. Sie hatte ihm viel zu erzählen, doch wollte sie ihn nicht belästigen.

Es traf sich, dass sie zum zweiten Mal schwanger wurde, fast dreißig war sie nun. Sie hatte seit der letzten Schwangerschaft keine Augen für einen anderen Mann als ihn gehabt, und obwohl er sie geringschätzig behandelte, bereute sie es nicht. Ein Kind von Alexandre war ein Geschenk Gottes, sie dankte es ihm durch nächtliche Gebete.

Diesmal war es nicht nötig, ihre Schwestern zu konsultieren, die sie mit Fragen nach dem Kindsvater bedrängt hätten. Sie erkannte ihren Zustand ohne das Zutun ihrer Schwestern, die sie kaum noch sah. So glücklich sie auch war, ein Kind vom Geliebten unter dem Herzen zu tragen, weihte sie auch ihn zunächst nicht ein.

Ihre Freude stellte alle Bedenken in den Schatten. Rose machte sich lange Zeit keine Gedanken über das, was ihr bevorstand.

Aber sie lebte nicht allein auf einer abgelegenen Insel. Dass sie guter Hoffnung war, musste vor ihrer nächsten Umgebung verheimlicht werden, vor Madame Colmant und deren Kundinnen, vor allem aber vor Edmond und Jules, denen nichts entging, weil sie, wie sie behaupteten, ihre Augen überall hatten. Ein Glück, dass sie so dünn war, jedes Gramm, das sie zunahm, sah nach neu geschöpfter

Lebenskraft aus. Ein Vorteil, dass sich die Junggesellen nicht um das Aussehen ihrer Magd kümmerten; es gab Tage, an denen sie nicht einmal aufblickten, wenn sie das Frühstück oder das Mittagessen servierte.

Rose band ihre Schürzen von Woche zu Woche enger. Es war leichter, die anderen über ihren Zustand im Unklaren zu lassen, als sie befürchtet hatte.

»Ich werde dick«, sagte sie einmal im Vorbeigehen, wobei die Falten ihres Rocks sich kurz übereinanderlegten, und Jules lächelte über diese Eitelkeit, die er an Rose nicht kannte. War sie verliebt?

»Ist sie etwa verliebt?«, fragte er Edmond.

»Hat sie Leidenschaften?«, erwiderte Edmond.

»Oh gewiss«, sagte Jules. »Nur kennen wir sie nicht.«

Der dünne Körper nahm Form an, und Rose machte zum ersten Mal einen geradezu drallen Eindruck.

Je weiter die Schwangerschaft voranschritt, desto verzweifelter liebte sie Alexandre. Dass er sich über das Kind freuen würde, hielt sie für unwahrscheinlich, also schwieg sie weiterhin über ihren Zustand.

Alexandre, den seine Mutter Alex nannte, konnte von Rose fordern, was er wollte: Ergebenheit, Arbeit, Zeit, Erspartes und Erbetteltes. Sie kam ihm in allem entgegen. Für sie selbst, die außer einem Teller Suppe und einem Dach über dem Kopf nichts brauchte, blieb wenig übrig. Hin und wieder nahm er sie. Selbst da bemerkte er ihre Schwangerschaft nicht. Um ihn abzuwehren, schob sie immer öfter ihre Tage vor, dann ließ er sie los.

Als sie ihn kurz vor der Geburt schließlich doch über ihre Situation aufklärte, starrte er sie ungläubig an und versuchte dann zu lachen. Stolz war er nicht. Überhaupt schien er bei dieser Nachricht wenig zu empfinden. Er war zu jung, zu unerfahren, und sie fand keine Worte, um ihm das Glück zu erklären, das sie gern mit ihm geteilt hätte.

»Erzähle es bloß nicht meiner Mutter«, war seine einzige Bemerkung gewesen, bevor er wieder von den Forderungen der Lederlieferanten anfing. Selbst am Tag, als sie zur Entbindung ins Krankenhaus fuhr, bettelte er sie um Geld an. Sie gab es ihm.

Rose ließ sich in die Entbindungsanstalt in der Rue du Port-Royal fahren. Den ahnungslosen Junggesellen hatte sie in weiser Voraussicht schon am Tag zuvor erzählt, sie fühle sich unwohl und werde sich ins Krankenhaus begeben, falls es nicht besser würde, eine Frauensache. Frauensachen waren die beste Begründung, wollte man unerwünschte Fragen vermeiden. Edmond hatte genickt und gute Besserung gewünscht. In seine Bücher und Papiere vertieft, würde Jules ihre Abwesenheit zunächst wohl gar nicht bemerken, zumal sie für Ersatz gesorgt hatte; Mangel an hungrigen Arbeitskräften, die Küche und Haushalt besorgten, herrschte nie.

Edmond untersagte Roses Stellvertreterin, die Vitrinen zu öffnen und die Gegenstände abzustauben, die darin lagen.

Rose brachte ein gesundes Mädchen zur Welt, das Alexandre exakt aus dem Gesicht geschnitten war. Nun hatte sie ihn also zweifach und für sich allein.

Rose wäre womöglich am Kindbettfieber erkrankt und

vielleicht gestorben, hätte ihr nicht eine junge Schwester gleich nach der Geburt geraten, das Krankenhaus so schnell wie möglich zu verlassen. Im großen Kreißsaal, in dem sie lag, war jedes Bett von der neuen Pest betroffen, die ungehindert aus den vergifteten Wiegen stieg und sich rasch ausbreitete. Mütter und Neugeborene starben innerhalb weniger Stunden, die Kinder meist vor den Müttern. Da niemand den Kleinen wünschte, ohne deren Ernährerin leben zu müssen, schien das die beste Lösung. Die Schmerzensschreie waren bis in den letzten Winkel zu hören. Heimgesucht von Wahnvorstellungen, schrien die jungen Mütter im Delirium. Manche sprangen aus den Betten, irrten durch den Saal und gelangten in die Halle, wo die Leichen seziert wurden, wo auch sie seziert werden würden; man fesselte sie oder legte ihnen Zwangsjacken an, denn sie gefährdeten nicht nur sich selbst. Wer sein Leben nicht abschließen kann, wird als Gespenst die Lebenden heimsuchen, hörte Rose die freundliche Schwester sagen. War sie bereits im Fieberwahn? Geschwächt von der Entbindung sah sie Leichen aus dem Anatomiesaal marschieren, die kamen, um ihr Kind zu holen. Sie schloss und öffnete die Augen, sie waren noch da.

Das Leben schwand, als würde es den Frauen gewaltsam aus dem Leib gerissen. Bevor es erlosch, hoben sich die Decken über den aufgeblähten Leibern der Sterbenden.

Rose verließ das Krankenhaus Hals über Kopf. So entkam sie dem bösen Fieber und dem Tod. Auf Anraten der Amme, bei der sie mit dem Kind Zuflucht fand, trank sie Unmengen heißen Lindenblütentees. Sie genoss die Natur, denn die Amme, die sich auch künftig um das Kind kümmern würde, lebte auf dem Land.

Sie blieb drei Wochen dort. Den Junggesellen ließ sie eine Nachricht zukommen, bei deren Lektüre sie sich fragten, ob Rose sie selbst geschrieben habe. Sie kannten ihre Handschrift nicht. Dann gingen sie zur Tagesordnung über. Sie erwähnte ein harmloses Gebärmutterleiden.

»Ach, die Ärmste!«, sagte Edmond, schrieb aber nicht zurück.

Der Säugling gedieh, und Rose kehrte erholt und guter Dinge nach Paris zurück. Sie versuchte Alexandres Interesse an seiner Tochter zu wecken, vergeblich, er begleitete sie nur ein Mal. Jeden Sonntag besuchte sie ihre kleine Tochter. Madame Colmant wusste nicht, dass sie Großmutter geworden war.

## *7 Die Koalition des Schweigens – Februar/März 1869*

Als die Brüder eine Woche nach dem blutigen Zwischenfall in der Kutsche bei der Prinzessin vorsprachen, waren die Blessuren in Edmonds Gesicht so gut wie verheilt; nur einige kleine Kratzer an der Schläfe und eine kahle Stelle im Barthaar erinnerten an den glimpflich verlaufenen Unfall. Seither hatten sie die Wahl ihrer Kutscher nicht mehr dem Zufall oder ihrem Gottvertrauen überlassen, sondern stets genau darauf geachtet, in welchen Wagen oder Omnibus sie stiegen und von welchem Kutscher sie sich fahren ließen. Da sie sich die Nummer der Droschke – die 170 – gemerkt hatten, konnten sie ihre Freunde davor warnen, sie zu benutzen.

Ein kreolischer Diener mit schwarzen Locken und goldenen Tressen an der Livree empfing sie am Eingangstor des Palais und geleitete sie in die Veranda, vorbei an einer Staffelei, auf der seit Monaten eine halbfertige Pastellmalerei Mathildes ausgestellt war, die sie keines Blickes würdigten. Die Prinzessin war eine passionierte und begabte Malerin, die ihre Bilder für gewöhnlich vollendete. Sollte dieses Fragment das Scheitern und das Unvollendete, das jeder Künstler fürchtete, illustrieren?

Im Wintergarten erwarteten sie die Gastgeberin, Gautier und de Sacy, die im Dickicht der wild wuchernden, teils meterhohen Pflanzen – Efeu, Aronstabgewächse, Grünlilien, Yuccas – zunächst kaum auszumachen waren. Fast vollständig verborgen saßen sie hinter einer ausladenden Bananenpalme, deren unreife Früchte an das Gefieder eines grünen Kakadus erinnerten. In Töpfen und Vasen blühten Azaleen, Kamelien und Päonien. In der Schale aus reich verziertem Biskuitporzellan lagen – von winzigen Fliegen umschwirrt – aufgeschnittene Orangen, jene Früchte, die Mathilde heute in den Straßen von Ajaccio verkaufen würde, wenn ihr Onkel in Paris nicht Karriere gemacht hätte, wie sie launig bemerkte.

Das war vermutlich nicht der einzige Grund, Napoleon I., der ein Jahr nach ihrer Geburt auf Sankt Helena gestorben war, zu verehren. Es gab kein anderes Haus in Paris, in dem so viele Porträts Napoleons hingen, dessen Nachfolger auf dem kaiserlichen Thron – Napoleon III. – sie geheiratet hätte, wäre er nicht ihr Cousin gewesen. Dass sie ihn, mit dem sie als Fünfzehnjährige verlobt worden war, immer noch liebte, war ein offenes Geheimnis.

Mathilde und ihre Gäste saßen inmitten der stark duftenden Vegetation des Glashauses. Obwohl es sich nicht in dessen Mitte befand, bildete es doch das heimliche Zentrum des Hauses. Der exotische Innengarten nahm es an Üppigkeit und Pracht spielend mit ihrem Landschloss Saint-Gratien auf. Aufgrund der Hitze und hohen Luftfeuchtigkeit tropfte es hier allenthalben von den fleischigen Blättern und aus den geöffneten Blütenkelchen, die ihre Mäuler gefrässig aufgesperrt hatten und einen betörenden Duft nach Ekstase und Verwesung verströmten. So ähnlich musste es in den blumengeschmückten Pyramiden gerochen haben, als man die Pharaonen ihrem Schicksal im Totenreich überließ; ein Eindruck, der durch das Gesicht der Prinzessin noch verstärkt wurde, die ihre natürliche Blässe mit dick aufgetragenem Reispuder unterstrichen hatte. Sie lag auf den Ellbogen gestützt halb auf der Chaiselongue und fächerte sich warme Luft zu und von sich weg, vergeblich darum bemüht, die Schweißperlen zu unterdrücken, die ihr pausbäckiges, faltenloses Gesicht bedeckten. Gautier, der neben ihr saß, versuchte dem sich ständig verändernden Luftzug auszuweichen, doch seinem Gesichtsausdruck nach zu urteilen, waren diese Manöver nicht erfolgreich.

»Setzt euch zu uns, meine Hündchen«, sagte Mathilde, und eine mädchenhafte Morgenröte erglühte auf ihren slawisch anmutenden Wangen. Den Kosenamen hatte sie von Flaubert übernommen, niemand außer ihm und der Prinzessin durften die beiden so nennen, und keiner verletzte diese Regel je. Ein Ruck ging durch Mathildes Oberkörper, als sie sich aufrichtete und ihnen beide Hände entgegenstreckte. »Ach, wie schön, wir alle hier! Was für eine schöne Stunde.«

Wären sie Deutsche gewesen, hätten Jules und Edmond nacheinander wohl ihre Rechte ergriffen, wie sie es in Berlin sehr oft beobachtet hatten, sich über sie gebeugt und einen Kuss angedeutet. Stattdessen legte Edmond seine Linke auf Mathildes ausgestreckte weiche Hand, die auf seiner Rechten ruhte; sie war wie immer etwas feucht. Er roch den weißen Puder, der auf ihrem Gesicht zu krümeln begann. Das Tageslicht, das von allen Seiten durch die Fenster der Veranda fiel, war unerbittlich. Der Altersunterschied zwischen Mathilde Bonaparte und Edmond betrug lediglich zwei Jahre, doch in dieser Beleuchtung sah sie viel älter aus als er.

Sie klappte ihre Puderdose auf und machte sich mit

schnellen Handbewegungen an die Arbeit. Während sie den Kopf in alle möglichen Positionen brachte, fixierten ihre Augen stets einen bestimmten Punkt in der Mitte des Spiegels, bevor sie das Prozedere mit einem letzten stäubenden Tupfer beschloss und sich abschließend zwei-, dreimal mit pudrigen Fingern durchs Haar fuhr.

Sie erkundigte sich nach Edmonds Befinden seit dem Unfall, nach seinen Verletzungen, sie hatte die beiden seither nicht mehr gesehen. Edmond gab sich gelassen und überließ es Jules, den Vorgang zu schildern. Als sich dieser in der Abfolge der Geschehnisse zu verheddern begann, sprang Edmond ihm bei. Mathilde blickte auf, Jules' flackernde Augen und abgehackte Sprechweise entgingen ihr so wenig wie den anderen Anwesenden.

»Wo ist Flaubert?«, fragte Jules unvermittelt und beugte sich zu Edmond. Dieser flüsterte ihm ins Ohr, Flaubert sei nicht da.

»Warum nicht? Man hat ihn uns versprochen«, widersetzte sich Jules tapfer, weshalb Edmond seine Antwort mit mehr Nachdruck wiederholte. Doch seine Stimme senkte er, auch seine Lider. Als er aufsah, begegnete er Mathildes Blick. Er wich ihm aus. Was ahnte sie?

Die Prinzessin hob die kleine Runde auf. Als sie aufstand, stieß sie mit dem Knie gegen das Tischchen, auf dem der Champagner und die halbvollen Gläser standen; niemand hatte ausgetrunken. Der Champagner war inzwischen lauwarm.

Durch Mathildes Aufbruch geweckt, schossen die vier braun gefleckten Hunde, die sich bislang außergewöhnlich ruhig verhalten hatten, unter dem Tischchen hervor und begannen ohrenbetäubend zu bellen. Als Mathilde sah, wie sich Jules beide Ohren zuhielt und sich die Jacke über den Kopf zu ziehen begann, versuchte sie, ihre Hunde zum Schweigen zu bringen: »Phil, Mouche, Soc, Gin, wollt ihr wohl ruhig sein, still, aus!«

Doch das gelang ihr erst, als sie und Gautier, der ihr seinen Arm angeboten hatte, sich entfernten und ins Esszimmer hinüberwechselten, wohin de Sacy, Jules und Edmond ihnen folgten. Zwei Diener lockten die Hunde weg, zum sichtlichen Bedauern ihrer Besitzerin, die ungern auf sie verzichtete.

Man ließ sich sodann auf den roten Polsterstühlen nieder. Die Störenfriede waren außer Sicht- und Hörweite.

Obwohl auch hier eine beeindruckende Strelitzie und allerlei Schlinggewächse in die Höhe schossen und lüsterne Blüten trieben, konnte Edmond endlich aufatmen. Zwar wurden die Kamine und Öfen geheizt, es war also warm, doch ließ sich die kalte Jahreszeit hier weniger gut überlisten als im Wintergarten; der leise Luftzug, den man um die Beine spürte, war angenehmer als die drückende Schwüle des Treibhauses nebenan, wenngleich man, trotz des dicken Teppichs, bald an den Füßen fror.

Ein einfaches Essen wurde aufgetragen, Makkaroni mit Morcheln, die nach der Erde schmeckten, zu der sie eines Tages wieder zerfallen wären, hätte man sie nicht mit Wasser aufgefrischt; das war der Hauptgang nach einer Wildconsommé mit Klößchen. Etwas aufwendiger, aber kaum raffinierter wurde bei der Prinzessin erst abends gekocht. Dass man sie nicht besuchte, um sich kulinarisch verwöhnen zu lassen, schien die Qualität der Gespräche, die von den Gästen wie Wechselgesänge ausgeführt wurden, noch zu steigern. Mal monologisierte dieser, mal jener, mal versuchten sich zwei Kontrahenten in größerer oder kleinerer Runde gegenseitig niederzuringen, oft sprachen alle durcheinander. Ein Blatt vor den Mund zu nehmen, galt als Todsünde.

Auf den Unfall in der Kutsche Nr. 170 kam niemand mehr zu sprechen, das Thema war abgehakt. Sie redeten über vielerlei, aber Edmond wirkte zerstreut, schien nur mit halbem Ohr zuzuhören und beteiligte sich kaum an der Konversation, was Mathilde nicht entging; hin und wieder warf sie einen kurzen, prüfenden Blick auf die Brüder, die sie nie so schweigsam gesehen hatte wie heute. Gewiss stellte sie sich mehr Fragen, als ihnen recht sein konnte. Da sie nicht egozentrisch genug war, sich für niemanden als sich selbst zu interessieren, war sie nicht blind für das, was um sie herum geschah.

Anders als an den Abenden war man mittags eher geist- als einfallsreich. Gautier und de Sacy sprachen über ein mittelmäßiges Stück der Tantiemenschinder Meilhac und Halévy, das sie am Abend zuvor gesehen hatten, in dessen Verlauf sich ein unförmiger, in schmutzige Lumpen geschnürter weiblicher Körper von Stuhl zu Stuhl geschleppt und dabei so schnell gesprochen hatte, dass man kein Wort verstand. Unsägliche Handlung. Das welke Mädchen, das aussah wie ein mit Talmi vergoldeter Putzlappen, schrie und gestikulierte und grimassierte dabei unentwegt wie eine Tobsüchtige. Wie göttlich und stimmgewaltig – eine Stimme aus filigranem Silber, die sich klingend in die Höhe schwang, wo sie leise gegen Gold zu schlagen schien – hingegen der aufsteigende Stern am Pariser Theaterhimmel, änderte Gautier nun den Ton, als er auf die junge Schauspielerin zu sprechen kam, der seiner Ansicht nach bald die ganze Stadt zu Füßen liegen würde, Sarah Bernhardt, die Tochter einer jüdischen Kurtisane.

»Ja die«, warf Mathilde ein. »Sie hatte ein Verhältnis mit meinem Cousin de Morny«, dem Halbbruder des Kaisers, der, weil er von ihrem Talent überzeugt war, die Vierzehnjährige zur Ausbildung an die Comédie-Française geschickt hatte. Er hatte bezahlt, und sie hatte sich großartig entfaltet. Wer weiß, ob sie nicht seine Tochter war.

»Und nun so schnell so weit gekommen!«, sagte Gautier.

»Die jungen Jüdinnen sind schön, ehrgeizig, anziehend und schlau«, hörte Edmond die Prinzessin sagen, »und sicher auch begabt.«

Für Augenblicke hatte Edmond den Eindruck, als säße er vor einem Bild und der Stuhl, auf dem er Platz genommen hatte, würde diskret und geräuschlos nach hinten gezogen – er entfernte sich, die Stimmen der anderen wurden schwächer, er schwieg, er brauchte nichts zu sagen, bis sich Jules durch lautes Schmatzen bemerkbar machte und ihn gewaltsam in die Wirklichkeit zurückholte. Er saß wieder da, wo sein Platz war, er hörte, was die anderen hörten; niemandem entging Jules' anstößiges Benehmen.

Edmond wies ihn leise zurecht, und Jules schloss den Mund wie ein ertappter Schuljunge. Was hatte er getan?

Was Gautier, die Prinzessin und de Sacy sich erzählten, hätte mehr als eine Gesellschaft unterhalten, aber das, was die unzertrennlichen Brüder gern gehört hätten, hörten sie nicht. Kein Wort über »Madame Gervaisais« kam über die Lippen ihrer Freunde.

Ein Wort nur über ihren Roman! Eine Bemerkung über ihr neues Buch. Nur ein Satz, der ihnen den Beweis geliefert hätte, dass die Existenz des Werks, an dem sie monatelang Tag und Nacht gearbeitet hatten, ihren Freunden nicht völlig gleichgültig war. Dass sie es also zumindest zur Kenntnis genommen, darin geblättert, es vielleicht sogar gelesen hatten, wie ihr Freund Flaubert, dem es nicht gleichgültig war, was der Feder seiner »Hündchen« entsprang, die nicht nur Scheiße produzierten wie die Köter der Prinzessin. Flaubert hatte mit der Lektüre von »Madame Gervaisais« am 13. Februar, dem Tag, an dem er das Buch erhalten hatte, um elf Uhr morgens begonnen, er hatte es erst am nächsten Morgen um fünf Uhr in der Früh weggelegt, er hatte das Buch in einem Zug gelesen und sich nur hin und wieder unterbrochen, um zu husten, wie er schrieb, denn er litt unter einer fiebrigen Grippe. Das sei Kunst von der feinsten, erhabensten Art, hatte er sie wissen lassen. Himmelherrgott! Das sei stark, ja, stark! STARK! Sapperlot. Wären sie anwesend gewesen, hätte er seine Freunde gern umarmt. Hatte er nicht geschrieben, er habe geweint? Flaubert hatte über ihr Buch Tränen vergossen!

Aber der Beifall aus Croisset genügte ihnen nicht, sie brauchten mehr, ihr Verlangen nach Anerkennung, Applaus und Erfolg war unersättlich. Wie alle Künstler brauchten sie außer der Bestätigung auch Huldigung und Ehrerbietung. Auf Knien sollte man ihnen für ihre literarischen Wohltaten danken.

Der Mensch hat mehr geschaffen als Gott. Das menschliche Denken ist umfassender als die göttliche Unendlichkeit.

Doch hier, im Salon ihrer Freundin, war kein Wort über »Madame Gervaisais« zu vernehmen, kein Wort über ihren neuen Roman kam über die Lippen der Anwesenden, kein

Satz, nicht die leiseste Andeutung, keine Kritik, weder falsches noch echtes Lob, einfach nichts. Prinzessin Mathilde, Gautier und de Sacy erwähnten das Buch mit keiner Silbe, obwohl alle drei es erhalten hatten, die Prinzessin zuallererst. Diese frostige Kälte, als habe man ihnen den Rücken zugekehrt, traf sie bis ins Mark (natürlich würden sie später einen treffenderen Ausdruck für diese Kränkung finden). Hatte Mathilde sie bereits im letzten Sommer vor den Kopf gestoßen, als sie ihr einige Kapitel daraus vorgelesen hatten, fühlten sie sich jetzt gedemütigt. Das war das Wort, nach dem sie suchten.

Als würde sie durch ihre Erzählung persönlich verunglimpft, hatte sie ihnen damals mit griesgrämig entgeisterter Miene zugehört und geschwiegen, was nichts anderes bedeutete, als dass es nichts dazu zu sagen gab. Hin und wieder waren Laute aus ihrem Mund gedrungen, die sie nicht zu deuten vermochten; jedenfalls keine Zeichen der Zustimmung.

Statt des unfertigen Aquarells, sagte Edmond am Abend zu Jules, hätte sie – für alle sichtbar – besser ihr neues Buch auf die Demonstrationsstaffelei gestellt. Vermutlich aber war es längst halb gelesen außer Haus gelangt und wartete beim Buchbinder auf die endgültige Grablegung: den roten Chagrinlederrücken und das marmorierte Vorsatzpapier. Damit versehen würde es der von Gautier verwalteten Bibliothek, die niemand je gesehen hatte, überantwortet und schnell vergessen werden.

Wie konnten sie nur erwarten, dass sie nach der Lektüre des ganzen Buchs eine Kehrtwendung vollziehen und einer Begeisterung Ausdruck verleihen würde, die sie schon bei ihrer ersten Lektüre nicht empfunden hatte? Musste sie die Darstellung von Madame Gervaisais' Konversion zum Katholizismus nicht als Dolchstoß gegen ihren Kinderglauben, ja gegen Gott persönlich empfinden, dem sich eine Frau wie sie, obwohl zutiefst gläubig, niemals so bedingungslos und radikal unterordnen würde, wie ihre Protagonistin es tat, die zu allem Überfluss – welch eine übertriebene literarische Wendung – ihren Geist just in dem Moment aufgab, als sie den Audienzsaal des Papstes betrat. Nein, nein, nein, was hatte das mit echter Frömmigkeit zu tun? Das war Bigotterie am Rand von Häresie und Hysterie. Die Darstellung von Madame Gervaisais' Hingabe diente nichts anderem als dem Verrat an den schönen, natürlichen Seiten des Glaubens.

Flaubert war der einzige Mensch auf der Welt, der sie mit seiner Zuneigung verwöhnte, er allein hatte erkannt, wozu sie wirklich fähig waren, er hatte sie gelesen und verstanden! Er hatte geweint. Er hatte sie aus der Ferne umarmt. Was seid Ihr doch für patente Kerle, hatte er ihnen geschrieben. Ein Schriftsteller! Welches Lob hallt länger nach als das eines Kollegen und Rivalen? Nun ja, er war erfolgreich, und dem Erfolgreichen fiel es leichter zu rühmen als dem missgünstigen Verlierer. War nicht jeder Künstler insgeheim neidisch auf die Werke der anderen, witterte er nicht mit jedem neuen Werk seines Konkurrenten einen Vorsprung auf sein eigenes?

Die Neider vertrauten nicht dem, was sie lasen, sie verließen sich nicht auf ihr eigenes Urteil, sie warteten vielmehr darauf, wer mit der Hinrichtung beginnen würde. Keinesfalls erwarteten sie uneingeschränkte Zustimmung. Wenn Zustimmung, dann nur als Vorhut der Vernichtung. Aber was bedeutete das Schweigen?

Er hoffe, man werde sie mit großem Getöse niedermachen, hatte Flaubert ihnen gewünscht, er hatte ja am eigenen Leib erfahren, was es bedeutete, im Mittelpunkt eines selbst verschuldeten Skandals zu stehen. Doch ob sich »Madame Gervaisais« dazu eignete, über den dornenreichen Umweg des öffentlichen Ärgernisses ein Erfolg zu werden? Das war ihnen auch mit »Germinie Lacerteux« nicht gelungen, die doch genügend Sprengstoff barg.

Unerträglich wäre es, wenn alle schwiegen, so wie sie, mit ganz wenigen Ausnahmen, alle zu »Germinie« geschwiegen hatten. Besser, sie fielen wie ein Rudel Wölfe über eine wehrlose Beute her, als dass sie still in ihren Winkeln saßen, besser, sie rissen ihre Rachen auf, fuhren ihre Klauen aus und packten zu, um ihr Opfer zu zerfleischen, zu verspeisen und wieder auszuspucken. Besser als der schwarze Mantel des Schweigens war das Gemetzel, das nie zum Ziel führen konnte, denn nachdem man versucht hatte, sie zu exekutieren, würden sie sich wieder aufrappeln und an die Arbeit machen wie eh und je. Wer aufgab, war es nicht wert, der Kunst zu dienen und sie voranzubringen.

Die Freunde aber taten, als sei ihr jüngstes Kind in den Abort gefallen, weil es missraten war.

Als sie abends in Auteuil die Mittagsstunden in der Rue de Courcelles Revue passieren ließen, waren Jules und Edmond derselben Meinung: Das Verhalten ihrer Freunde grenzte an Totschlag. Wie lange würden sie noch auf ihre Reaktion warten müssen? Würden sie überhaupt je auf »Madame Gervaisais« zu sprechen kommen? Die Prinzessin hatte es sich nicht nehmen lassen, von ihrem Widerwillen zu sprechen, als sie damals »Germinie Lacerteux«

gelesen hatte. Die Lektüre hatte sie so abgestoßen, dass sie sich beinahe hatte übergeben müssen. Aus den Seiten dieses Buches steige der Gestank nach Kloake auf, hatte sie gesagt. Was für ein Glück, dass sie dem Vorbild dieser Frau nie begegnet war. Entsetzlich genug, dass sie das Schicksal mit ihr teilte, eine Frau zu sein. Wie gern wäre sie in diesem Augenblick ein Mann gewesen.

Dass diese Lasterhaftigkeit auf die beiden Junggesellen abgefärbt haben könnte, zog sie glücklicherweise nicht in Betracht. Wie es in deren Köpfen aussah, war nichts, worüber eine Frau wie sie sich Gedanken machen musste, bei Männern lagen Licht und Schatten nun einmal eng beisammen. Während sie noch erigierten, rang ihr Geist schon um die nächste Metapher.

Dass das Vorbild der Protagonistin Germinie – Mitte Januar 1865 hatten sie ihre Arbeit am Roman begonnen – niemand anderes als ihre Magd Rose gewesen war, hatten sie der Prinzessin nicht verschwiegen. Dass Rose am Morgen desselben Tages gestorben war, an dem sie der Prinzessin zum ersten Mal ihre Aufwartung gemacht hatten, hielten sie hingegen vor ihr geheim. Zu wissen, dass der Tod der lasterhaften Magd und der Beginn ihrer Freundschaft auf denselben Tag – den 16. August 1862 – gefallen war, hätte auf diese Freundschaft möglicherweise einen unnötigen Schatten geworfen. Nicht im Traum wäre es ihnen zu diesem Zeitpunkt übrigens eingefallen, dass sie eines Tages einen Roman über Rose schreiben würden.

Rose Malingres Tod war bei ihrem Einstandsbesuch in Saint-Gratien nicht einmal erwähnt worden; mit Mathilde Bonaparte hatten sie wichtigere Dinge als das Ableben einer Magd zu besprechen.

Sich einer Koalition des Schweigens ausgesetzt zu sehen, stimmte Edmond und Jules zornig und traurig. War es Desinteresse oder Neid oder – noch schlimmer – Missachtung ihrer Arbeit, all der Monate, die sie damit zugebracht hatten, die Seele einer Frau darzustellen, die dem Kniefall vor der Madonna von San Agostino in Rom die unverhoffte Errettung ihres todkranken Kindes verdankte, in deren Folge sie ihrem Leben eine neue Richtung gegeben hatte?

Erdrückt euch die Kühnheit unseres Werks?

Woher rührt eure Kälte?

Warum sollte eine Frau wie die Prinzessin angesichts ihres Romans Neid oder Missgunst empfinden?

Desinteresse lag also näher.

»So schweigsam, Edmond? Schmeckt Ihnen das Essen nicht, oder liegt es an uns?«

Dabei hatte Mathilde nicht auf Edmond, sondern auf Jules geblickt, als wollte sie mit ihrer Frage lediglich seine Reaktion beobachten.

Dann hatte sie in die Runde geschaut und ihr Glas erhoben und gleich wieder zurückgestellt, denn just in diesem Augenblick stürzten die Hunde wie auf Kommando ins Speisezimmer, setzten sich undiszipliniert und laut wie eine toll gewordene Schar von Balletttänzerinnen zu Füßen der Gastgeberin und ihrer Gäste und schauten erwartungsvoll und hechelnd zu ihnen auf.

»Ihr seid hungrig, meine kleinen Schwerenöter, aber das ist nicht eure, sondern unsere Essenszeit. Weg mit euch! Weg, weg, weg, oder wir fressen euch auf, namnam!«

Selten machte Mathilde einen so fröhlichen Eindruck

wie dann, wenn sie mit ihren Hunden sprach. Ihre Anwesenheit schien Engelszungen zu lösen, die sie für gewöhnlich hinter ihrer Reserviertheit im Zaum hielt.

Nun machte sie eine kleine wegwerfende Handbewegung, aber natürlich war der Hinauswurf nicht ernst gemeint, nur eine Spielerei wie alles, wenn es um ihre Hunde ging. Da diese den Tonfall ihrer Herrin kannten, den Ausdruck, den sie in ihre Stimme legte, also einzuschätzen wussten, gehorchten sie ihr nicht, als sie ihnen sanft befahl, das Zimmer nun doch zu verlassen; sie wussten, dass Befehlsverweigerung keine Konsequenzen nach sich ziehen würde, weder Schläge noch Essensentzug, im Gegenteil, die Liebe der Prinzessin zu ihren Hunden schien mit deren Eigensinn nur noch zu wachsen. Der Klang ihrer Stimme strich wie warmer Wind über deren kurzes, struppiges Fell. Sie blieben sitzen, wedelten mit den Schwänzen und schnappten nach Fliegen und imaginären Leckerbissen, die man ihnen nicht mehr lange vorenthalten würde. Sie durften mit den Essensresten, die in den Schüsseln auf den zwei Anrichten standen, rechnen, sobald die Prinzessin die Tafel aufhob, was bald geschehen würde. Sie warteten. So dumm konnte der dümmste Hund nicht sein, das Ritual nicht zu durchschauen, das ihn hier festhielt.

»Es stinkt«, sagte Jules.

Augenblicklich verstummte die Runde. Aber er hatte recht, es roch erbärmlich. Er hatte ausgesprochen, was man nicht sagte und worüber man nicht sprach, nicht hier und auch nicht anderswo, auch wenn die Prinzessin in ihrer Wortwahl oft nicht zimperlicher war als Liselotte von der Pfalz, voller Stolz darauf, sich Freiheiten erlauben zu dürfen, die sich ihren Gästen von selbst verboten, die erstaunt aufhorchten, wenn sie sprach, wie man es von ihrer Wäscherin, aber nicht von ihr erwarten durfte.

»Es stinkt nach Scheiße«, sagte Jules und schnupperte. Er schob die Makkaroni von sich, als habe er die Quelle des Geruchs auf dem Teller entdeckt.

Einer der Hunde hatte in unmittelbarer Nähe der Tischgesellschaft einen Haufen gesetzt. Er hatte recht, es stank nach Hundekot.

Doch Prinzessin Mathilde verteidigte den Verursacher dieses Unglücks wie eine Wölfin ihre Welpen; nicht etwa, indem sie den Hund, dem das Missgeschick passiert war, in Schutz nahm, sondern durch eine Volte, mit der keiner ihrer Freunde gerechnet hatte.

»Es tut mir leid«, sagte sie trocken, mit einem unschuldigen Augenaufschlag, »mir ist ein kleiner Wind entfahren.«

Die Hunde blieben im Raum. Dem übelriechenden Gegenstand wurde keine weitere Aufmerksamkeit geschenkt.

## *8 Die Biologie des Wassers*

Heiß, kalt, lau, warm, kalt, heiß und immer nass, das war Wasser, aber wer dachte schon ernsthaft über Wasser nach, der nicht das Gleichnis von der Sintflut oder die Geschichte der Überlebenden der Medusa nacherzählen wollte? Niemand außer den Wasserkundlern natürlich, denen die Hydropathie und Hydrotherapie aus Neigung, aber auch aus medizinischem, physikalischem, chemischem und nicht zuletzt ökonomischem Interesse am Herzen lag. Das Wasser war ihnen so lebensnotwendig wie dem Fisch, der Ente, dem Angler oder dem Gärtner. Sie beobachteten es mit ihren Augen, ließen es über ihre Finger rieseln, rochen und schmeckten es wie Burgunder, bestimmten dessen Härtegrad, die genaue Temperatur und etwaige Schwankungen, erforschten die chemische Zusammensetzung und urteilten schließlich in Akademien und Schriften über dessen Wirkung auf Körper und Geist aus dieser oder jener Quelle – jede Quelle hatte einen Namen: Cäsarquelle, Eugéniequelle, es genügte, wenn der Erste, der darin gebadet und sich dabei wohlgefühlt hatte, an einen Kaiser gedacht oder wenn – was natürlich noch besser war – eine Kaiserin davon gekostet hatte, ohne auszuspucken.

Es gab Dutzende von Möglichkeiten und Gelegenheiten, sich mit Wasser auseinanderzusetzen. Die Wissenschaftler hatten ihren Glauben und Kenntnisse, die sie den Patienten, um deren Wohlergehen sie besorgt waren, nicht vorenthalten wollten. Das Wasser war ihr Medikament, ein Mittel zum Überleben.

Jules träumte immer öfters, er ertrinke darin. Dann schrie und schlug er wild um sich, und nicht selten musste ihn Edmond aus dem Schlaf reißen und in die Wirklichkeit zurückholen.

Die Allgegenwart des Wassers war nicht zu leugnen. Es war schon da gewesen, als der Mensch noch ungeformter Lehm war, als die Griechen ihre Tempel bauten und die Nilauen davon überschwemmt wurden, als die Römer heiße Quellen entdeckten, in denen sie badeten und aus denen sie tranken, nicht selten beides zur selben Zeit. Die Kranken genasen, die Frauen wurden schwanger, die Wunden der Krieger heilten und ihre Sinne erwachten zu neuem Leben. Folglich war man zu der Überzeugung gelangt, Wasser sei für alles gut.

Edmond nahm es als notwendiges Übel in Kauf, mit dem man seinen Körper reinhielt, um sich von jenen zu unterscheiden, denen man auswich, weil sie schlecht rochen, denn das teuerste und wohlriechendste Parfüm überdeckte nicht, was das Wasser nicht weggespült hatte, es verschaffte sich immer Raum.

Doch Jules hasste Wasser, und umso heftiger, je öfter er damit in Berührung kam, obwohl er es bei ihrem ersten Badeaufenthalt – zur Kur im schweizerischen Leukerbad in ihren jungen Jahren im Sommer 1851 – zunächst als angenehm und beruhigend empfunden hatte, seinen Körper der erstaunlich heißen Therme zu überlassen. In wollene Mäntel gekleidet stand man im Wasser, Tabletts mit Kaffee und Zeitungen, Büchern und anderem Zeitvertreib schaukelten vor einem auf der Wasseroberfläche und begannen zu schwanken und zu schlingern, sobald sich jemand näherte oder entfernte, ins Becken ein- oder ausstieg. In der Schweiz badeten Männer und Frauen erfreulicherweise in verschiedenen Bädern.

Wasser empfahl sich laut den Ärzten als probates Mittel gegen Jules' Erschöpfungs- und Erregungszustände, die, blieben sie unbehandelt, leicht in gefährliche Lähmungserscheinungen übergehen konnten.

»Lähmungserscheinungen?«, hatte Edmond entsetzt ausgerufen.

»Rechnen Sie mit dem Schlimmsten«, entgegnete Dr. Basset, der Badearzt von Royat, wobei er in die kurze Pause vor dem Superlativ so viel Dramatik legte, dass sie selbst auf das abgebrühteste Gegenüber Eindruck machen musste.

Edmond, der den Arzt allein aufgesucht hatte, sah ihn an, als habe ein Stein zu sprechen begonnen. Er stockte.

»Ich verstehe Sie nicht.«

»Die Ursache der Krankheit Ihres Bruders liegt auf der Hand. Sie sind sich darüber im Klaren, woran er leidet, nicht wahr?«

»Er leidet, weil er erschöpft ist.«

»Jede Erschöpfung hat ihre Ursachen.«

»Das weiß ich. Die Arbeit an unseren Büchern ist enorm aufwendig und anstrengend, sie muss meinen Bruder über Gebühr beansprucht haben. Sie haben ihn ja untersucht. Sie sehen es.«

»Das habe ich ausgiebig, und er erzählte mir von ihrer gemeinsamen Arbeit, gewiss anstrengend, gewiss anspruchsvoll. Ich habe Verständnis für Ihre geistige Verausgabung, glauben Sie mir, aber … «

»Sagte mein Bruder etwas anderes?«

»Wie jeder Arzt unterliege ich der Schweigepflicht. Besprechen Sie nur alles mit ihm.«

»Es gibt nichts, was wir voreinander verschweigen würden.«

Dr. Basset gefiel ihm nicht, obwohl er sich als Kenner und Bewunderer ihrer Werke auswies. Edmond suchte das Gespräch mit ihm nur deshalb, um das Schlimmste, das man Jules antun konnte, zu verhindern.

»Er hasst das Wasser.«

Jules saß oft abwesend da. Er sprach wenig. Edmond versuchte ihn aufzuheitern.

Sobald die Musiker im Pavillon Platz nahmen, flohen sie vor dem Lärm, der gleich einsetzen würde. Wie konnte man gesund werden, wenn ein Dutzend Musiker dazu entschlossen waren, einen mit ihren Instrumenten zu martern? Warum gab es keine bessere Unterhaltung, ein Spielcasino, ein Vaudeville oder schlimmstenfalls ein Operettenhaus?

Jules wurden täglich dreimal Schottische Duschen und Russische Bäder verabreicht. Alle Welt nannte diese Qualen Anwendungen, obwohl sie im Gegensatz zur Folter keine Wirkung zeigten, jedenfalls nicht auf Jules. Weder die Wechselduschen zwischen 17 und 40 Grad noch die Dampfbäder bei höchster Luftfeuchtigkeit und unerträglichen 45 Grad änderten etwas an seinem Zustand.

»Ärzte und Bäder sollten vermieden werden, vermieden, vermieden …«, murmelte Jules.

Dann träumte er wieder, erzählte er seinem Bruder, dass er ertrank oder dass man ihn zu ertränken versuche wie eine

Katze, dass man ihm einen Schlauch in den Rachen presse und den Wasserhahn mit voller Kraft aufdrehe und bis zum Hals überschwemme. Er schrie, schrie mitten in der Nacht aus seinen Träumen heraus. Edmond, im Nebenzimmer, wachte davon auf, obwohl die gepolsterte Verbindungstür zwischen den Zimmern geschlossen war. Jules' Schreie schwappten als riesige Welle in seine eigenen Träume hinüber und spülten ihn gewaltsam in die Wirklichkeit zurück. Am nächsten Morgen erzählte ihm Jules, das Wasser, das man in ihn hineingepumpt habe, habe dazu geführt, dass seine Hände zu kleinen Ballons und die Finger zu rosigen Würsten angeschwollen seien, bis schließlich das Wasser unter den Fingernägeln hervorspritzte und das Papier überschwemmte, die Tinte verwischte und für immer löschte, was er geschrieben hatte, nun erinnerte er sich nicht mehr. Kein Widerstand, kein Schreien konnte den beiden Bademeistern, deren Köpfe unter weißen Kapuzen versteckt waren, Einhalt gebieten. Sie machten ungerührt weiter. Seine erbärmlichen Hilferufe schienen sie noch anzuspornen.

Er sagte leise: »Ich lief von Wasser über.«

Edmond wurde übel bei dem Gedanken an die Torturen, die seinem Bruder im Traum widerfuhren.

»Du musst dich ausruhen. Bleib liegen, so lange wie möglich.«

Er bat Dr. Basset, seinem Bruder die kalten Duschen zu ersparen. Wenn etwas ihn heile, dann das Sanfte. Wenn das warme Wasser auch nicht die Hand einer Frau ersetze, es beruhige doch, es besänftige, das glaube er wohl. Dr. Basset blieb ruhig, machte sich Notizen, fuhr sich immer wieder mit der rechten Hand über die Augen, doch am nächsten Morgen wurden Jules trotz heftigen Protests erneut kalte

Duschen verabreicht. Er klapperte noch beim Mittagessen mit den Zähnen und weigerte sich zu schlucken.

Für nichts war es gut, und unangenehm war es darüber hinaus, eine Folter für den Körper und den Geist, den nichts davon ablenken konnte, bereits Stunden vor den nächsten Anwendungen an die bevorstehenden Qualen zu denken.

Nicht das schönste, modernste Grandhotel der Welt konnte für die Leiden entschädigen, die ihn in den Wasserhäusern, in den entweder überhitzten oder aber eiskalten Hallen und Kabinen voller Wasser erwarteten, das dampfend aus unterirdischen Höhlen strömte, die kein menschliches Auge je gesehen, kein Mensch je betreten hatte und deren letzte Wirkung niemand ermessen konnte. Edmond meinte, Hitze aus der Erdtiefe möchte seinem Verstand zuträglich und seinem Naturinteresse dienlich sein, wenn sie sich als heiße Lava aus einem Vulkan ergoss, wie sie 1869 bei ihrem Besuch in Neapel beobachtet hatten, aber heißes Wasser, brodelndes Element, das aus unbekannten Schichten durch Rohre in Badewannen floss und durch Brausen strömte, war ihm zutiefst verdächtig. Denn was außer der Hitze führte das Wasser mit sich? Noch hatte die Naturwissenschaft keine andere Antwort als Begriffe aus der Mineralogie. Doch wie erklärten diese eine positive Wirkung auf den Körper eher als eine negative?

Also reisten sie am 2. Juli 1869 ab, noch unzufriedener als bei ihrem letzten Aufenthalt vor zwei Jahren, noch ängstlicher als damals. Dunkel lag die Zukunft vor ihnen wie hinter Schloss und Riegel. Nur in gewissen Momenten sah Edmond sie so überdeutlich vor sich, wie sie, wie er wusste, niemand sehen konnte. Auch seine Nerven entpuppten sich als galvanisch; deren Zuckungen er so wenig unter Kontrolle hatte wie Benjamin Franklins elektrisch geladenen Frösche.

Was blieb ihnen anderes übrig, als nach Auteuil zurückzukehren, dorthin, wo sie das Ruckeln des Pferdes im Stall der Nachbarn, das Geschrei der Nachbarskinder, das Knurren und Bellen der Hunde, die nächtlichen Liebesklagen der Katzen, das ganze ohrenbetäubende Sonorikum der Welt erwartete, das sie hier beinahe vergessen hatten; sie wussten, sie würden die Ruhe von Royat vermissen, sobald sie zu Hause waren, aber in Royat hielten sie das Wasser nicht mehr aus, und auch die Kurgäste gingen ihnen allmählich auf die Nerven, so interessant einzelne Vertreter der unterschiedlichsten Nationen zunächst auf sie wirkten, die eleganten Russinnen, die beleibten Türken, die bärtigen Griechen und die englischen Damen, die von den Ärzten so gründlich wie nur möglich untersucht werden wollten. Die wohlhabende, aristokratische, verblühte, von Schmerzen heimgesuchte hinfällige Gesellschaft wurde ihnen immer fremder. Nur die Landschaft der Auvergne, die sie in manchen Stunden zu Fuß erkundet und genossen hatten, vermissten sie, kaum hatten sie sie hinter sich gelassen.

Manchmal, wenn sie unter dem Laubdach eines Nussbaums im Kornfeld gesessen hatten, waren ihre Blicke gemächlich dahinschreitenden Menschen gefolgt, die vom Berg kamen; der melancholische Gesang eines Bauern, der ein krankes Kind in der sengenden Hitze zum Arzt trug, drang an ihr Ohr; zum Landarzt zweifellos, nicht zu Doktor Royat und seinen Bädern, zu einem gewöhnlichen Landarzt, der dem Kind handfeste Medizin verschreiben würde. Ob es überleben würde, ob es überhaupt todkrank war, wie sie vermuteten, würden sie so wenig erfahren wie seinen Namen und sein Geschlecht.

Glücklich waren sie nur, wenn sich die trägen, abweisenden Einheimischen zeigten, die nie lachten, nicht einmal lächelten.

»Hierher kehren wir nicht zurück.«

»Schreib es auf.«

Das Gestein der Auvergne, zur Hauptsache Schiefer, sah aus wie Kerkermauern auf dem Theater. Kulissen eines Bühnenbilds. Ein Drama, letzter Akt, letzte Szene: zwei Gefangene allein.

Aber am besten hatte ihnen der kleine Holzpavillon in der Nähe der Bäder gefallen, wo ein alter Soldat eine ganz besondere Attraktion vorführte: eine Camera obscura. In dem dunklen Kämmerchen, wo er sein fantastisches Handwerk betrieb, sahen sie die Berge, Bäche, Bäder, Pferde, Omnibusse und Spaziergänger von Royat wieder, und nichts unterschied sie von denen, die sie täglich im Ort wirklich sahen; es schien ihnen, als hätten die denkbar außerordentlichsten kleinen Künstler sie zum Leben erweckt. Das Sonderbarste an dieser Darbietung war die Malerei an sich. Sie war hübscher und spiritueller, genauer und schmucker als alle Malerei, die sie kannten. Wenn man imstande wäre, diese Bilder festzuhalten – und dazu würde es kommen, daran bestand kein Zweifel –, würde die Malerei überflüssig. So echt und wirklich vermochte kein Maler das Leben wiederzugeben. Hier sei alles dargestellt, sogar der unaufhaltsame Verfall, sagte Jules, und Edmond, der nicht verstand, was er damit sagen wollte, hakte nicht nach.

Der magische Führer warf für einige Augenblicke eine Landschaft auf Jules' grauen Hut und ließ sie dort kurz verweilen; sie hatte die Anmutung eines japanischen Stoffdrucks.

Als sie wieder ins mittägliche Sonnenlicht hinaustraten, waren sie so geblendet, dass sie beide gleichzeitig die Arme hochrissen, um ihre Augen zu schützen.

Doch solche von Glück erfüllten Momente waren selten. Leere, Langeweile und die Sorge überwogen, wie man den ewig langen Tag im erbarmungslosen Jetzt am besten hinter sich brachte, Tag um Tag vom finsteren Schweigen erdrückt.

Der traurigste Monat ihres Lebens ging zu Ende. Sie ließen das verfluchte Land, die leidvollen Wasserquellen, die lauten Hotels und die Tischgespräche der hirnlosen Kurgäste hinter sich.

Woran sie sich schließlich am deutlichsten erinnerten, waren die Schilder, die in den Kirchen an gut sichtbaren Stellen angebracht waren und die Gläubigen ermahnten, an diesem heiligen Ort nicht auf den Boden zu spucken.

## *9 Das tägliche Leben*

Kaum zu Hause, baten sie Pélagie, gegen die nie abreißenden Störungen tagsüber die Fenster zu schließen und nachts die Läden, doch das Ergebnis stellte sie nicht zufrieden, der Lärm verstummte nicht. Also gingen sie bereits vormittags in den Bois de Boulogne und machten es sich seufzend auf einer Decke unter freiem Himmel bequem, wenn sie müde waren. Genau wie jene Unglücklichen, die kein Dach über dem Kopf hatten.

Warum nur hatten sie das unselige Haus gekauft, das ihnen weder Ruhe noch Glück, weder Zufriedenheit noch Wohlbefinden gebracht hatte? Sie hatten Adolph Sax' Getröte, an das sie sich im Lauf der Jahre ja gewöhnt hatten, gegen eine unberechenbare, launische Vielfalt an menschlichen und tierischen Lauten eingehandelt, die – anders als die Trompeten und Saxophone – niemals verstummten. Was für ein schlechter Tausch, mitten in der Nacht durch Schreie und Gekläff aus dem Schlaf gerissen zu werden! Hätten sie die Rue Saint-Georges doch nie verlassen! Einmal ausgesprochen, fiel es ihnen leicht, sich über ihr Haus zu beklagen. Zur Beruhigung trug es allerdings nichts bei.

Sie flohen aufs Land nach Saint-Gratien. Doch als Mathilde sie empfing, mussten sie feststellen, dass sie übellaunig und reizbar war.

Sie glaubten den Grund ihrer Schroffheit – die unangenehmste ihrer gelegentlich alles dominierenden napoleonischen Eigenschaften – zu kennen. Sie ertrug es nicht, wenn andere leidend waren. Fürsten mochten nun mal keine Kranken. Sie hatte bemerkt, in welcher Verfassung sich die Brüder befanden, kaum standen sie ihr gegenüber. Edmonds Erschöpfung, Jules' flackernde Augen. Die Blässe. Die fliegende Hitze. Trägheit. Es entging ihr nicht, dass Jules' Zustand sich verschlechtert hatte. Sie sah den heillosen Zerfall.

Eine Kälte ging von ihr aus, die andere dazu veranlasst hätten, auf dem Absatz kehrtzumachen und abzureisen; doch kleinbürgerliche Regungen dieser Art verbaten sie sich, sie waren schließlich von Adel. Sie ließen sich ihre Zimmer zeigen und gingen davon aus, dass Mathildes Stimmung früher oder später wechseln würde, sie kannten sie ja.

Auch die Stunde vor dem Diner auf der Veranda verlief trotz der Anwesenheit Gautiers – der jede sich bietende Gelegenheit nutzte, um zu rauchen –, Popelins (Maler, Schriftsteller, Emailleur) und Doktor Philips' (Urologe) kaum friedlicher, obwohl die Gäste zumindest einen Teil von Mathildes Unmut absorbierten. Sie war unausstehlich wie selten und widersprach jedem und allem, den stichhaltigsten Argumenten wie den alltäglichsten Übereinkünften; sie sprach über die Streiks der Minenarbeiter von La Ricamarie und wurde darüber grob und ungehalten und verhinderte jede ernsthafte Diskussion, indem sie die denkbar kindischsten Einwände vorbrachte. Als sie über das allgemeine Wahlrecht sprachen, wollte sie wissen, wozu es nötig sei, abzustimmen, wenn doch alle den Kaiser wählten. Wem sonst sollten sie ihre Stimme denn geben?

Wie konnte sie nur so dummes Zeug reden? Und das

in unerträglichem Kasernenton, als äffte sie den großen Kaiser der Franzosen nach, so wie sie von ihm träumte. Sie hassten sie in diesem Augenblick aus ganzem Herzen.

Jules schwieg und nickte manchmal undurchschaubar.

Doktor Philips sprach über neuartige Krankheiten, die es früher nicht gegeben hatte, Zeiterscheinungen, Nervenleiden, die von mechanischen Arbeiten rührten, von den immer gleichen Bewegungen, die sieben Stunden lang Minute für Minute, wie das schnelle Auf und Ab einer Nähmaschinennadel, Tag für Tag wiederholt wurden. Bei den Heizern kam es aufgrund der ständigen Erschütterungen der Maschinen, an denen sie arbeiteten, zu Zirkulationsstörungen des Knochenmarks, die zu Hirn- und Rückenmarkserweichung führten, bei den jungen Streichholzfabrikarbeiterinnen führten die Phosphordämpfe, die sie während der Arbeit einatmeten, zu Kiefernekrosen. Von alledem wollte die Prinzessin nichts wissen, das seien Ausgeburten kranker Hirne. Sie schien an diesem Nachmittag eine uneinnehmbare Barrikade gegen die Vernunft errichtet zu haben. Sie erklärte ihre Gäste abwechselnd für behindert, krank oder verrückt. Dr. Philips solle sich nicht um imaginäre Zeitkrankheiten den Kopf zerbrechen, sondern um die lädierten Blasen seiner Patienten.

Doch dann glätteten sich die Wogen und eine freundlichere, entspannte Stimmung machte sich breit. Von den sinnlosen Scharmützeln erschöpft, legte Mathilde ihre Rüstung unvermittelt ab und hörte zu, ohne den anderen ständig ins Wort zu fallen oder bei jeder Bemerkung den Kopf zu schütteln. Sie schien nicht sonderlich aufmerksam, aber auch nicht zerstreut; sie hatte ihre Gedanken offenbar im Griff.

Am nächsten Morgen entsprach sie so sehr dem Modell eines liebenswürdigen und liebenswerten Menschen, dass es schwerfiel, das Bild der missmutigen Prinzessin darin wiederzuerkennen, das sie tags zuvor abgegeben hatte. Der Wind hatte sich über Nacht gedreht, und sie ließ ihre Gäste wieder ihre Zuneigung spüren. Vielleicht musste sie sich an ihre Freunde erst gewöhnen, wenn sie sie eine Weile nicht gesehen hatte.

Sie sagte es ja selbst: Ihre größte Freude war es, Freunde um sich zu wissen, unter Menschen zu leben, die ihr etwas bedeuteten, die sie schätzte, die sie liebte, die ihr sympathisch waren, auch wenn sie sie davon abhielten, die wirklich großen Dinge zu erschaffen, zu denen sie – davon war sie wohl überzeugt – fähig war: Bedeutende Schlösser hätte sie gebaut, wäre sie eine andere gewesen, sagte sie, und ihre Emphase war so ansteckend, dass man ihren Träumereien für eine Weile bereitwillig folgte. Sie schloss mit einem: »Ich bin eine Napoleon, vergessen Sie das nicht!« Wer hätte es vergessen?

Kaum hatten sie sich zur Ruhe begeben und sich an das Zirpen der Grillen gewöhnt, wurden sie von Mücken überfallen. Edmond hörte Jules im Nebenzimmer mit Schuhen, Zeitungen und Büchern nach dem Ungeziefer schlagen, das sich auf den Gobelins und Tapeten unsichtbar machte. Er selbst ließ eine Lampe brennen. Doch seine Hoffnung, die Plagegeister würden in der Flamme verglühen, erfüllte sich nicht, am nächsten Morgen war er am ganzen Körper zerstochen. Immerhin war er eingeschlafen, nachdem Jules sich beruhigt hatte.

Die folgenden Tage mit Mathilde und ihren wechselnden Gästen waren fast ungetrübt. Manche blieben nur für zwei, drei Nächte, andere wochenlang.

Sieben Tage nach ihrer Ankunft kreuzte Flaubert auf. Er strotzte förmlich vor Kraft und Selbstgewissheit, Körper und Geist, er und die Welt waren eins, er hatte es nicht nötig, ein anderer als er selbst zu sein, er schwamm in einem Fluss aus Worten, die sich unaufhaltsam ins Meer ergossen.

Überschwänglich erzählte er von seinem Jugendfreund Louis Bouilhet, der im Sterben lag. Er sprach von ihm, als bestimme er allein über Leben und Tod von Freunden und Feinden.

Wie nah das Ende schon war, erfuhren sie erst später: Bouilhet starb einen Tag nach Flauberts Besuch bei der Prinzessin im Alter von siebenundvierzig Jahren.

Die dröhnende Leidenschaft und Energie, die Flaubert an den Tag legte, waren kaum auszuhalten. Seine Überzeugung, Jules und Edmond mit seiner Arglosigkeit trösten, ja aufmuntern zu können, war mit Händen zu greifen. Als er sich verabschiedete, rief er: »Ich habe das Gefühl, als ginge der Lebenssaft meiner dahinsiechenden Freunde auf mich über!« Wen anders als seinen moribunden Jugendfreund und seine Julesmond – wie er sie einmal genannt hatte – konnte er damit meinen. Bald würde der Vampir ganz von den Verstorbenen zehren können, die die Welt verlassen hatten, um ihm im Reich der Wörter zu dienen. In seinem Kopf. In seinem Bauch. In seiner Unmäßigkeit. Edmond wäre zu gern in Flauberts Gelächter eingestimmt. Doch zunächst ging es darum, die richtigen Worte zu finden, dieses Lachen zu beschreiben. Homerisch, fett, barbarisch, rücksichtslos?

»Das würde wohl nur einer dieser ohrenbetäubenden italienischen Opernkomponisten schaffen«, sagte Edmond später zu Jules.

Flaubert verschwand und ließ die Hündchen noch betrübter zurück, als er sie vorgefunden hatte, der heiße Wüstensturm verschwand in einem Wirbel aus Sonne und Staub, was sollte nun aus ihnen werden? Immerhin hatte er sie vor einer Lesung aus seinem neuesten, unvollendeten Werk verschont.

Obwohl die Atmosphäre in Saint-Gratien angenehm war, schob eine gewaltige Welle die beiden Brüder immer näher an einen unsichtbaren, unvorstellbar tiefen Abgrund. Zum ersten Mal hatte Edmond das Gefühl, uneins zu sein. Jules war viel näher am Abgrund als er. Er würde ihn nicht zurückhalten können, er entwand sich ihm, er ließ sich nicht zurückhalten, Edmond blieb zurück. Etwas stand zwischen ihnen.

Edmond dachte an Rose. Rose hätte sich für seinen Bruder mit vollem Einsatz vor das nahende Unglück geworfen: Ob Pferd oder Eisenbahn, ob einstürzendes Haus, Geröll, Gewitter oder Tiger, vor nichts hätte sie sich gefürchtet, um den kleinen Jules vor Unheil zu bewahren; sie hätte ihn geschützt, beschützt, bedeckt, doch Rose war tot.

Sie, in deren Leben Arbeit stets das höchste Gut gewesen war, fühlten sich nach den Bädern, die Jules' Zustand eher noch verschlechtert hatten, außerstande zu arbeiten. Jules' Erschöpfung zehrte auch an Edmonds Kräften. Wie immer gingen sie den Weg gemeinsam. Geist und Körper waren erlahmt, und dies zu einem Zeitpunkt, da ihr Talent sich auf dem Höhepunkt seiner Möglichkeiten hätte befinden müssen. Nun, da sie zum Größten fähig waren, schien sich aber alles aufzulösen und zu zerfallen.

Prinz Napoleon lud sich per Depesche selbst ein, und wie alle Depeschen, die er an seine Schwester richtete, bewirkte auch diese zunächst eine merkliche Abkühlung im Salon. Als sich Plon-Plon ankündigte, wollten alle instinktiv die Flucht ergreifen, was natürlich niemand tat. Doch wider Erwarten war er an diesem Abend umgänglicher und gesprächiger als sonst. Mit einem außergewöhnlichen Erinnerungsvermögen begabt, erzählte er von all den Orten, durch die er in den letzten Wochen gekommen war. Er reiste ständig. Reisen sei das einzige Vergnügen, das ihm geblieben sei, sagte er. Es hielt ihn nirgends, er wollte überall sein.

»Reisen ersetzt bei Menschen wie mir die Liebesaktivitäten. Die habe ich durch Fortbewegung ersetzt.«

Wie alle Beleibten saß er breitbeinig und gepolstert wie ein mit Samt gefütterter Kartoffelsack im Sessel und versank fast völlig darin. Der Sitz, auf dem er sich niedergelassen hatte, war mit ihm verschmolzen, als wäre er ein Teil des Körpers. Mehr denn je sah er aus, als sei ihm der Kopf Napoleons I. wie ein Meteorit vom Himmel zwischen die Schultern gefallen, wo er nun, tief eingesunken, wie ein Museumsstück, sein schmallippiges Mundwerk bewegte und ständig blinzelte. Beim Sprechen zitterte das Doppelkinn. Sein ganzes Wesen wirkte eingezwängt, zerdrückt, ein plumper, schwerfälliger Cäsar, dem man die rege Reisetätigkeit weder ansah noch zutraute.

Als man erwähnte, dass Kaiserin Eugénie in Cherbourg

sei, scherzte Mathilde gegenüber dem Gesandten Benedetti – einem weiteren ihrer vielen Besucher –, wie befreiend es doch wäre, wenn die Kaiserin endlich ins Meer fiele. »Welch hübsche Trauer wir in diesem Winter tragen würden.« Und bei der Vorstellung der ertrinkenden Kaiserin: »Als Letztes schwamm der Spitzensaum ihres Kleids an der Wasseroberfläche, und sie verschwand mit einem leisen Gurgeln aus der Welt.«

Sie lasen Zeitungen und gingen spazieren, und Edmond versuchte sich daran zu gewöhnen, dass Jules immer schweigsamer wurde. Kein Wort darüber fand Eingang ins Tagebuch. Stattdessen wurde jeder Besucher vermerkt, es wurden täglich mehr, es waren täglich andere, was sie redeten, wurde festgehalten, Bedeutendes wie Unbedeutendes. Untalentierte Maler, junge Mädchen in lächerlichen Schäferinnenkostümen, dazwischen die blinde Madame Defly, die mit den Schatten sprach, die sie umgaben und die sie für Menschen hielt.

Der Hofstaat der Prinzessin wuchs mit jedem Tag, alle redeten durcheinander, de Sacy, Madame de Pralin, bekannte und neue Gesichter; Popelin, der alle Welt duzte, versuchte Mathilde mit seinen kindischen Bemerkungen zu übertönen. Ein ungezogener Junge, ein kleines Monster, ein begabter Intrigant, der seine schlechte Erziehung nutzte, um die Prinzessin zu unterhalten, deren Kleider er küsste, wenn die Zimmermädchen sie auf dem Korridor an ihm vorübertrugen. Fand die Prinzessin tatsächlich Gefallen an diesem Gymnasiasten, der schon so schlau und berechnend war wie ein alter Höfling? Empfand sie Gefühle für Claudius Popelin? Ihre Stimme verriet sie. Ihre Art, sein Geschwätz zu verteidigen, ihn mit Zigarren zu versorgen und mit Schokolade zu füttern, enthüllte die notdürftig kaschierte Wahrheit. So zärtlich und schmeichelnd kannten sie sie sonst nicht. Monsieur de Nieuwerkerke, ihr akkreditierter Liebhaber, ließ sich nicht blicken.

Es war Zeit aufzubrechen.

Sie fuhren nicht nach Auteuil zurück, sondern zu ihrem Cousin nach Bar-sur-Seine. Doch auch dort fanden sie weder Frieden noch Stärkung. Am meisten störte sie das Hämmern der Küfer, die ihre Fässer für die bevorstehende Weinlese überholten. Die Gegend wiederzusehen, wo sie einen Teil ihrer Jugend verbracht hatten, versagte ihnen die ersehnte Erholung, weil es sie unendlich traurig machte. Wie schnell die Zeit vergangen war. So viel hatten sie getan, ohne den Lohn zu erhalten, der ihnen zustand.

An den Ufern der Seine entlangzugehen und an Orten auszuruhen, die sie vor kurzem noch im Vollbesitz ihrer geistigen und körperlichen Kräfte aufgesucht hatten, war bedrückend. Die Natur, die früher lebhaft zu ihnen gesprochen hatte, war wie erstarrt und ausdruckslos, als habe sie sich ihren finsteren Gedanken angepasst. Nachts fielen auch hier die Mücken in feindlichen Schwärmen über sie her. Das also blieb vom Sommer übrig.

Jules träumte schlecht und schrie im Schlaf, erinnerte sich morgens aber an nichts. Auch fiel es ihm schwer, sich die kleinen Begebenheiten des vergangenen Tages zu vergegenwärtigen, vielleicht weil sie zu unbedeutend waren. Wer bei der Prinzessin zu Gast gewesen war, hatte er vergessen. Sogar an die Bäder von Royat fehlte ihm jede Erinnerung. Edmond redete sich ein, dass es sich um eine vorübergehende Störung handelte. Er war zu jung, um so entkräftet zu sein.

Von einem Tag auf den anderen änderte sich Jules' fein ziselierte, mitunter nur schwer entzifferbare Handschrift. Nicht nur die Buchstaben wurden größer, sondern auch die unregelmäßigen und unbegründeten Abstände dazwischen, er machte keine Korrekturen mehr, die Schrift wurde eckig und schwerfällig, aber auch leichter lesbar. Ihn selbst schien die Verwandlung nicht zu beunruhigen. Dass er keine Verbesserungen mehr für nötig hielt, bedeutete wohl, dass er die Worte, die er gefunden hatte, um zu beschreiben, was er gesehen und gehört hatte, für richtig und dauerhaft hielt.

Der Lärm verfolgte sie überallhin, Lärm jeglicher Art, das Gebrüll der Aufseher, der Bauern, der Knechte – und ständig war von Geld die Rede.

»Sie reden alle vom Geld, vom Wetter, vom Vieh, von der Milch, vom Geld!«

Sie begannen den Wind, den Regen, den Sturm anzurufen. Wurden sie also allmählich verrückt? Die Gedanken in den schlaflosen Nächten waren jedenfalls dunkel und aussichtslos. Die Geräusche ließen sich nur aus der Welt schaffen, indem sich beide die Ohren zuhielten. Und auch das half nicht immer.

Im Herbst stellte ihnen die Prinzessin einen Pavillon auf dem Grundstück ihres Schlosses zur Verfügung, während sie in Paris weilte. Doch sie hatten kein Glück, die erhoffte Ruhe fanden sie auch hier nicht. Am zweiten Tag ihres Aufenthalts läutete der Pfarrer probeweise die neuen Kirchturmglocken, die Mathilde gestiftet hatte. Jede Viertelstunde zehn Minuten lang von morgens bis abends.

Ihnen blieb also nichts übrig, als abzureisen und nach Auteuil zurückzukehren.

Die Tage waren leer und düster, kurzfristige Abwechslung boten lediglich die ausgedehnten Spaziergänge auf der ihnen endlos erscheinenden Allee, die von Auteuil nach Boulogne und zurück führte, wo Jules die Wassertherapie wieder aufgenommen hatte. Ihr Leben bestand nun nicht mehr aus Arbeit, sondern aus Gehen und Stehenbleiben, um Atem zu holen, aus Wiederkehr und Wiederholung, aus der Wasser- und Kältefolter, der sich Jules weiter aussetzte, doch sein Zustand verbesserte sich nicht.

Bald würden sie keine Besuche mehr empfangen und keine Besuche mehr machen, niemanden sehen, der ihnen etwas bedeutete, niemanden sehen, dem sie etwas bedeuteten, niemanden: Einsamkeit und Leid, einfache, nackte Worte, die keiner Ausschmückung, keines Ornaments bedurften, denn jede Verzierung hätte deren Ernst verfälscht. Einfach nackt.

## *10 Roses Auslöschung*

Das Kind war ein Engel, so viel schöner als seine Mutter, die Schönheit hatte es vom Vater, der sich nur einmal dazu herabließ, Rose aufs Land zu begleiten, wo das Kind heranwuchs. Wenn die Sonne auf seinem Gesicht spielte, kamen Rose die Tränen. Wenn es seine Fingerchen in Roses Mund und Nasenlöcher, in ihre Ohren und Augen bohren wollte, musste sie lachen und vergaß das Weinen. Nur schade, dass sie ihre Freude bloß mit der Amme teilen konnte, bei der das Kind aufwuchs. Weder wollte Alexandre es ein zweites Mal besuchen, noch erkundigte er sich je danach.

Bevor er Louisette zum ersten Mal sah, hatte er im Spaß gemeint, wenn das Mädchen so aussehe wie seine Mutter, dann hätte man es besser mit den überzähligen Katzen in einen Sack gesteckt und in der Seine ertränkt. Entsetzt hatte Rose geschwiegen.

Wenn es einschlief, wachte Rose über seinen Schlummer und seine Träume, die fein wie Spinnweben sein mussten, da es ja noch nichts erlebt hatte, kaum dass es sehen und verstehen konnte, wovon es umgeben war. Rose fragte sich, ob es seine Mutter erkannte oder sie lediglich für ein unbekanntes Wesen hielt, das sich viel zu selten blicken ließ. Sie zeigte dem Kind mit Worten, was sie sah: Apfelbäume, an deren Blättern Weinbergschnecken klebten, die glitzernde Spuren hinterließen, Stangen, an denen Bohnen emporrankten, ein Beet voller Kohlköpfe, Löwenmäulchen, Zinnien und Goldlack, ein Flussufer, mit Wolfsmilch durchsetztes Gras und Brennnesseln, Gegenstände, die die Strömung an Land gespült hatte, ein Schuh, ein zerfetzter Strohhut, wem mochten diese Gegenstände gehört haben, vermisste sie jemand?

All das erinnerte sie an ihre eigene Kindheit, und sie war froh, dass ihr Kind, ihr Mädchen, als Erwachsene ähnliche Erinnerungen mit sich herumtragen würde wie sie, auch dann, wenn sie ihre Mutter aus den Augen verloren oder vergessen haben würde, die dann auch tot sein konnte. Die Besuche beim Kind waren die schönsten Stunden des Monats. In Paris murmelte sie während der Hausarbeit oder in der Küche manchmal seinen Namen wie eine Zauberformel vor sich hin, zehnmal, zwanzigmal hintereinander, und sie stellte sich vor, es sauge an ihrer Brust wie an der Brust ihrer Amme, Louise – Louisette – Louise – Louisette – Louise – Louisette ...

An jenem einzigen Sonntag, an dem Alexandre sie aufs Land begleitete – er angelte am Fluss mit Maden, die er in einer verwesenden Leber gezüchtet hatte –, glaubte sie aus dem Mund des Kindes die ersten gestammelten Laute zu hören. Ihr Blick fiel auf das Waschhaus, an dem wochentags reges Treiben herrschte. Jetzt war es leer.

Eines Tages schrieb ihr die Amme, Louisette sei von einer Wespe gestochen worden. Sie hatte den Arzt kommen lassen, der sie untersucht und weder einen Stich noch eine Schwellung festgestellt hatte.

»Wie allerliebst sie ist, wenn sie daliegt und an die Decke schaut«, schrieb die Amme, und Rose erschrak so heftig, dass sie nicht wusste, was sie denken sollte. Sie spürte eine Gefahr.

Rose ließ alles stehen und liegen und eilte zum Bahnhof. Dass sie ohne Mantel und Hut und in Pantoffeln losgerannt war, merkte sie erst, als sie auf dem Bahnsteig stand. Verwirrt kehrte sie um und bereitete den Herren das Frühstück. Sie sprach den ganzen Tag kein Wort, sie dachte an ihr Kind.

»Sie hat ihre Launen«, meinte Edmond.

Den ganzen Tag machte sie Bohnen ein. Der Wasserdampf erfüllte die Küche und ihre Lungen. Sie dachte unablässig an das Kind, das an die Decke schaute.

Da in den folgenden Tagen kein weiterer Brief von der Amme eintraf, beruhigte sie sich wieder. Hätte sich Louisettes Zustand verschlechtert, hätte sie ihr wieder geschrieben. Kinder erholen sich so leicht, wie sie erkranken. Am Sonntag würde sie Louise wiedersehen.

Sie war sich dessen sicher, denn die Zeichen des Himmels waren untrüglich: Der erste Mensch, dem sie am Samstagmorgen begegnete, war ein Mann; sie hatte ein fuchsrotes Pferd und einen buntscheckigen Hund gesehen; sie war einem Mädchen mit einer roten Mütze begegnet; sie hatte richtig geraten, dass es nach links abbog; die Anzahl der Stufen zur Wohnung, die sie beim Hinaufgehen eben gezählt hatte, war ungerade. Lauter gute Zeichen, die sie aufatmen ließen.

Sie bereitete den morgigen Besuch bei ihrem kleinen Mädchen vor, indem sie ein weißes Kleid bereitlegte, mit dem sie es wie eine Auferstandene schmücken wollte. Bei der Concierge wurde am späten Nachmittag ein Brief abgegeben.

Erst gegen sieben Uhr überbrachte sie die Nachricht; für die verspätete Übergabe entschuldigte sie sich nicht.

Rose, die gerade den zweiten Gang servieren wollte, öffnete die Tür und nahm den Brief entgegen; die Brüder, die sie durch die offene Speisezimmertür beobachteten, wollten ins Theater und hatten es eilig. Sie sahen, wie Rose sich setzte und den Brief öffnete, wie sie zusammenzuckte, sich aufbäumte, aufschrie und ohnmächtig vom Stuhl glitt. Den Brief hielt sie fest. Der Teppich dämpfte den Aufprall. Sie eilten ihr zu Hilfe. Sie hoben sie gemeinsam hoch, legten sie aufs Sofa und öffneten ungeschickt ihr Mieder, damit sie besser atmen konnte. Noch bevor sie sie mit Wasser besprengen konnten, erlangte Rose wieder das Bewusstsein. Sie zitterte am ganzen Leib. Kein Glied ihres Körpers kam in der nächsten Stunde zur Ruhe.

Als Edmond sie fragte, was geschehen sei, kamen ihr die Tränen, und sie erzählte überstürzt und aufgewühlt, ihre kleine Nichte, die Tochter ihrer Schwester, sei gestorben. Edmond versuchte sie zu trösten.

Das Kind war bereits unter der Erde. So stand es im Brief, den sie nicht aus der Hand gab. Sie versteckte ihn unter ihrer Matratze. Sie würde Louisette nicht mehr sehen, weder tot noch lebendig. Die Amme forderte sie bald auf, die angefallenen Kosten für den Arzt und die Medizin zu begleichen, die sie für sie vorgestreckt hatte.

Rose weinte jeden Abend über dem weißen Kleidchen, mit dem sie Louises Auferstehung feiern wollte, das nun ihren Tod symbolisierte.

Sie spürte das Kind in sich. Es bäumte sich auf, als wollte es ein zweites Mal geboren werden, um dann nur wieder abzusterben, es rang nach Luft und atmete flach, es röchelte, es starb, feucht und kalt und weiß. Noch nach einem halben Jahr pochte es manchmal in ihrem Bauch.

Sie presste ihre Hand dagegen, als könnte es ausbrechen, als könnte sie es zurückhalten.

War Louisette gestorben, noch bevor sie den Namen ihrer Mutter aussprechen konnte, weil Rose den Vater mehr geliebt hatte als das Kind? War das Gottes Rache, dass sie Alexandre nicht abgeschworen hatte? Sollte diese Strafe sie lehren, an den Allmächtigen zu glauben? Wenn das Gottes Absicht war, musste er sich mit dem Teufel verbündet haben. Sie schwor sich, nie mehr eine Kirche zu betreten, nicht einmal an Weihnachten oder Ostern.

Inzwischen hatte Madame Colmant, die selbst für die leichteste Arbeit zu korpulent geworden war, eine fünfzehnjährige Nichte vom Land kommen lassen; Roses Hilfe war ihr längst nicht mehr genug und auch nicht gut genug. Schon am ersten Tag lobte sie das treuherzige Kind, das sich sogleich in Alexandre verliebte, der keinen Hehl daraus machte, wie reizvoll er sie fand. Es entging Rose nicht.

Der bäuerlichen Koketterie und unverfrorenen Naivität dieses Mädchens konnte ein Mann wie Alexandre nicht widerstehen. Wer hätte es gekonnt? Das Mädchen, dem Kindsein kaum entwachsen, war quicklebendig wie eine Forelle.

Madame Colmant gegenüber hielt sich Rose mit ihren Verdächtigungen zurück, um nicht selbst in den Verdacht zu geraten, sie stelle Ansprüche an ihren Sohn. Alexandre gegenüber jedoch hatte sie keine Hemmungen, ihm jedes kleinste Wort vorzuhalten, das er an seine Cousine gerichtet hatte. Es kam zu heftigen Auseinandersetzungen, die sie in seinen Augen gewiss nicht liebenswürdiger oder begehrenswerter erscheinen ließen. Rose war sich darüber im

Klaren, dass sie das hässliche Bild einer keifenden Ehefrau abgab, die ihrem Ehemann den Anblick junger Frauen missgönnte.

Während der Schwangerschaft und nach der Geburt Louisettes hatte sie keinen Alkohol mehr angerührt. Doch bei der nächsten Gelegenheit, als man ihr in einem Hinterzimmer, wo sich samstags die Dienstmädchen trafen, Likör und Absinth anbot, lehnte sie nicht ab. An diesem Abend trank sie – die den Alkohol nicht mehr gewohnt war – so viel, dass nur der Instinkt ihr half, den Heimweg zu finden. Als sie am nächsten Morgen um elf Uhr durch das Klopfen und Rufen Adèles erwachte, die einer der Herren Goncourt zu ihr geschickt hatte, erinnerte sie sich nicht, wie und wann sie in der vergangenen Nacht nach Hause gekommen war. Auch die Erinnerung an den Abend war so gut wie ausgelöscht.

Nachdem Rose Alexandres Mutter in einem Moment blinder Eifersucht, der sie zu ihrem Laden trieb, nicht nur die finanzielle Unterstützung vorgerechnet hatte, in deren Genuss ihr Sohn dank ihrer aufopfernden Hilfe gekommen war, sondern ihr auch eröffnet hatte, dass er der Vater ihres nunmehr verstorbenen Kindes war, kam es in Madame Colmants Küche zu einem lauten Streit, der in Handgreiflichkeiten zwischen Rose, Alexandre und seiner Entrüstung mimenden Mutter gipfelte. Weinend vor Schmerz und Wut war Rose aus dem Haus gestürzt.

Wochenlang mieden sie einander. Um Madame Colmants Laden machte Rose einen großen Bogen.

Nachts aber dachte sie an Alexandre, sie wurde den Körper nicht los, den sie noch immer begehrte und der sich von ihrem eigenen unterschied wie die Hitze von der Kälte; morgens erwachte sie in Schweiß gebadet und am ganzen Leib zitternd. Unentwegt kreisten ihre Gedanken um Alexandre.

Folglich war ihre Freude groß, als sie ihn wiedersah, nicht irgendwo, nicht zufällig, nicht vor dem Laden, sondern vor dem Haus in der Rue Saint-Georges, wo er auf sie wartete. Die Hände in den Hosentaschen, die Ärmel bis zu den Ellbogen hochgekrempelt, die schönen Arme sichtbar, stand er da und blickte sie erwartungsvoll an.

»Guten Abend, Rose.«

Sie schwieg und wartete und bemerkte, wie seine Lider zuckten.

»Du brauchst Geld?«, sagte sie. »Ich habe zu tun.«

»Ich muss fort«, sagte er ernst.

»Dann geh.«

»Ich muss fort und komme vielleicht nicht wieder.«

»Was redest du?«

»Ich wollte mich verabschieden. Es sind schon viele auf dem Schlachtfeld geblieben.«

Rose starrte ihn an.

»Was redest du?«

»Ich werde eingezogen. Das Los ist auf mich gefallen.«

Kaum hatte er es ausgesprochen, kaum hatte Rose Zeit, sich auszumalen, wie er verletzt wurde, wie er im Lazarett lag, wie er starb oder als Krüppel heimkehrte, wusste sie schon, warum er gekommen war. Er brauchte Geld, um sich freizukaufen.

»Wie viel?«

Er spielte den Ahnungslosen.

»Wie viel brauchst du, um dich loszukaufen? Ist es bloß eine weitere Lüge?«

»Darum bin ich nicht gekommen.«

»Natürlich bist du darum gekommen, du kommst nur, wenn du Geld von mir brauchst.«

»Ich bin gekommen, damit du dich mit meiner Mutter versöhnst.«

»Du lügst wie du boxt, jedes Mittel ist dir recht, um zu gewinnen. Sag schon wie viel.«

»Ich werde dir vom Regiment aus schreiben. Lass uns ein Stück gehen und reden.«

Sie machten sich auf den Weg. Sie gingen und redeten, wie er es gewünscht hatte. Die gepflasterte Straße schien nirgendwohin zu führen. Zwischen den Straßenlaternen standen verkrüppelte Bäume, in denen kein Vogel saß. Er sei stolz, dem Vaterland zu dienen, notfalls dafür zu sterben, sagte er mit düsterer Miene. Sie gingen immer weiter. Sie folgte ihm blind, als wäre er ein anständiger Führer. Er legte seinen Arm um ihre schmalen Schultern, und sie seufzte. Plötzlich roch es nach Zucker, Talg und Verwesung. Sie kamen an einem offenen Wagen vorbei, auf dem Schlachtfleisch lag. Schwärme von Fliegen hatten sich darauf niedergelassen und bildeten einen glänzenden Panzer; bei jeder Bewegung des Wagens flog der schillernde Panzer kurz auf, um sich gleich wieder über den Kadaver zu breiten. Zucker, Talg, Tod und Verwesung, Rose dachte an die Küche, in der sie täglich Fleisch für Jules und Edmond zubereitete. Sie war angewidert vom Fleisch und angezogen von Alexandre. An ihren Gefühlen hatte sich nichts geändert. Es war gut so, auch wenn es schlecht für sie war.

»Du musst dich mit meiner Mutter versöhnen, das ist mein größter Wunsch«, sagte er, und einen Augenblick glaubte sie wirklich, es sei die Liebe zu seiner Mutter, die ihn veranlasst hatte, auf sie zu warten.

Im Haus der Colmants kam es zu einer Versöhnung, die Rose umso leichter fiel, als Alexandre ihr erzählt hatte, seine Cousine, deren Lebenswandel zu wünschen übrig ließ, sei nach Hause geschickt worden.

Madame Colmant warf sich ihr in die Arme und weinte. Sie verzieh ihr das Kind und bedauerte dessen Tod mit tränenden Augen. Sie bemitleidete Rose für das, was sie durchgemacht hatte. Sie spielte vorzüglich Komödie, und Rose hätte ihr beinahe dazu gratuliert. Stattdessen nahm sie ihre Entschuldigung mit wenigen Dankesworten an. Sie möge ihr verzeihen, dass sie sie so behandelt habe, sagte Madame Colmant.

Die Summe, die er brauchte, um sich vom Dienst loszukaufen, belief sich auf zweitausenddreihundert Francs. Rose, die keinen Sou mehr besaß, seit sie Alexandres Werkstatt eingerichtet hatte, musste das Geld zusammenbetteln.

Acht Tage lang ließ sie sich nicht mehr bei den Colmants blicken, die allmählich befürchteten, dass sie sie nie mehr sehen würden. Doch eines Abends gegen halb elf stand Rose vor ihrer Tür, grüßte kurz, trat ein, ging auf den Tisch zu, an dem Mutter und Sohn vor sich hin dämmerten, zog einen Leinwandbeutel aus ihrer Schürze und stellte ihn vor sie hin.

»Hier ist das Geld«, sagte sie trocken.

Als sie den Knoten löste und den Inhalt des Tuchs auf der

Tischplatte ausbreitete, waren Alexandre und seine Mutter hellwach. Schmutzige, abgegriffene Banknoten, die in schmutzigen, abgegriffenen Spardosen aufbewahrt worden waren, angelaufene Louisdors, die durch schmutzige, raue Hände gegangen waren, Fünffrancs- und Zweifrancsstücke und halbe Francs, die in schmutzigen Kassen und Schatullen aufbewahrt worden waren, all das lag nun vor ihnen. Alexandre und Madame Colmant starrten darauf, und Rose war überzeugt, dass sie sich ekelten und fragten, ob dieses Durcheinander verschiedenster Geldsorten tatsächlich der Summe entsprach, die die Armee zur Befreiung verlangte. Rose wusste es genau. Sie, die keine fünf Francs besaß, hatte Stück für Stück, Sou um Sou gesammelt, erbeten, erbettelt, gezählt und nachgezählt.

Es waren auf den Sou genau zweitausenddreihundert Francs. Es war ihr gelungen, Menschen, mit denen sie weder verwandt noch befreundet war, die sie kaum kannte, durch Schmeicheleien und Lügen so viel Geld aus der Tasche zu ziehen, wie sie selbst nie besessen hatte und nie besitzen würde, denn solange sie lebte, würde sie alles Geld, das sie verdiente, an Alexandre verlieren, ihre einzige Liebe, zu der sie wie ein Hund stets zurückkehren würde, gestreichelt oder geschlagen, ihre Bestimmung war es, losgeschickt zu werden, um die schönsten Leckerbissen zu apportieren.

Die dreihundert Francs, die sie bei den Goncourts verdiente, würden allerdings nicht ausreichen, um für die Zinsen aufzukommen, die aufgrund ihrer Schulden bald fällig werden würden. Entbehrungen und Einschränkungen wären die Folgen, und um ihre Zinsschuld zu begleichen, würde sie ihre nichtsahnende Herrschaft betrügen und bestehlen, zwei gestandene, ehrenwerte Herren. Deren Desinteresse an allen Gelddingen kam ihr entgegen, sie waren ja Geistesmenschen, die in die Niederungen der Armut höchstens hinabstiegen, um sie zu beschreiben. Ihre Gutgläubigkeit war also eine Bank, auf die sie sich verlassen konnte.

Es würden sich immer wieder Gelegenheiten finden, heimlich Geld abzuzweigen. Schließlich verwaltete sie die Ausgaben für den Haushalt. Niemand kontrollierte sie.

Ob Alexandre ihr Opfer schätzte, wusste sie nicht. Wie weit sie dafür gehen würde, blieb ihr Geheimnis.

Die Vorstellung, nicht einrücken zu müssen, entlastete ihn, dafür war er ihr zweifellos dankbar. Vor Übel gefeit zu sein, stand ihm von Natur aus zu; er hielt ihr Opfer für selbstverständlich. Die Mutter schluchzte so laut, dass es Rose reizte, ihr das Gesicht zu zerkratzen.

Rose hatte nun Schulden beim Concierge, beim Kaufmann, bei der Gemüsefrau, bei der Geflügelhändlerin, bei der Waschfrau und bei verschiedenen Lieferanten. Sie hatte sich jeder und jedem aufgedrängt, hatte – Lügengeschichten erzählend – Schande auf sich genommen, indem sie sich erfundener Fehltritte bezichtigte, die sie nun mit dem geliehenen Geld wiedergutmachen wollte; nicht alle hatten ihr geglaubt, und doch hatten ihr die meisten etwas gegeben, denn man schätzte sie und hielt sie für zuverlässig und ehrbar genug, das Geld eines Tages zurückzuzahlen. Nur wenige hatten sie abblitzen lassen, damit hatte sie natürlich gerechnet. Wie konnte sie von den anderen erwarten, besser zu sein als sie, die verkommener war als alle zusammen? Jene, die geglaubt hatten, sie habe Geld gespart, konnten nun schadenfroh den Mantel des Mitleids über sie breiten. Absagen und Almosen hatte sie ertragen, drei Dutzend

Leute hatte sie angefleht – sie hatte eine Liste mit allen Namen und Schulden angelegt –, ihr Geld zu borgen, bis sie zweitausenddreihundert Francs beisammenhatte, die nun mit dem großen Rest als Lösegeld in die Staatskasse fließen würden. Recht geschah ihr für ihre Hörigkeit.

Hätte sie doch gegen das Geld auch ihre Eifersucht eintauschen und unangreifbar werden können.

Sie war auf der Lauer wie eh und je. Wann immer es ihre Arbeit zuließ, überwachte und folgte sie Alexandre heimlich.

Der zweifelhafte Erfolg ihrer Bespitzelungen blieb nicht aus. Nachdem sie eines Sonntags eine Viertelstunde hinter ihm hergelaufen war und sich jedes Mal, wenn er stehen blieb, gegen eine Hauswand gedrückt oder in eine Toreinfahrt geflüchtet hatte, musste sie mitansehen, wie aus dem Nichts in der Passage des deux soeurs eine elegante Dame in grüner Seide, die sie nie zuvor gesehen hatte – keine Hure –, auf Alexandre zueilte und ihm in die Arme fiel. Zweifellos waren sie verabredet gewesen. Sie küssten sich.

Sie bog sich unter seinem Kuss halb weg, nur scheinbar widerstrebend, in Wahrheit lustvoll ergeben; die Schamlosigkeit der beiden, die keine Rücksicht auf weniger unmoralische Passanten nahmen, zeichnete hektische Flecken auf Roses Wangen. Sie hätte sich abwenden und das Weite suchen sollen. Sie blieb stehen und starrte dorthin.

Die beiden verschwanden in einem kleinen Hotel. Rose spürte förmlich, wie Alexandres Hand sich um ihr Herz schloss und es zum Stillstand brachte. Ihre Raserei war entsetzlich. Sie griff in ihre Tasche und umfasste den Flakon, dessen Inhalt dem Verrat ein Ende machen würde.

Sie betrat das Hotel, schreckte den Portier auf, eilte an

ihm vorbei die Treppen in den zweiten Stock hinauf, sie wusste, wo sich das Zimmer befand, in dem sie lagen. Sie klopfte nicht an, sondern brach ein, die Tür splitterte, sie verfügte über ungeahnte Kräfte, sie war die Rächerin, das Vitriol die Waffe, die stärker war als Schwert oder Pistole.

Die Tür sprang auf, beide waren nackt. Es war genau so, wie sie es sich ausgemalt hatte. Er lag auf ihr. Die Frau starrte mit offenem Mund auf die Unbekannte, die ohne Ankündigung in ihr Zimmer eingedrungen war. Alles ging schnell, es dauerte keine Minute. Rose hatte das Fläschchen bereits aufgeschraubt und schüttete Alexandres Geliebter das Vitriol ins Gesicht. Sie zielte gut. Der Schrei ihres Opfers gellte durchs Haus. Erschrecken, Entsetzen, Schmerzen. Es musste höllisch brennen. Ihr Stand half ihr nichts. Alexandre blickte sie fassungslos an. Die Haut seiner Geliebten zischte, zersetzte sich und wurde binnen weniger Sekunden krebsrot.

Alexandre war aufgesprungen und stand nun neben dem Bett. Er rang nach Worten und fand keine. Er war unversehrt, das Fläschchen geleert, er brauchte sich nicht zu fürchten, ihn hatte Rose nicht im Visier. Die Frau im Bett wimmerte, ein hoher Dauerton, allmählich verließen sie ihre Kräfte. Die Säure hatte ihre Augen verätzt. Blind und für immer entstellt, war sie nun tausendmal abstoßender als die kleine, unscheinbare, hässliche Rose. Das ganze Hotel lief zusammen. Nur Rose blieb ruhig, lächelte, triumphierte. Sie hielt den Flakon in der Hand und ließ ihn fallen. Er zerbrach. Wollte Alexandre sie verfolgen, müsste er mit nackten Füßen durch die Scherben laufen.

Die Verwüstungen im Gesicht ihres Opfers würden sie für immer verunstalten, die Haut hatte sich wie verkohltes

Papier zusammengezogen und aufgeworfen, war rissig und löchrig geworden und hing in Fetzen herab. Ihre ebenmäßigen Gesichtszüge hatten sich aufgelöst. Rose lachte befreit. Es war vorbei, vorbei mit ihr!

Rose hatte geträumt. Ihr Traum war die einfältige Rache einer Hilflosen, die es in Wirklichkeit nicht einmal schaffte, in der Apotheke nach Vitriol zu fragen.

Eine Passantin riss sie aus ihren Hirngespinsten: »Was lachst du denn so blöd, bist du irre oder was?«

Währenddessen lagen die beiden glücklich vereint in dem Hotel, dessen Tür sich nicht mehr bewegt hatte, seit sie dahinter verschwunden waren. Natürlich war sie verriegelt.

Bis hierher, wo sie jetzt stand, doch keinen Schritt weiter, entsprach ihre Vorstellung der Wirklichkeit, sie war Alexandre heimlich gefolgt, sie hatte gesehen, wie die Fremde ihn geküsst hatte und wie die beiden im Hotel verschwunden waren. Das war alles, aber es genügte, um Rose die folgenden Tage zu verdrießen.

Dort oben lagen sie beieinander, die hübsche Frau, die sich des Kleids, ihres Unterrocks und ihrer Unterwäsche entledigt hatte, und Alexandre, von dem sie erhielt, was er Rose verweigerte. Sie kam auf ihre Kosten, ohne dass sie dafür zahlen musste. Es genügten reizvolles Aussehen, grüne Seide, erlesene Aussprache. Es genügte wenig, doch selbst das wenige fehlte Rose.

Rose wünschte ihn sich tot auf dem Schlachtfeld, Gras und Erde zwischen den Zähnen und Würmer und Ungeziefer auf ihm, das ihn vom Erdboden vertilgte. Erst wenn er verschwunden war, würde sie frei sein.

Sie machte sich langsam auf den Heimweg, zurück in

ihre Mansarde. Sie fragte sich, ob Frühling oder Winter sei und welche Rolle das spiele. Das Leben ging weiter, ungeachtet der Jahreszeiten.

Likör und Absinth taten ihr gut. Wenn sie genug davon getrunken hatte, schlief sie tief. Der Rausch unterdrückte ihre Gedanken an Selbstmord, von denen sie tagsüber oft heimgesucht wurde, wenn sie an Louisette und deren treulosen Vater dachte und böse Einkehr hielt, indem sie, wie in einen tiefen Brunnen, in ihre Seele blickte, bevor sie hineinfiel, um unterzugehen. Doch wenn sie das Glas oder die Flasche an ihre Lippen führte, glitt sie sanft vom Tag in die Nacht, und wenn sie es rechtzeitig ins Bett schaffte, konnte sie sogar schlafen. Oft aber wachte sie morgens in einer Ecke ihrer Kammer auf dem Boden auf.

Beim Erwachen war die Leere wieder da. Die Tage vergingen wie auf einer unübersehbaren Fläche leeren Wassers.

Oft schlief sie am Küchentisch ein, die Küche war ihr gut gehütetes Revier, hier störte sie keiner, hier fand sie das Glück des Schlafs noch schneller als im Bett, es war auch wärmer als unterm Dach, und im Sommer kühler, sie öffnete das Fenster und hörte Geräusche von der Straße, aus anderen Küchen, aus Zimmern, Gärten, Höfen, aus Sax' Werkstatt drangen die letzten Posaunen- und Trompetenstöße.

Kaum hatten Edmond und Jules die Wohnung verlassen, holte sie die Flaschen aus ihrem Versteck und mischte Absinth mit Likör oder Wein und trank in regelmäßigen Zügen, ohne das Glas abzusetzen, bis es leer war, dann beobachtete sie, wie die letzten Tropfen in klebrigen Schlieren am Glas hinunterrannen, manchmal zählte sie, und wenn sie bis zehn zählen konnte, bevor die Flüssigkeit den Boden des Glases erreicht hatte, sagte sie sich, dass ihr Wunsch in Erfüllung gehen würde.

Doch wenn das nächste Glas vor ihr stand, hatte sie den Wunsch stets vergessen.

Immer öfter trank sie reinen Schnaps. Immer öfter trank sie schon morgens. Immer öfter trank sie tagsüber eine ganze Flasche. Der Zustand, in den sie dabei geriet, erleichterte ihr die Arbeit, der Geist stumpfte ab, die Arme und Hände erledigten von selbst, was sie seit Jahren wie kleine Automaten zu tun gewohnt waren, sie ging wie eine Schlafwandlerin durch die Wohnung, die Treppen hinunter, durch den Hof, auf die Straße, an Madame Colmants Laden vorbei, zum Markt, sie huschte und blickte kaum auf, wenn man sie grüßte oder fast mit ihr zusammenstieß, es gelang ihr immer auszuweichen. Alles, was sie tat, tat sie in einem Zustand zähflüssiger Schlaftrunkenheit, zwischen Wachsein und Traum, in Gedanken woanders und manchmal nirgendwo.

Der Geruchssinn der Junggesellen war offenbar nicht ausgeprägt, oder er schloss Rose nicht mit ein. Um kleine Spitzen üblicherweise nicht verlegen, wenn es etwas an ihr zu bespötteln gab, fiel es Edmond und Jules nicht auf, dass sie ihnen oft schon das Frühstück betrunken servierte.

Rose liebte Alexandre. Dann wieder hasste sie ihn und liebte ihn wieder, stärker denn je, als müsste sie Abbitte für ihre schlechten Gedanken leisten. Der Hass war immer da, so wie die Liebe immer da war, beide kämpften mit unterschiedlichen Waffen, keine war stark genug, um die andere völlig auszuschalten.

Sie hatte ein zu weiches Herz und war zu eifersüchtig und zu bedürftig. Wenn sie genug von ihrer Medizin, dem Alkohol, genommen hatte, strömte ihre Liebe für ihn dank eines magischen Wunders von ihm auf sie zurück, dann murmelte sie etwas vor sich hin, war ihm dankbar, entschuldigte jeden seiner Fehltritte und jeden Fehler, selbst den, sie nicht zu achten.

EDMOND: Hast du etwas gesagt? Hörst du nicht? Rose!
ROSE: Oh, Monsieur, ich war in Gedanken.
EDMOND: Ist alles in Ordnung?
ROSE: Oh ja, Monsieur. Noch etwas Käse?
EDMOND: Bitte.
JULES: Rose, hast du rohen Knoblauch gegessen?

Rose nickte. Sie aß alles, was den Alkoholgeruch überdeckte.

JULES: Hast du Angst vor Vampiren?
ROSE: Was sind Vampire?
JULES: Nun, etwas, wogegen Knoblauch am besten hilft.

Rose suchte nach Worten.

JULES: Wesen, die in der Nacht hilflosen Seelen auflauern, um ihnen das Blut auszusaugen. Ohne Blut können sie nicht leben. Sie sind halb Fledermaus, halb Mensch mit langen, scharfen Zähnen. Sie verführen die Menschen durch schlanken Wuchs und gutes Aussehen, durch funkelnde Augen, die sich verfärben, wenn sie zubeißen. Ihre menschliche Gestalt soll über ihre bösen Absichten hinwegtäuschen.

ROSE: Sie machen mir Angst.

JULES: Hab keine Angst. Solange du zehn Meter gegen den Wind nach Knoblauch stinkst, werden sie dir nicht auf den Leib rücken, und da du ein Kreuz um den Hals trägst, bist du vor ihnen doppelt sicher.

Einmal hatte Alexandre es ihr ins Gesicht gesagt, als sie schwanger war: »Du bist hässlich, und niemand liebt eine Frau, die hässlich ist, höchstens ein Hund oder eine Katze.« Nach einer kurzen Pause war ihm noch etwas eingefallen, über das er herzlich lachen musste: »Und ein Blinder vielleicht.«

Das Wunder dieses missratenen, schimpflich zerbrochenen Lebens war, dass nichts davon an den Tag kam. Nichts drang nach außen, nichts davon kam über ihre Lippen, nichts war auf ihrem Gesicht zu lesen, sie bewahrte es in ihrem Inneren; ihr Auftreten war unscheinbar und verhalten, ihr Ausdruck durchsichtig und unberechenbar. Der wahre Hintergrund ihrer Existenz blieb Edmond und Jules verborgen, als wäre sie ein Kiesel unter Kieseln, über den die Wellen bei Flut und Ebbe hinwegrollten, ohne ihn je zu verrücken, er stand still. Unter anderen Bedingungen hätte sie auch zur Heiligen getaugt, das wusste sie selbst. Sie verhielt sich still und klammerte sich an die Vorstellung, dass niemand sehen konnte, was nicht zu sehen war.

Hatte Alexandre sie verhext? Zitterte sie deshalb vor Aufregung wie ein Hund beim Anblick seines Herrn, wenn er sich näherte? Es gab nichts, was er ihr antun konnte, was sie nicht schweigend ertragen hätte, er konnte mit ihr machen, was er wollte, es war ihm erlaubt, nach seinem

Gutdünken zu verfahren. Sie schlagen, sie erniedrigen, sie übergehen, sich über ihr entleeren. Auch unter seinen Absätzen war sie ein regloser Kiesel, der nicht aufschrie, denn Steine sind still.

Er brauchte wieder Geld, diesmal zwanzig Francs. Sie hatte keinen Sou. Sie fragte die Concierge, die gab ihr nichts mehr, der Kaufmann gab ihr nichts mehr, die Gemüsefrau machte nachgerade einen Satz zurück, als habe der Teufel sie angefasst. Sie schaute beim Gehen und auf dem Markt angestrengt aufs Pflaster. Halb blind vor Anstrengung suchten ihre Augen die Lücken zwischen den Steinen ab. Andere fanden doch auch zufällig Geld auf der Straße, warum nicht sie? Nein, da war nichts.

Geld vom Haushaltsgeld abzuzweigen, schien ihr entschuldbar, wie hätte sie sonst ihre Zinsen und Schulden abstottern können, aber kaltblütig gestohlen hatte sie in all den Jahren, da sie bei den Goncourts gedient hatte, nie. Das änderte sich nun.

Wer wusste besser als sie, wo die Brüder ihr Geld aufbewahrten? Der Schlüssel zur Kassette lag in der Schublade des Schreibtischs, den sich Edmond und Jules für ihre gemeinsame Arbeit vom Tischler nach ihren Vorstellungen hatten anfertigen lassen. Die Goncourts waren unaufmerksam und gleichgültig, was geringfügigere Summen anging. Sie würden das Fehlen des kleinen Betrags, den Rose der Kassette entnahm, nicht bemerken.

Nach zwanzig Jahren war der Tag gekommen, jene zu bestehlen, die sie nährten. Doch der Gedanke, dass andere Dienstmädchen besser entlohnt wurden als sie, machte es ihr leichter, die Tat zu begehen, indem sie ihr einen Anschein von Berechtigung und Gerechtigkeit verlieh. Ein Übriges tat die Überlegung, dass es sich bei diesen Ersparnissen nicht um Geld handelte, das die Brüder zum täglichen Leben benötigten, sondern um liegengebliebenes Vermögen, das niemand brauchte, niemand außer Rose, aber nicht für sich selbst. Nur wenn er lebte, lebte sie, egal, ob er sie liebte oder nicht. Sie steckte den Schlüssel ins Schloss der Eisenkassette, drehte ihn zweimal um und entnahm ihr erst zwanzig, dann weitere zehn Francs, die sie unter ihrer Matratze verstecken würde, denn sie wusste, Alexandre würde erneut um Geld bitten, es hörte nie auf, und so hatte sie fürs Erste ausgesorgt.

Sie hatte ihr Gesicht im Spiegel auf der Innenseite des Kassettendeckels matt aufleuchten sehen und nichts Außergewöhnliches darin entdeckt. Der Ausdruck war unberührt von dem geblieben, was sie tat.

Die einzige Veränderung, die Edmond und Jules auffiel, war, dass Rose immer begriffsstutziger wurde. Und das, was sie tagein, tagaus kochte, war inzwischen noch ungenießbarer als früher. So kam es ihnen vor.

EDMOND: Und, wie wächst dein Gras?
ROSE: Wie?
EDMOND: Dein Gras!
ROSE: Ich weiß nicht, wovon Sie sprechen.

Erst als er sie an die Zigarettenkiste in der Dachrinne erinnerte, fiel ihr das Kistchen wieder ein, das sie zu Beginn ihrer Liebe mit Erde gefüllt hatte, um darin Gras zu säen. Sie hatte Samen in die Erde gedrückt und das Kistchen in die Dachrinne vors Küchenfenster gelegt und es kaum erwarten können, dass der Samen aufging und die ersten Keime zu sprießen begannen; erst konnte sie die winzigen Halme, die aus der Erde ans Licht drängten, noch zählen, doch als es immer mehr wurden und sie sich grün verfärbten und einen kleinen Teppich bildeten, gab sie es auf und erfreute sich an der grünen Fläche, die etwa so groß war wie Alexandres Fuß.

Sie war in einen reißenden Strom geraten, es gab kein Ufer, keinen Ast, keine Rettung, nichts in Sicht, an dem sie sich festhalten konnte. Sie trieb in der Mitte des Wassers und wurde immer schneller Richtung Meer geschwemmt, dessen Mündung ihre Leiche bald erreicht haben würde. Weder Alexandre noch Gott meinten es gut mit ihr.

Eines Sonntags lud eine der Zofen aus dem Nebenhaus sie zu einem Ausflug in die Natur ein. Also machte Rose sich hübsch, kaufte einen halben Hummer und begleitete ihre Freundin zum Boulevard de la Chopinette, wo bereits eine kleine Gesellschaft vor einem Café auf sie wartete. Es waren nicht nur junge Leute, die um die Tischchen saßen und eine Runde Crème de Cassis tranken. Danach ließ man sich in zwei Fiakern zur mächtigen Festung von Vincennes chauffieren. Einer der älteren Männer warf Steine in die Schießscharten und traf immer. Von der Festung aus ging man zu Fuß in den Wald, der sich als armseliges Gehölz erwies.

Die Pfade waren ausgetreten und voller Unrat, das Gras am Wegrand gelb und abgestorben, überall wucherte hohes, von Staub bedecktes Brennnesselgestrüpp, dem man ständig ausweichen musste. Von einem geruhsamen Waldspaziergang konnte keine Rede sein, denn halb Paris – oder zumindest dessen Vorstadtbewohner – hatte den gleichen Gedanken gehabt wie die lebhafte Truppe, zu der Rose nun gehörte; man ließ sich durch das hässliche Gedränge jedoch nicht aus der Ruhe bringen.

Alles schien Rose verkommen und krank, die grauen Bäume, das versengte Laub, die trockenen Wiesenstücke, auf denen Sonntag um Sonntag gegessen, getrunken und gefeiert wurde, wovon die Abfälle, die Flaschenkorken und das dürftige Gras zeugten; die Natur hatte der Großstadt das Feld überlassen. An den Zweigen hingen Strohhüte, Mützen und Tschakos, aus dem Gebüsch traten Waffelhändler und boten ihre süße Ware an, Knaben jagten nach erschöpften Schmetterlingen und spießten sie an Ort und Stelle auf, alle möglichen schwer verständlichen Dialekte schwirrten durch diese Landschaft, die der Sonne, dem Lärm und den Menschen schutzlos ausgeliefert war. Was sich Roses Anblick bot, war die Verhöhnung eines Waldes, ein Ort voller Unrat, wo an den Ästen morgens die Hälfte der Selbstmörder von Paris hing, wie einer der Männer behauptete.

Rose war längst verstummt, als sich die Ausflügler im Schatten einer großen Eiche im dürren Laub niederließen, das sich wie ein raschelnder Teppich unter ihnen ausbreitete. Die Gesellschaft wurde immer lauter, immer ausgelassener, doch obwohl Rose selbst ganz still war und von niemandem zum Reden aufgefordert wurde, fühlte sie sich nicht deplatziert, sondern gerade richtig, man ließ sie wie einen Säugling in Ruhe, von dem auch niemand mehr erwartet, als dass er hin und wieder gluckst. Ein sanfter

Südwind strich über ihre Arme, ihre Haut erschauerte wie zarter Flaum. Sie vergaß den Ort und die Zeit und ein wenig sich selbst, ihre Qualen, ihr Leid. Alles war in diesem Augenblick ohne Bedeutung, ohne Anfang und Ende, als habe sich Rose nun endlich dem Schicksal gefügt, von niemandem beachtet zu werden.

Sie erwachte, als ein Grashalm sie in der Nase kitzelte, sie griff ins Leere, und ihre Hand blieb auf dem Bart des Mannes liegen, der zuvor auf die Schießscharten gezielt und jedes Mal getroffen hatte. Er sei Maler, sagte er, und trinke gern. Nicht Künstler, sondern Schildermaler, und nicht Trinker, sondern Liebhaber des Nebels und Behagens, in das ihn der Wein versetze. Und sie verliebte sich zum ersten Mal in einen anderen Mann als Alexandre, als er ihr statt eines Stuhls einen Stein reichte, auf den sie sich setzte, bevor sie ihren Hummer auspackte und mit den anderen teilte, die ihrerseits ihren Proviant an Essen und Getränken herumgehen ließen. So sei die Welt gut, sagte der Maler, der für seine raffinierten Plakate bekannt war.

Sie verfiel ihm nicht so wie Alexandre, wachte aber auch über ihn mit der gleichen Eifersucht.

Gautruche, so hieß der trinkfreudige Maler, war seinen eigenen Worten zufolge anhänglich wie ein Zimmerefeu und, wie Rose bald merken sollte, so unzuverlässig wie das Wetter. Er war weder hübsch noch jung, hatte kaum Haare auf dem Kopf und einen unansehnlichen Bart, aber er war, selbst wenn er getrunken hatte – was so gut wie immer der Fall war –, nicht bösartig, sondern stets gut gelaunt. Er schlug sie nie und ging jedem Streit aus dem Weg.

Er hatte keine eigene Wohnung, sondern lebte in einem Hotelzimmer nahe den äußeren Boulevards, in dem er sich aber nur nachts aufhielt. Das Geld, das er verdiente – oft bis zu zwanzig Francs am Tag –, gab er lieber für Wein als für ein eigenes Zuhause aus. In seinem Fach war er erfolgreich und beliebt. Niemandes Kolossal- und Zierbuchstaben warfen effektvollere Schatten, sie wirkten wie in Stein gemeißelt. Er war ein wahrer Meister.

Die Straße war sein Zuhause, sie hatte ihn erzogen und nährte ihn, auf ihr Angebot an Menschen und Geschichten, die sie ihm täglich lieferte, wollte er nicht verzichten. Rose, deren Geheimnis er ahnte, ohne es zu enträtseln, gehörte wohl auch dazu. Als habe man eine schon halb verdorrte weggeworfene Zimmerpflanze am Weg gefunden, gewässert und gedüngt und ans helle Licht gestellt, erblühte Rose kurz und trug nicht mehr ausschließlich Schwarz und Grau.

Als der Herbst nahte und Gautruche sich immer noch weigerte, ihr den Schlüssel zu seinem Zimmer zu geben, fiel sie allmählich in ihre alten Gewohnheiten zurück. Darüber im Bild, dass ihm eine ehemalige Geliebte nachstellte – eine Frau, die einige Jahre älter war als Rose, aber goldenes Haar hatte, wie er sagte –, passte sie ihn eines Abends ab, um ihn auf frischer Tat zu ertappen. Sie wartete während Stunden, erst vor dem Eingang seines Hotels »Zur blauen Hand«, dann vor seiner Tür im fünften Stock, dann wieder auf der Straße, die sie auf und ab zu gehen begann, wie eine Hure, für die sie der eine oder andere Passant sicher halten mochte. Sie machte hundert Schritte in die eine Richtung, dann hundert in die andere und weitete die Strecke mit jedem Mal um zwanzig Schritte aus. Sie dachte sich, dass sie nach einer bestimmten Anzahl von Schritten ihr Ziel erreicht haben würde und ihr Wunsch in Erfüllung ginge, dass Gautruche auftauchte und sie um Verzeihung bat. Sie lief so lange und so schnell, bis sie kaum noch gehen konnte. Als sie auf einer Brücke stand, glaubte sie sich plötzlich von Wasser umgeben, das über die Brückenpfeiler gestiegen war, das Licht der Straßenlaternen umspülte ihre Füße, die im Wasser standen, sie schrie auf, man machte einen weiten Bogen um sie, fürchtete wohl, sie wolle springen, und beeilte sich weiterzukommen. Alles stand unter Wasser, es stieg ins Unermessliche. Es gelang ihr zu fliehen. Sie begriff, dass es sich bei dieser Überflutung um eine Halluzination handelte, für die sie kein Wort hatte.

Als Gautruche gegen Mitternacht endlich auftauchte, lag sie schlafend vor seiner Tür. Im Tiefschlaf hatte sie nicht wahrgenommen, wie man im engen Treppenhaus, in dem es nach feuchter Wäsche und verfaulenden Küchenabfällen roch, über sie hinweggestiegen war. Die verächtlichen Blicke, mit denen man sie bedachte, hatte sie ebenso wenig bemerkt wie den Geruch der Spirituskocher, auf denen bei offenen Türen gegart und gebraten wurde, auch nicht den Gestank, der aus dem Ausguss aufstieg, in den die Hausbewohner ihr Schmutzwasser und den Inhalt ihrer Nachttöpfe leerten.

Gautruche war aufgeräumt und unbekümmert wie immer. Er hatte getrunken und war sich keiner Schuld bewusst. Im Gegenteil, als sie in seinem Zimmer am Tisch vor dem Fenster saßen und gemeinsam eine letzte Flasche Rotwein leerten, unterbreitete er ihr seinen Einfall, gemeinsam in eine größere Wohnung zu ziehen, wo sie ihm wie eine gute Ehefrau den Haushalt führen würde. Zur Belohnung war außer seiner gelegentlichen Anwesenheit nichts vorgesehen, keine Heirat, keine Verpflichtungen. Sie habe nach all den Jahren in den Diensten ihrer beiden komischen Vögel gewiss Geld genug gespart, um sich eine helle, hübsche Wohnung leisten zu können, die sie sich teilen würden, meinte er. Er sprühte vor Ideen.

»Es ist Zeit, erwachsen zu werden«, sagte er, als habe er nun endlich die Richtige gefunden, die dumm genug war, ihm das Alter zu versüßen und die Gebrechen zu lindern, die ihn erwarteten.

Die Medizin, die Heilung von ihrer aussichtslosen Leidenschaft für Alexandre versprochen hatte, begann ihr bitter aufzustoßen. Bitter, aber auch stark genug, um ihr die Augen für die Wahrheit zu öffnen. Nach einem kurzen, lauten Streit schlug sie die Tür hinter sich zu und verließ das Hotel, in dem Gautruche allein verrotten mochte. Ihr Leben, so sagte sie sich, war noch nicht vorbei.

Sie nahm die Gewohnheit an, samstagnachts, wenn Edmond und Jules im Theater waren oder bei Freunden feierten, durch die Stadt zu streifen, und fühlte sich dabei wie ein neuer Mensch. Es waren um diese Zeit stets Männer unterwegs, die auf ein kurzes Abenteuer aus waren. Frauen – außer Huren – sah man kaum je allein. Es gab geschminkte Männer, die nach Männern Ausschau hielten, junge und alte. Männer, die mit ein paar Francs für ihre Dienste bezahlt wurden, gab es auch.

Sie ließ sich schon am ersten Abend ihrer neu entdeckten Freiheit darauf ein. Je ungenierter sie den Unbekannten beim Nachtspaziergang in die Augen blickte, desto eher konnte sie damit rechnen, dass sie sich umdrehten, ihr folgten, sie einholten, sich bei ihr einhakten, sie küssten, sie aufforderten. Dass sie nichts kostete, schien man ihr von weitem anzusehen.

Wer ihren schwarzen, stechenden Blick suchte, erkannte leicht das freimütige Verlangen, das darin lag.

Wer sich von ihr aufgefordert fühlte, mochte ihr folgen.

Keiner dieser Männer hielt dem Vergleich mit Alexandre stand, doch sie genoss es, begehrt zu werden. Ihre Verehrer waren alt, hässlich, ungepflegt, sie rochen nach Schweiß und hatten Flöhe, doch Rose ignorierte es und freute sich über die Befriedigung, die sie ihnen verschaffte. Es war nicht viel, was sie zu tun hatte, wenn sie in einer dunklen Gasse oder hinter einem Tor ihre Röcke hob, oft war nicht mehr als eine kurze Handreichung nötig, deren Ergebnis sie an bröckelndem Mauerwerk oder an ihrem Taschentuch abwischte.

Viel mehr als ihre Freimütigkeit war offenbar nicht nötig, um Männer zu erregen, die sich lediglich in der Heftigkeit ihrer Bewegungen und in der Zeitspanne unterschieden, in der sie zum Ende kamen.

Manchmal wünschte sie sich, Alexandre würde sie verdächtigen, aber natürlich zerbrach er sich nicht den Kopf über ihren Lebenswandel. Nie wäre er auf den Gedanken gekommen, ihr heimlich zu folgen. Hätte sie ihm ihre nächtlichen Ausschweifungen gestanden, hätte er sie bloß ausgelacht.

Von ihm überrascht zu werden, blieb also ein Wunsch, der so wenig in Erfüllung ging wie ihre Hoffnung, ihn ganz aus ihren Gedanken streichen zu können; auch wenn sie ihn seit vielen Wochen nicht gesehen hatte, geisterte er doch weiter darin herum. Sie hörte von seinen Siegen und Niederlagen bei den öffentlich ausgetragenen Boxkämpfen, besuchte selbst aber keinen.

Sie träumte öfter von ihrem Vater, der nicht alt geworden war; eines Tages hatte man ihn tot im Wald gefunden, unweit eines umgestürzten Baums; doch äußerliche Verletzungen waren keine zu erkennen. Roses Erinnerungen an ihn beschränkten sich auf die Schläge, mit denen er großzügig jedes Familienmitglied bedacht hatte. Er hatte sie und ihre Geschwister täglich geschlagen, irgendeines war immer an der Reihe, Ruhetage gab es nicht. Einmal hatte Rose ihn so fest in den Arm gebissen, dass ihre kleinen Zähne sich in seinen Haaren verhakt hatten. Er hatte aufgeschrien und sie mit der Faust ins Gesicht geschlagen. Ihre Nase hatte ein seltsames Geräusch gemacht und geblutet.

Manchmal träumte sie davon, eine ganze Garnitur solcher Arme sei in ihrem Zimmer aufgereiht wie die Holzmodelle in Alexandres Werkstatt. Sie drohten ihr unbeweglich, doch rechnete sie jeden Moment damit, dass sie sich zu regen begannen.

Als der Vater tot war, lagen seine Arme abgemagert und fremd – wie Spinnenbeine – auf dem weißen Tuch, mit dem man seinen Leichnam zugedeckt hatte. Es war das beste Laken im Haus, hatte die Mutter unter Tränen versichert, versehen mit einem Monogramm, dessen ineinandergreifende Buchstaben Rose nicht entziffern konnte. Es hatte ihr widerstrebt, den Toten anzufassen, doch ihre Tanten, die Schwestern des Vaters, hatten sie gezwungen, ihre Hand auf seine Hand zu legen, die sie so oft geschlagen hatte. Leicht hätte sie ihm jeden Finger brechen können.

Bei dem Gedanken, dass die Mutter nicht um den Vater, sondern um das Laken weinte, das sie für ihn hergeben musste, hatte sie das Lachen nur mit Mühe unterdrücken können.

Roses Stimmungsschwankungen blieben selbst Edmond und Jules nicht verborgen, die sich sonst wenig um Roses Befinden kümmerten. Sie gingen jedoch nicht so weit, sie nach dem Grund der Irritation zu fragen, sie erwähnten sie nur beiläufig auf einem Spaziergang.

Nachdem sie von den fremden Männern genug hatte, wandte sich Rose erneut Alexandre zu, der inzwischen von zu Hause ausgezogen war, ohne ihr zu sagen, wo er jetzt wohnte. Sie lauerte ihm vor seiner Werkstatt auf und stellte ihn zur Rede. Sie forderte das Geld zurück, das sie ihm ausgeliehen hatte, nur um irgendetwas zu sagen, obwohl sie wusste, dass er ihr nie auch nur einen Centime zurückzahlen würde. Wie erwartet lachte er.

Sie folgte ihm nach Feierabend, als er seinen Laden schloss und sich in seine neue Wohnung begab. Längst hatte sie Übung, Menschen abzupassen und zu verfolgen. Sie redete sich ein, sich glücklich zu schätzen, ihre Schritte in seine Fußstapfen zu setzen. Sie gingen eine halbe Stunde bis nach Batignolles, und er drehte sich kein einziges Mal um, unbeobachtet und frei, wie er sich fühlte. Sie war der Schatten dieses Mannes, und wie ein Schatten huschte sie hinter ihm her.

Nun harrte sie manchmal stundenlang vor seinem Haus aus, bis er es verließ, und hielt erneut mit ihm Schritt. Sie ging hinter ihm her wie ein Tier, das eine Fährte aufnimmt, und schien dabei noch zu schrumpfen. Sie ging, bis sie ihn aus lauter Erschöpfung aus den Augen verlor.

Verließ er das Haus nicht, beobachtete sie die Frauen, die ein und aus gingen, und folgte ihnen, sie verdächtigte jede.

Verfluchte Liebe, die sie wie an einer unsichtbaren Kette

stets zu dem Mann zurückbrachte, für den sie Luft war. Weder Gautruche noch ihre nächtlichen Abenteuer hatten sie von der Missgunst und Eifersucht kuriert. Da sie ihm gehörte, gehörte er auch ihr. Das Buch ihrer Erniedrigungen wurde täglich umfangreicher.

Welch eine Genugtuung, wenn sie ihn einmal tatsächlich mit einer Unbekannten am Arm überraschte. Ihr Lachen wehte an ihr vorbei, dazu ein unschuldiges Wölkchen Lavendelparfum. Die Frauen waren alle jünger als sie, und wenn nicht das, dann hübscher.

Am 21. November 1861 wartete sie stundenlang vor einem Cabaret, in dem er sich mit Kumpanen und Mädchen betrank und vergnügte, die Fensterläden waren geschlossen, doch wie an jenem Abend, als sie Adèle gefolgt war, presste sie ihr Ohr an den Laden und erhaschte Bruchstücke von dem, was drinnen gesprochen wurde. Sie merkte nicht, dass der Regen, der eingesetzt hatte, ihre Kleider, die immer schwerer wurden, allmählich durchtränkte.

Sie wartete wie ein Spieler, der sich vom Spieltisch nicht losreißen kann, bevor er nicht sein ganzes Geld verloren hat.

Jemand sang und wurde unterbrochen.

Wie lange stand sie da und wartete und wurde nass bis auf die Haut? Sie blieb. Wenn einer der Gäste das Cabaret verließ, machte sie sich unsichtbar, indem sie sich abwendete; wer die dunkle Gestalt sah, hielt sie für eine Obdachlose, zu müde, um zu betteln.

Als sie einem jungen Paar hinterherblickte, das sich unter einem hastig aufgespannten Regenschirm rasch entfernte, spürte sie plötzlich etwas Warmes in ihrer Hand, als hauche jemand hinein, dann etwas Feuchtes. Es war der Hund, der bei den Colmants auf ihrem Schoß gelegen hatte, als er noch winzig war. Nun war er ausgewachsen und hatte sie dennoch erkannt.

Kurz darauf stand Alexandre, der Rose nicht bemerkte, in der Tür und rief nach dem Hund, der einen Atemzug lang zögerte und zu Rose aufsah, bevor er seinem Herrn folgte. Erst da bemerkte sie, in welchem Zustand ihre Kleidung war, und machte sich endlich auf den Heimweg.

Zwei Tage später war sie weiß wie Schnee, zitterte am ganzen Körper, klapperte mit den Zähnen und glühte vor Fieber, was selbst Edmond und Jules nicht entging, die diesen Tag später in ihren Gesprächen als den Beginn von Roses Ende bezeichneten. Noch rechnete niemand mit dem tödlichen Ausgang.

Edmond ließ nach dem Arzt rufen, obwohl sich Rose dagegen sträubte. Auch nach dessen Besuch weigerte sie sich, im Bett zu bleiben. Tagsüber zu liegen sei wie Sterben, meinte sie, und ihr Lachen ging in ein raues Husten über, das nicht aufhören wollte. Doktor Simon hatte sie abgehorcht und ihr abführendes Crotonöl verschrieben, er allein wusste, wozu das gut sein sollte; er hatte nicht mit letzter Sicherheit zu diagnostizieren vermocht, woher die Beschwerden in Roses Brust rührten, ein Schmerz, der ununterbrochen von innen an ihre Brust hämmerte. Drei Tage später horchte er sie von Neuem ab und bemerkte, es sei ein Wunder, dass sie die Brustfellentzündung – denn um nichts anderes handelte es sich, wie er nun meinte – überlebt habe.

»Eine Pferdenatur, Ihr Mädchen«, lobte er sie gegenüber den Junggesellen, in einem Ton, als sei es deren Verdienst.

Nach einer Woche ging es ihr zwar besser, der Husten hatte sich etwas gelegt und das Fieber war gesunken, aber nach einer weiteren und noch einer Woche stabilisierte sich ihr Befinden auf dem Niveau, das sie erreicht hatte, als sie zum letzten Mal vom Arzt untersucht worden war. Ihr Zustand blieb unverändert.

Sie arbeitete wie gewohnt, auch wenn sie bereits nach der Zubereitung des Frühstücks so erschöpft war wie früher erst am Abend. Am helllichten Tag schlief sie auf dem Stuhl neben dem Herd ein, so fest und tief, dass sie nicht merkte, wenn Jules oder Edmond sich in die Küche verirrten. Ihre Hände hingen wie Seile an ihr herunter. Dann riss sie der Husten aus dem Schlaf.

Eines Nachts wurde der Husten wieder schlimmer, ihr war, als müsste sie ersticken. Den Arzt schienen die neuerlichen Anfälle nicht zu beunruhigen, sie hätten, so erklärte er bei seinem nächsten Besuch, durchaus heilende Kraft. Die Lunge kuriere sich durch den Husten selbst, sagte er. Die Lunge sei, insbesondere bei Frauen, ein robustes Organ.

»Schwindsucht? Auf keinen Fall.«

Er sprach nicht zu Rose, sondern zu ihren Arbeitgebern, zumal sie desinteressiert wirkte. Ihre Brustfellentzündung sei noch nicht ausgeheilt.

»Rückfälle sind kein Grund zur Beunruhigung. Im Gegenteil.«

Sie hustete ihm ins Gesicht, zu kraftlos, um sich umzuwenden.

»Kein Blut, sehen Sie? Noch eine gute Nachricht«, sagte Doktor Simon. »Das wird schon. Kein Blut, kein Grund zur Sorge.«

Kein lebenswichtiges Organ sei ernsthaft betroffen oder bedroht. Der Körper aber sei vor der Zeit verbraucht, bei Dienstboten keine Seltenheit.

Die Küche war nicht der Ort, um schneller gesund zu werden. Der beißende Qualm der Braunkohle, mit der sie den Herd unterhielt, bereitete ihr Kopfschmerzen und Brechreiz. Der Ruß, den sie einatmete, ließ sich nicht völlig aushusten. Flach zu atmen nützte wenig, sie glaubte, erwürgt zu werden, und hustete fast bis zum Erbrechen. Aus dem Ofenrohr schlug der Rauch in den Ofen zurück und erfüllte die Küche. Halb betäubt, wie die bedauernswerten Büglerinnen, die tagelang im Kohlenebel standen, riss sie das Fenster auf, beugte sich weit hinaus und atmete die eisige Luft ein, die messerscharf in ihre Luftröhre schnitt.

Doch sie blieb auf den Beinen, ließ sich keine Schwäche anmerken und legte sich erst ins Bett, wenn die Tagesarbeit beendet war.

Sie zeigte sich im Viertel, um bei ihren Gläubigern nicht als verschwunden zu gelten, was diese leicht dazu hätte bringen können, bei den Goncourts vorzusprechen und sich nach ihr zu erkundigen, was wiederum deren Misstrauen geweckt haben würde. Dies alles bedachte Rose. Sie handelte danach, Schwierigkeiten aus dem Weg zu gehen. Aber das Fieber und der Husten ließen sich davon nicht beeindrucken.

Der Winter verrann schleppend und zäh. Kaum betrat Rose die nasse Straße, hatte sie eiskalte Füße. Doch sie erledigte, was zu erledigen war, Besorgungen, Einkäufe, Präsenz, sie blieb die gehorsame Magd. Das tägliche Leben, das sie führte, rechtfertigte ihren Platz in der Welt.

Nachts lag sie wach und zählte bis fünfzig und zurück,

als ruderte sie von einem Flussufer zum anderen, vom Leben zum Tod, vom Tod zum Leben, um nicht an das denken zu müssen, was sich nicht vertreiben ließ. Kaum hatte sie das eine Ufer erreicht, wurde sie von der Strömung zurückgerissen, und die Überfahrt und das sinnlose Zählen begannen von Neuem, ohne dass sie den Schlaf fand, den sie verzweifelt suchte, und ihre Augen machten in der Dunkelheit Dinge aus, die in Wahrheit nicht existierten. Manchmal stand Louisette am anderen Ufer, unerreichbar, eine Kerze in der Hand, die erlosch, sobald sie ihr Gesicht erkannte, sie war inzwischen ein großes Kind. Doch der Wind war zu stark, die Flamme zu schwach, das Kind verschwamm und verschwand.

Wenn der Morgen dämmerte, war ihr übel vor Erschöpfung. Die Aussicht, gleich aufstehen und ihre Arbeit aufnehmen zu müssen, brachte sie fast um. Aber sie stand auf, und niemand bemerkte an ihr auch nur die geringste Veränderung. Nichts würde sie umbringen als der Sensenmann.

Wie kalt es auf dem Dachboden auch war, immer öfter setzte sie sich auf den Bettrand und betrachtete im Schein der Kerze ihren mageren Körper im schmalen Spiegel, der an der Wand gegenüber lehnte; das Erbstück einer Vorgängerin, in der sich schon mehr als eine Magd gespiegelt hatte. Das Fenster der Lukarne war schwarz vom Ruß aus den Kaminen der umliegenden Häuser und ließ kein Licht durch; der Riss, der durch die gesprungene Scheibe lief, war kaum zu sehen.

Wenn sie sich betrachtete, spürte sie Alexandre hinter sich. Er war da, wenn sie die Augen schloss. Sein warmer Atem traf ihren kalten, steifen Nacken, sein Blick lag auf dem drahtigen Haar, das sich so schlecht frisieren ließ wie Stroh, seine Hände streckten sich nach ihrer gekrümmten Gestalt aus und bogen sie langsam gerade, bis ihre Knochen knackten, und je länger sie dasaß und seine Gegenwart auf ihrem ausgedörrten Körper spürte, desto inniger wurde ihre Verbindung zu ihm. Wenn er sie endlich berührte, verschmolz sie mit ihm. Ihre Gelenke zerbrachen und sie hustete wieder.

Manchmal schlief sie im Sitzen. Sie erwachte zerschlagen, erstarrt in der Kälte und ähnelte so einer unvollendeten Statue, deren Brüste noch nicht geformt waren, weil der Steinmetz das Interesse an ihr während der Arbeit verloren hatte.

Sie stand auf, schlug das Eis in der Waschschüssel mit ihren rissigen Fingerknöcheln auf und wusch sich hastig; zitternd trocknete sie sich ab und kleidete sich an, alles in Eile, alles im Halbdunkel, vom flackernden Schein einer Kerze beleuchtet, dem einzigen Luxus, den sie sich leistete, dem letzten, den sie sich leisten konnte außer der Vorstellung, Alexandre wäre nicht aus ihrem Leben verschwunden. Sein Schatten war noch da, an die Wand geheftet wie eine unfertige Skizze Gavarnis, dem Freund der Goncourts, der die Brüder oft besuchte und stets missmutig wirkte, wenn sie ihm Mantel und Hut abnahm; doch unfreundlich war er nicht. Einmal hatte er sie gebeten, ihm die Hand entgegenzustrecken, zu öffnen und ganz still zu halten. Er hatte ein Gesicht auf ihren kleinen Handteller gemalt, einen winzigen Spiegel, denn die Zeichnung zeigte ihr Gesicht. Tagelang hatte sie die Hand geschont, bis die Tinte erst verblasste und dann verschwand.

Alexandres warmer Atem wurde von der Kälte verschluckt, wenn sie das Zimmer unter dem Dach verließ. Vielen Mädchen ging es wie ihr, dachte sie, sie waren in unerreichbare Gestalten verliebt. Aber kaum eine hatte das kurze Glück genossen wie sie. Ihre Liebe war übermächtig, unverbrüchlich, sie besaß sie allein. Wenn sie es befahl, wenn sie es sich innigst wünschte, besuchte er sie in ihrer Kammer unterm Dach und drang in sie ein wie in ein warmes Futteral und fand sie schön und begehrenswert und lächelte, wenn es vorbei war.

Gleich würde sie den Brüdern das Frühstück bereiten.

Sie hörten sie die Treppe hinuntereilen und drehten sich in ihren Betten um. Der Husten ließen keinen Zweifel daran, dass sie es war.

Die ersten warmen Frühlingstage brachten etwas Besserung, die Kalte Sophie jedoch einen Rückfall, Rose blieb eine leichte Beute der Naturgewalten.

## *11 Ein alltäglicher Tod, Sommer 1862*

Die Natur war Jules' erklärter Feind, das Landleben, das fand auch Edmond, ein Friedhof, ein niemals ruhender Acker, ein Feld, ein Wald, der dem Kreislauf der Natur unterworfen und dem Menschen in fast jeder Hinsicht überlegen war, denn sie war immer da; selbst wenn der Mensch Hand anlegte und sie veränderte, bestellte, umformte, bepflanzte, blieb die Natur stärker, vom Menschen vielleicht niedergerungen, seinen Vorstellungen angepasst, aber niemals von ihm vollständig besiegt, kein Sklave, sondern ein immerwährender Herr, selbst im Winter schlief sie nicht, sondern sammelte neue Kräfte für ihre Auferstehung.

Die grüne Erde war wie ein unüberschaubarer, endlos sich erstreckender Friedhof, endlos bis ans Meer, in der die Erde sich unsichtbar in der unerreichbaren Tiefe fortsetzte. Sie nahm den Menschen mit offenen Armen auf und verschlang ihn, sobald sich ihr eine Gelegenheit bot, ein geduldig mahlender Menschenverzehrer und Wiederkäuer. Sie hatte Zeit. Sie weidete sich an ihm, verschlang und spuckte ihn Stück für Stück in neuer Gestalt wieder aus. Bäume, Pflanzen, Gras, Kraut und Unkraut wuchsen aus allem empor, was Aas war, aus allem, was tot war, aus dem Vieh, aus den Menschen, die in die Erde versenkt wurden, und auch aus jenen, die auf ein kühles Grab verzichten mussten wie die unglückseligen Soldaten, die man auf den Schlachtfeldern zurückließ; die Natur holte sie alle, Vogel,

Wurm, Ameise, Bär, streunender Fuchs und alles, was sonst noch flog und kroch, machte sich über sie her. Sie zersetzte den Leichnam, machte ihm den Garaus und erschuf das Neue aus dem, was er gewesen war. Das lieblich dahinsprudelnde Wasser wusch seine Knochen aus, und die Sonne trocknete sein Fleisch, bis es als Staub in alle Himmelsrichtungen zerstob. Die Natur war ein freigebiger Gärtner, der unbeirrt dessen, was um ihn herum geschah, jedes Frühjahr die Knospen neu sprießen und jeden Herbst alles verfaulen ließ, bevor er sich zur Winterruhe begab.

Für Jules war nur lebendig, was seine Seele nicht berührte: das Kleid einer Dame, der Schritt eines Mädchens, ein gemaltes Porträt aus vergangener Zeit, eine Erinnerung, ein originelles Wort aus dem Mund eines Mannes, der untröstliche Seufzer eines Kindes.

Die Natur hingegen war abscheulich.

Da sich die Brüder von einem sommerlichen Landaufenthalt eine Besserung von Roses Zustand erhofften, machten sie ihr das Angebot, sie nach Bar-sur-Seine zu begleiten, wo sie einige Wochen bei ihrer Cousine Augusta verbringen würden, der Tochter ihres Onkels väterlicherseits, deren Mann Léonidas Labille ein wohlhabender Großgrundbesitzer war.

Ihr Vorschlag kam einem Befehl gleich, der keinen Widerspruch duldete, und Rose nahm ohne Zögern an. Allein und ohne Beschäftigung in Paris darauf zu warten, dass Jules und Edmond zurückkehrten, erschien ihr so wenig verlockend wie eine Reise zu ihrer eigenen Familie, zu der sie längst jede Verbindung abgebrochen hatte; sie mied selbst die Schwester, die in Paris lebte, die sich ihrerseits nicht nach ihr erkundigte. Es gab niemanden, der sie jemals vermisste.

Edmond bemerkte, dass auf Roses Augen ein feuchter Glanz lag, als sie sich für die Einladung bedankte. Gefühlsausbrüche waren sonst nicht ihre Art. Sie hatte vermutlich wieder Fieber.

»Uns liegt viel daran, dass du wieder gesund wirst. Dein Husten ist beängstigend und dauert schon viel zu lange.«

Sie öffnete den Mund, aber dann fehlten ihr die Worte.

»Du sollst uns erhalten bleiben. Die Landluft wird dir guttun.«

Da die Labilles genug Personal hatten, das sich um die beiden Cousins kümmern konnte, war es Roses einzige Pflicht, zu genesen. Sie musste schwören auszuruhen.

Sie sahen sie manchmal stundenlang nicht, aber sie hörten sie husten. In Paris war ihnen ihr beharrlicher Husten kaum aufgefallen; doch bei den Labilles, wo sie im Stockwerk unter ihr schliefen, gab es keine Möglichkeit, ihn zu ignorieren, das Haus war zu hellhörig.

Wenn Roses Anfälle sich in den Morgenstunden in immer kürzeren Intervallen manifestierten, war nicht mehr daran zu denken, wieder einzuschlafen. Jules, dessen Zimmer direkt unter ihrem lag, war zu höflich, seine Cousine um ein anderes Bett in einem anderen Flügel des Hauses zu bitten.

Der Husten klang gepresst, als würde sie gewürgt; sie mochte Widerstand leisten, doch sie hatte keinen Erfolg, der Husten war mächtiger als ihre hilflosen Versuche, ihn aus Rücksichtnahme gegenüber den anderen Hausbewohnern zu unterdrücken. Er war kein Eindringling, er war längst ihr treuer Begleiter, und nichts gab Anlass zur Hoffnung, dass er sich je verabschieden würde.

Jedes Mal, wenn Rose hustete, schreckte Jules aus dem Bett hoch. Schlimmer als der Husten war das Warten zwischen den kurzen Pausen, in denen sie sich davon erholte. Angefüllt mit Ungeduld, ahnte er die Laute voraus, die ihn erwarteten. Der Husten setzte wieder ein, setzte aus, setzte wieder ein.

Dass sie an diesem Husten sterben würde, wurde beiden immer klarer. Der Acker wartete bereits auf sie, der Boden war bereitet. Es war nur eine Frage der Zeit, wann das Laken der Natur sie bedecken würde.

Die Krankheit arbeitete sich langsam vor. Bei anderen mochte sie unauffälliger vorgehen, sich unbemerkt vorantasten, um dann zuzuschlagen, wenn man am wenigsten damit rechnete, hier kündigte sie sich unverschleiert an.

»Ich könnte sie umbringen, ich halte diesen Husten nicht mehr aus«, sagte eines Morgens Jules zu Edmond, außer sich.

Roses Bewegungen waren nicht mehr dieselben wie früher, ihr Blick war nicht mehr der gleiche, ihre Physiognomie hatte sich verändert. Wenn Jules und Edmond aus der Ferne beobachteten, wie sie arbeitenden Bauern oder spielenden Kindern, wachsamen Hunden und dösenden Kühen zusah, fanden sie, sie wirke verloren und von der Welt und den Menschen vergessen, und es erstaunte sie nicht, dass die anderen sie wie Luft behandelten. Die Bauern sprachen nicht mit ihr, und die Kinder gingen nicht auf sie zu. Die Hunde sprangen nicht an ihr hoch. Sie mieden sie.

Es war, als legte sie schrittweise ab, was ein menschliches Wesen umhüllt und ihm die Persönlichkeit verleiht, die sich nun aufzulösen begann. Sie fiel von ihr ab, wie welkes Laub von einem herbstlichen Baum. Die Krankheit lichtete aus und holzte ab, was Rose einst stark gemacht hatte. Die Silhouette, die ihnen nahe gewesen war, die Schutz und Trost gespendet hatte, begann sich zu krümmen und zu verkümmern.

Der Mensch, der ihnen lieb geworden war, verglühte und erlosch vor ihren Augen. Das Unbekannte griff nach Rose, fremdartig und eisern.

Eines Abends saßen die Brüder – Edmond war eben vierzig geworden, Jules einunddreißig – auf einer alten Mauer in Chaumont und blickten in eine verglimmende, glasklare Landschaft, in der noch ein Überrest des vergangenen Tages der aufziehenden Nacht standhielt; das entschwindende Licht schien seine Seele zurückgelassen zu haben. Ein Kind, das neben ihnen stand, betrachtete wie sie den verlöschenden Himmel. Sie wussten so wenig, was es dachte, wie sie es von sich selbst wussten, weil das Schauen stärker war als der Gedanke an das, was sie sahen. Das Kind, ein Junge, wendete sich zu ihnen und blickte sie an. Jetzt erst bemerkten sie, dass seine Augen milchig waren.

Statt den Jungen zu fragen, ob er blind sei oder etwas sehe, schwiegen sie einmütig. Sie sprachen auch später nicht darüber und hielten zwar ihre Begegnung fest, wie sie fast alles festhielten, aber die toten Augen erwähnten sie nicht.

Am Morgen des 31. Juli 1862, als sie nach Paris zurückgekehrt waren, bestellten sie den Arzt, Doktor Simon, der ihnen nach Roses Untersuchung sagen sollte, ob sie leben oder sterben würde.

Beide saßen im Salon, während der Arzt Rose, die sich nicht in der Küche ausziehen wollte, in ihrer Dachkammer aufsuchte.

Sie warteten auf ihn wie auf die Schelle, die die Geschworenen in den Gerichtssaal zurückrief, um das Urteil zu verkünden. Als er das Zimmer betrat, standen Edmond und Jules auf.

Der Arzt zögerte, dann blickte er langsam und gefasst von einem zum anderen.

»Es ist nur eine Frage der Zeit. Ein paar Wochen, ein paar Monate.«

Er hatte tief Atem geholt, um das herauszubringen.

»Die Krankheit ist sehr weit fortgeschritten und schneller, als ich dachte. Einer der beiden Lungenflügel arbeitet nicht mehr, und bald wird auch der andere seine Tätigkeit einstellen. Es ist aussichtslos. Es ist nichts zu machen. Es tut mir leid, dass ich Ihnen keine günstigere Auskunft geben kann. Beten Sie, dass die Schmerzen nicht schlimmer werden, denn auch da kann ich Ihnen leider keine Hoffnungen machen. Und schauen Sie sich bald nach einem neuen Mädchen um, denn lange wird Rose es ohne fremde Hilfe nicht mehr schaffen. Ersparen Sie ihr die Demütigung, dass sie vor Ihren Augen zusammenbricht.«

Als Rose die Wohnung wieder betrat, ließen sie sich nichts anmerken. Ob Doktor Simon sie über ihren Zustand aufgeklärt hatte, wussten sie nicht. Sie hielten sie für ahnungslos.

»An die Arbeit, an die Arbeit«, murmelte Rose und band sich die Schürze um, denn schließlich war es bereits elf.

Zu spät, sie hatten es ja geahnt. Keine Hoffnung, nur eine Frage der Zeit. Der Gedanke, Rose zu verlieren, nahm allmählich Gestalt an.

Am liebsten wären sie auf der Stelle aus der Wohnung

geflohen und hätten die Kranke sich selbst und ihrem Leiden überlassen, doch gleichgültig, ob sie die Flucht ergriffen oder blieben, es hatte nicht den geringsten Einfluss auf die Diagnose des Arztes.

Gleich nach dem Mittagessen, dessen farb- und geschmacklose Konsistenz gut zu ihrer Verfassung passte, wanderten sie tatsächlich eine Stunde lang ziellos durch die Stadt, wie es sonst nicht ihre Art war. Sie kamen an Madame Colmants Laden vorbei, ohne die geringste Ahnung von all den Dramen zu haben, zu denen der Sohn der Besitzerin die Stichworte geliefert hatte.

Erschöpft und schwitzend ließen sie sich schließlich vor einem Café nieder und bestellten Mokka und Kaffeegranité, von denen sie sich Stärkung und Kühlung erhofften. Als sie aus lauter Gewohnheit eine bereits gelesene Zeitung aufschlugen, die unordentlich gebündelt auf dem Nebentisch lag, fiel ihr Blick zufällig auf die Auflösung des letzten Bilderrätsels: »Gegen den Tod kann man nicht Berufung einlegen.«

Sie überwanden ihren Abscheu vor Roses abgemagertem Körper und setzten ihr auf Anraten des Arztes Schröpfköpfe auf den Rücken. Ihre Haut glich einer Papierhülle, die ihre Knochen notdürftig verhüllte. Rose wehrte sich nicht, wie sie insgeheim gehofft hatten, sondern ließ sie gewähren.

Also erhitzten sie alle drei Tage die Schröpfkugeln mit brennenden Papierschnipseln, die Edmond auf den elenden Körper drückte, dessen Anblick ihn und seinen Bruder entsetzte. Die Wirbelsäule erinnerte sie an eine Reihe

Baumnüsse, die unter einem alten Sack hervorstachen. Die Haut klebte wie Seidenpapier auf dem Skelett.

Jules litt Qualen. Edmonds Herz stockte, seine Hände zitterten. Entsetzt sahen sie zu, wie die dünne Haut unter den Glaskugeln zu hühnereigroßen Blasen anschwoll. Doch was sie befürchteten, trat nicht ein, die Haut platzte nicht.

»Danach wird es mir besser gehen. Wenn das vorbei ist, geht es mir besser«, stöhnte Rose und bedankte sich in einem fort. »Ich werde das Leben genießen. Danke.«

Sie sagte Dinge, die nie zuvor über ihre Lippen gekommen waren.

Sie lag da wie eine ausgezehrte kapitolinische Wölfin, die Romulus und Remus gläserne Zitzen darbot, dem Hungertod nahe.

Sie fanden keine Worte für das, was sie in diesen Tagen fühlten. Aber sie kannten den Grund. Niemand hatte ihnen je nähergestanden als Rose. Nicht ihre Mutter, nicht einmal ihre alte Freundin Maria, die sie noch immer besuchte, nun öfter auch, um nach Rose zu sehen.

In die lähmende Melancholie mischte sich der Widerwille gegen alles Alltägliche. Ständig erwarteten sie eine Verschlimmerung von Roses Zustand, denn Hoffnung hatten sie keine mehr; wenn sie morgens das Frühstück servierte, waren sie genauso niedergeschlagen, als wäre sie nicht erschienen. Kündigte sich ein Hustenanfall an, huschte sie blitzschnell aus dem Zimmer.

Als habe ein Maler seine eben noch farbige Leinwand in Grisaillemanier übermalt, hatte sich die Welt vor ihren Augen entfärbt. Auf der Straße nahmen sie nur die Schritte der Passanten und das Geräusch der über das Pflaster rollenden Wagenräder wahr. Selbst die Posaunen aus Sax' Werkstatt tönten, als seien sie unter den Trümmern Jerichos begraben. Ihre Tagebucheinträge beschränkten sie auf das Nötigste. Das Bild von den Trümmern Jerichos wurde nicht festgehalten.

Sie froren trotz der sommerlichen Hitze. Auf was sie auch blickten, es wirkte aussichtslos und abgestorben, und sie hatten kein Verständnis dafür, dass ihre Umwelt es anders sah. Gingen sie in den großen Parks spazieren, wirkten diese auf sie wie Krankenhausgärten; die spielenden Kinder machten auf sie den Eindruck von aufgezogenen Automaten, die richtungslos herumliefen.

Sie waren froh, dass Maria manchmal zum Essen blieb. Sie hatte inzwischen die Aufgabe übernommen, Rose zu schröpfen, obwohl auch sie nicht mehr an eine Besserung glaubte, wie sie Jules und Edmond zu verstehen gab.

»Es nimmt bald ein Ende, wie der Doktor schon sagte«, meinte sie und blickte der abgemagerten Gestalt nach, die das Geschirr hinaustrug. Hinsichtlich des Schröpfens sagte sie:

»Man tut es, um sich selbst zu stärken, so lange, bis man merkt, dass es ihr unnötige Schmerzen bereitet.«

»Firlefanz ist das«, erwiderte Edmond und versuchte den Gedanken an Roses malträtierte Haut beiseitezuschieben.

Maria legte ihm die Hand auf den Arm, um ihn zu beruhigen. Doch Gelassenheit wollte sich nicht einstellen.

»Ich bin nervös, schrecklich nervös.«

Sie bemerkte, wie blass Jules war und wie wenig er sprach. Roses Verlöschen bedrückte sie. Sie versuchte, ihre einstigen Liebhaber zu trösten.

»Sie weiß zum Glück nicht, was sie erwartet. Sie ist wie ein erschöpftes Tier, das nichts von seiner letzten Stunde weiß. Wenn es stirbt, zieht es sich zurück. Es meidet die Gesellschaft der anderen. Es will nicht mal gestreichelt werden.«

Auch sie bestand darauf, dass die Brüder sich nach einer neuen Magd umsehen mussten.

Sie würde bei der Suche behilflich sein.

Erwartungsgemäß gesellte sich zur chronischen Lungenkrankheit eine Bauchfellentzündung. Rose verließ ihr Zimmer nun nicht mehr und stand nur auf, um ihre Notdurft zu verrichten. Die Bauchschmerzen waren unerträglich, bei jeder Bewegung zuckte sie zusammen, sie konnte weder auf dem Rücken noch auf der Seite liegen.

»Der Tod ist also nicht genug, das arme Wesen muss auch noch leiden? Ihre Leiden sind kaum auszuhalten. Wozu das? Warum?«, fragte Edmond.

Es hatte den Anschein, als vereinten sich sämtliche Schmerzen, von denen ihre Organe betroffen waren, zu einem höllischen Finale.

»Sade erklärt uns Gott«, sagte Edmond.

Maria sagte: »Du lästerst Gott!«

Edmond antwortete: »Gott lästert Rose. Gott ist de Sade geworden. Es ist nicht auszuhalten.«

Er stand auf, warf die Serviette neben seinen Teller – er hatte ohne Appetit kaum etwas gegessen – und verließ das Speisezimmer. Jules folgte ihm, nachdem ihm Maria einen Blick zugeworfen hatte. Als ob er seinem Bruder nicht ohne diese schweigende Aufforderung zur Hilfe geeilt wäre.

Eher hatten sie damit gerechnet, dass Rose sie hinüberbegleiten würde, als dass sie Zeuge ihrer letzten Stunde werden müssten.

Der vorletzte Akt des Dramas spielte sich in einem jener Dienstbotenzimmer ab, in die zu dieser Jahreszeit kein kühlender Lufthauch vordrang. Das schmutzige Dachfenster bot zudem die einzige Aussicht. Das Zinkdach speicherte die Hitze nicht nur tagsüber, es kühlte auch in den warmen Nächten nicht ab. So war es dem Arzt – dem zu seinem Ärger keine andere Hutablage als das Krankenbett zur Verfügung stand – kaum möglich festzustellen, ob Rose Fieber hatte oder ob ihr Körper lediglich vom glühenden Metall erhitzt wurde, dem sie schutzlos ausgeliefert war.

Doktor Simon überzeugte die Brüder davon, dass Rose ins Krankenhaus gehörte. Sie weigerte sich aber, in Doktor Antoine Dubois' Hospital in der Rue du Faubourg Saint-Denis überführt zu werden, wie man ihr vorschlug.

»Nein, auf keinen Fall! Dort wartet der Tod!«

Jahre zuvor hatte sie Edmonds kranke Amme an diesem unseligen Ort besucht. Sie war gestorben. Sie wollte nicht sterben.

Am nächsten Tag, dem 11. August 1862, warteten Edmond und Jules in ihrer Wohnung ungeduldig auf Doktor Simon, der ihnen die Überweisung ins Krankenhaus Lariboisière überbringen sollte. Rose war regelrecht aufgeblüht, als sie ihr am Abend zuvor versichert hatten, dass sie dort Aufnahme finden würde; offenbar betrachtete sie diesen Umstand als entscheidenden Schritt zu ihrer vollständigen Genesung. Wie sie am Morgen erzählte, hatte sie danach die erste ruhige Nacht seit Tagen verbracht. Sie war hoffnungsvoll und guter Dinge, und die Brüder taten alles, sie darin zu bestärken.

Gegen zwei Uhr nachmittags erschien endlich der Arzt mit dem erforderlichen Dokument. Edmond ging nach oben, um ihr die Nachricht zu überbringen. Eine Krankenbahre, auf der man Rose nach unten tragen wollte, wies sie vehement zurück; sie käme sich wie eine Tote vor, wenn man sie auf einer Bahre aus dem Haus trüge.

Das neue Dienstmädchen – Claudine oder Clothilde – half ihr auf und kleidete sie an, doch kaum war sie auf den Beinen, wurde sie leichenblass. Edmond fürchtete, sie würde auf der Stelle umkippen, doch sie hielt sich aufrecht. Sie schwankte, aber sie fiel nicht. Ihr Gesicht sah aus, als habe man Asche darüber gestreut.

Edmond und das neue Mädchen begleiteten Rose nach unten in die Wohnung. Im Esszimmer zog sie unter großen Anstrengungen ihre Strümpfe an. Jules und Edmond erschraken beim Anblick ihrer Waden, die nicht dicker waren als die Beine des Stuhls, auf dem sie saß. Sie wirkte fahrig, als habe sie die Kontrolle über die richtige Abfolge ihrer Bewegungen verloren, hielt immer wieder inne und schien angestrengt zu überlegen, was als Nächstes zu tun sei, während sie sich bemühten, all das zu übersehen.

In der Wohnung herrschte Stille wie nach einem Begräbnis, doch die Tote war noch am Leben. Jules balancierte seinen Stock auf den Knien, bis er ihm entglitt und auf dem Boden aufschlug.

Jules, dessen Gedanken zwischen Gegenwart und Vergangenheit, zwischen heute und morgen, zwischen Gegenstand und Schemen hin und her sprangen, sah sie als Geist aus ihrem gebrechlichen Körper wie aus einer Schlangenhaut steigen und gelblich glimmend von Zimmer zu Zimmer schweben. Sie berührte den Esstisch, sie betastete den Herd, sie strich über die Decken und Kissen ihrer Betten, sie fuhr sich durchs silbrige Haar, das sich allmählich auflöste, bis das weiße Oval ihres Kopfes nur noch eine verblassende Fläche war. Jules wollte aufstehen und der Erscheinung folgen, doch er fand die Kraft dazu nicht.

Das neue Mädchen hatte bereits ein Bündel mit etwas Leibwäsche, einem Zinnteller, einem Trinkglas und einer Tasse gepackt, mehr Dinge würde Rose im Krankenhaus nicht brauchen.

Rose betrachtete das Esszimmer, als wollte sie es sich einprägen. Es waren die Augen einer Sterbenden. Als die Tür hinter ihr ins Schloss fiel – leiser als sonst –, war es ein Abschiedsgeräusch.

Im Erdgeschoss angekommen, setzte sich Rose auf die unterste Treppenstufe und atmete schwer. Sie begann zu husten. Der Husten hörte nicht auf.

Um sie abzulenken und das Husten zu übertönen, erzählte der dicke Portier einen Witz, den außer ihm niemand komisch fand, und prophezeite Rose, sie werde in sechs Wochen wieder gesund sein.

»Gesund und munter und wieder daheim«, sagte er fröhlich.

»Sechs Wochen?«, fragte Rose zwischen zwei Anfällen, als ob sechs Wochen viel zu lang wären.

Sie stiegen in die Kutsche und fuhren los. Um nicht von der Bank zu rutschen, hielt Rose den Türgriff umklammert und zog sich immer wieder daran hoch. Zwischen halb geschlossenen Lidern blickte sie stumm den vorbeiziehenden Häusern nach. Weder Jules noch Edmond, die sie gemeinsam mit dem neuen Hausmädchen ins Krankenhaus begleiteten, hatten eine Vorstellung davon, woran sie jetzt dachte.

Als sie vor dem Krankenhaus hielten, weigerte sich Rose erneut, getragen zu werden. Unter Aufbietung all ihrer Kräfte ging sie die zwanzig Schritte zum Empfangsraum ohne fremde Hilfe. Die große Halle, die sie betraten, war mit Holzbänken ausgestattet. In der Mitte des Raums stand eine Krankenbahre. Edmond und Jules führten sie zu einem Korbsessel, der sich in der Nähe eines verglasten Schalters befand, hinter dem ein junger Mann saß. Er fragte nach Namen, Geschlecht und Alter der kranken Person, die wie ein ausgesetzter Vogel mutlos ihrem Schicksal entgegensah.

Während einer Viertelstunde kritzelte der Angestellte ein Dutzend Formulare voll, deren Briefkopf ein religiöses Symbol zierte.

Sie verabschiedeten sich mit einer Umarmung von Rose, die nun gänzlich abwesend wirkte.

Edmond folgte Jules zur Kutsche, die sie hatten warten lassen. In diesem Augenblick brach Jules' ganzer Schmerz hervor. Beim Anblick der leeren Kutsche, in der Rose eben noch gesessen hatte, begann er zu weinen.

»Sie ist fort!«

Der Kutscher wunderte sich wohl, als er das Schluchzen in seinem Rücken vernahm, drehte sich aber aus Taktgefühl nicht um.

Zwei Tage später fuhren sie wieder zum Krankenhaus. Rose lag ruhig in ihrem frisch gemachten Bett und sprach davon, in spätestens drei Wochen entlassen zu werden, schon jetzt fühle sie sich gestärkt und erstarkt, und bis dahin wäre sie völlig geheilt. Aufgekratzt schilderte sie ihnen die sonderbare Liebesszene, die sich am Tag zuvor zwischen ihrer Bettnachbarin, einer jungen Frau, und ihrem Ehemann, einem Arbeiter, abgespielt hatte. Sobald sie wieder gehen könne, werde sie so lange im Park herumlaufen, bis den Ärzten nichts anderes übrigbliebe, als sie zu entlassen, hatte sie ihrem Mann versichert. Dann hatte sie von ihm wissen wollen, ob sich ihr Kind manchmal nach ihr erkundige. »Hin und wieder«, hatte der Ehemann geantwortet.

Zwei Tage später, am 15. August, freuten sie sich schon mittags auf die erwünschte Ablenkung von ihren Sorgen um Rose. Sie wollten sich während des großen Feuerwerks am Sankt-Napoleons-Tag unter die Leute mischen, wo sich ihr Kummer im unbeschwerten Vergnügen der anderen in Luft auflösen würde, so hofften sie zumindest. Mit dem Volk vereint, würden sie für ein paar Stunden mit der Menschenmenge verschmelzen.

Doch noch während des Feuerwerks stellten sie fest, dass es ihnen nur kurzfristig Zerstreuung und nicht die geringste Aufheiterung bot. Die allgemeine Ausgelassenheit, der sich die Menschen hingaben, färbte nicht auf die Junggesellen ab. Nur das Besondere, Unverwechselbare konnte sie erheitern, nicht die Volksmenge, nicht das Feuer am Himmel und schon gar nicht der künstliche Donner, der es begleitete.

Am nächsten Morgen klingelte es um zehn an ihrer Tür. Das Mädchen öffnete, davor stand der Portier, der Rose vor wenigen Tagen beim Abschied aufgemuntert hatte. Er übergab ihnen die Nachricht, die sie erwartet hatten.

»Eine traurige Nachricht«, sagte der Mann.

Offensichtlich war diese dem versiegelten Brief vorausgeeilt.

Die Briefmarke ließ keinen Zweifel daran, wo er abgeschickt worden war.

Rose war um sieben Uhr früh im Krankenhaus gestorben.

»Das arme Mädchen«, sagte Edmond, und Jules sagte: »Die Ärmste, unsere Rose.«

Nachdem sie bei ihrem letzten Besuch so lebhaft und zuversichtlich gewesen war, hatte sich das Schicksal nun schneller für das Ende entschieden, als sie erwartet hatten.

Sie entließen den Portier ohne Trinkgeld und baten das Mädchen, starken, ungesüßten Assam zuzubereiten – so dunkel und bitter wie ihre Stimmung.

Nun saßen sie schweigend im Salon und dachten wie alle Hinterbliebenen: Wir werden sie niemals wiedersehen, niemals wieder, niemals, niemals – unablässig wie ein Rad, das nicht mehr stehenbleiben wollte. Ein fortwährender Gedanke, der sich wie außerhalb ihrer selbst wiederholte, der um sie und um sich selbst kreiste wie ein Rondeau, um die wenigen Gedanken kreiste, in denen sie gefangen waren, die nun alle um Rose kreisten, um den Tisch kreisten, um die Vorstellung kreisten – die sie gar nicht abwenden wollten und auch nicht konnten –, sie wäre noch da, Rose würde gleich das Zimmer betreten und selbstverständlich den Tisch decken wollen, Rose würde sie auffordern, sich unverzüglich an den Tisch zu setzen, das Essen sei bereitet, es werde kalt, sie werde gleich servieren. Und so begann der Gedanke »Sie wird nie mehr servieren« zu kreisen, und es stimmte ja auch, sie würde nie mehr servieren, und sie würden sich nie mehr über die Gerichte lustig machen, die gerade noch so essbar waren, dass man sie nicht als ungenießbar bezeichnen konnte. Wie viel hätten sie darum gegeben, wenn Rose sie noch einmal an den Tisch gerufen hätte, der mindestens so sehr ihr Tisch gewesen war wie der ihre, auch wenn sie nie daran gesessen hatte, sie selbst hielt Abstand, nachdem sie ihn gedeckt und die Speisen serviert hatte. Welch ein Verlust, welch eine Leere hinterließ Rose, die sie fünfundzwanzig Jahre lang umsorgt, deren Leben sich ausschließlich um sie gedreht hatte, deren Gedanken von morgens bis abends ausnahmslos ihrem Wohl und Wehe gegolten hatten, die sie zärtlich und fürsorglich wie eine Mutter und selbstlos wie eine Amme geliebt hatte, sie hatte ja sonst niemanden, sie hatte nichts außer ihnen – so jedenfalls dachten sie wenige Stunden nach ihrem Tod.

Tatsächlich aber kannten sie nur die vorzeigbaren Merkmale ihres Lebens. Welche Umstände zu ihrer Erkrankung und ihrem Tod geführt hatten, ahnten sie nicht.

»Was wusste sie nicht von uns, alles wusste sie von uns«, flüsterte Jules unter Tränen.

Sie erinnerten sich – sprachen sie es aus oder dachten sie es nur? –, dass sie Jules das Reifenspiel beigebracht und ihm Apfeltaschen zugesteckt hatte, wenn ihn ein Heißhunger auf Süßes übermannte, und dass sie mehr als einmal die halbe Nacht auf Edmond gewartet hatte, um ihn im Morgengrauen hinter dem Rücken seiner ahnungslosen Mutter ins Haus zu lassen, wenn er als Halbwüchsiger heimlich irgendwelche Bälle besuchte. Sie war wie eine unauffällige Gattin und Krankenschwester gewesen, sie hatte die Schlüssel zu jedem Schloss – außer dem zu ihrer Geldkassette – besessen, sie hatten ihr blind vertraut, selbstverständlich hatte sie in ihrer Abwesenheit ihre Briefe öffnen dürfen, es gab keine Veranlassung, anders als gut von ihr zu denken.

Ihre Körper waren Roses Hände so gewohnt gewesen wie die einer Geliebten oder Schwester, wie oft hatte sie sie abends, wenn sie noch am Schreibtisch saßen, leicht auf ihre Schultern gelegt, und mit welcher Umsicht hatte sie sie gepflegt, wenn einer von ihnen krank war? Rose hatte ihre Gewohnheiten und die Frauen gekannt, die bei ihnen verkehrten, zu Maria, der Hebamme, war die Verbindung bis zuletzt nicht abgerissen. Sie hatte Bemerkungen über ihre Mätressen, über deren Alter, Aussehen oder Herkunft stets unterlassen, sie aber auch nicht wie Luft behandelt, wenn sie ihnen in der Rue Saint-Georges begegnete.

Wie gut hätten ihnen ihre missglückten Speisen bis ans Ende ihrer Tage geschmeckt, wenn sie nur bereit gewesen wäre, länger zu leben. Doch nun war alles vorbei.

So saßen sie lange da, untröstlich wie Kinder, denen das Beste und Liebste geraubt worden war, unzertrennliche Brüder, deren Leben, wie jedes Leben, begrenzt war wie Roses Leben und die über diesem Gedanken ihre treue Magd zu vergessen suchten.

Aus ihrem Leben verschwunden, brachte nichts sie zu ihnen zurück.

Die freundliche Einladung, die sie von Prinzessin Mathilde Bonaparte erhalten hatten, sie an diesem Abend zu besuchen, kam ihnen als Ablenkung von ihren düsteren Gedanken sehr gelegen. Ein glücklicher Zufall.

In der Eisenbahn trafen sie im ersten Wagen auf ihren alten Freund Gavarni, der ebenfalls bei der Prinzessin eingeladen war. In Enghien stiegen sie aus, dort wartete der kleine Pferdeomnibus der Prinzessin, der sie nach Saint-Gratien brachte.

Das Schloss hatte äußerlich wenig von einem Palast an sich, und auch dem Interieur fehlte das herrschaftliche Flair. Sein einzigartiger Luxus bestand in der Behaglichkeit, die den Räumen innewohnte. Die Zimmer waren weiträumig und die vornehmlich türkisfarben bezogenen Möbel komfortabel. Kein einziges Kunstwerk zierte die Wände. Dort hingen stattdessen Körbchen, die mit Blumen gefüllt waren. Keinem Maler wurde dadurch der Vorzug gegeben. Der Salon ging in einen Wintergarten über, der den Blick auf ein schönes Rasenstück und einen schier endlosen Park freigab. Hier warteten sie gemeinsam mit Gavarni und weiteren Besuchern auf die Prinzessin, die sich noch in den oberen Gemächern aufhielt. Sie hatten Gavarni bereits während der Eisenbahnfahrt von Roses Tod erzählt. Er hatte sie ja oft bei ihnen gesehen und drückte ihnen sein Beileid aus.

Am Morgen des 17. August erledigten sie die notwendigen Behördengänge. Noch einmal begaben sie sich ins Krankenhaus und warteten im Empfangsraum. Jules machte Edmond auf Roses schmalen Schatten aufmerksam, der dort, wo sie gesessen hatte, noch immer lag, wie er behauptete, jetzt unbeweglich. Ein kalter Schauer ergriff ihn, und er tastete nach der Hand des Bruders, als wäre er vier und jener zwölf, als könnte er ihn vor dem Schlimmsten bewahren.

Der zuständige Angestellte fragte, ob sie den Leichnam sehen wollten, und sie nickten, ohne nachzudenken, und folgten ihm wie willenlose Puppen durch die schnurgeraden Korridore, von denen in genau abgemessenen Abständen Türen in ein Inferno führten, das ihre Vorstellungskraft überstieg. Alle Türen waren geschlossen, als habe man die Patienten eingesperrt. Außer Krankenschwestern, die ihnen mit Gerätschaften entgegenkamen, deren Zweck sie misstrauten, sahen sie niemanden.

Am entgegengesetzten Ende des Krankenhauses angelangt, klopfte ihr Begleiter an die Tür zum Auditorium für die Studenten. Eine Kreuzung aus Gladiator und Totengräber öffnete ihnen, bei dessen Anblick sie unwillkürlich an jene römischen Sklaven dachten, deren Aufgabe es war, die toten Kämpfer aus dem Circus zu schaffen. Sie schreckten instinktiv zurück.

Der Mann, dessen Muskeln seinen Kittel an allen Ecken und Enden zu sprengen drohte, bat sie, sich kurz zu gedulden, und verschwand; sie blieben stehen, doch je länger sie darauf warteten, dass die Tür sich wieder öffnete, desto mehr sank ihr Mut, sich dem Unbekannten zu stellen, das von Minute zu Minute immer deutlicher Gestalt annahm, die Form eines verstümmelten Körpers, den sie nicht wiedererkennen würden, einer Toten, deren Gesicht entstellt, deren Mund verzerrt war und die sich aus Abscheu vor sich selbst in eine dunkle Ecke verkrochen hatte. Als sich die Tür wieder öffnete, teilten sie dem Mann mit, sie würden jemanden vorbeischicken, und kehrten dem Ort, von dem sie fürchteten, er würde sie bis in ihre Träume verfolgen, den Rücken zu. Sie hatten hier nichts verloren.

Gegen ihre Gewohnheit bestiegen sie die erstbeste Kutsche und fuhren zum Rathaus, um die Sterbeurkunde abzugeben, wie es unumgänglich war.

Die Fahrt, von der sie sich etwas Ablenkung erhofft hatten, war alles andere als beschaulich, da offenbar die Federn des Wagens gesprungen waren. Jeder Pflasterstein, über den die Räder rollten, gab seinen Widerstand ungehindert an die Insassen weiter, deren Schädel wie Hutschachteln durchgeschüttelt wurden. Je weiter sie sich vom Krankenhaus entfernten, desto stärker wurde das Gefühl, soeben dem Tod in einer durchreglementierten Todesfabrik entkommen zu sein, in der alles perfekt organisiert war. Hier hielt sich selbst der Sensenmann an die Bürozeiten.

Während sie im Rathaus Rosalie Malingres Ableben meldeten – seit ihrem Eintrag ins Geburtsregister war sie bestimmt von niemandem mehr beim Nachnamen genannt worden –, stürzte ein glückstrunkener Mann ins Amtszimmer, um auf dem Almanach den Namen des Tagesheiligen zu ermitteln, auf den er sein neugeborenes Kind taufen lassen wollte. Beim Vorbeigehen streifte sein Mantelsaum das Dokument, auf dem Roses Tod protokolliert wurde, wodurch es etwas hochgehoben wurde; es war, als werde das Papier durch einen letzten Atemstoß aus ihrem Mund bewegt.

Als die Brüder nach Hause zurückgekehrt waren, stiegen sie zur Dachkammer hinauf, um Roses Sachen auszusortieren; viel war es nicht, und kaum etwas erwies sich als brauchbar. Sie fanden wertloses Zeug, das unordentlich in die Kommode gestopft war und auf dem Boden herumlag, Wäsche und Kleider, vergilbtes Bettzeug, das Roses Nachfolgerin übernehmen würde, dunkle Locken in einem winzigen Kuvert, die an Schamhaar erinnerten, die sie verbrennen würden – und eine beachtliche Summe Geld, die sie nicht bei ihr vermutet hatten.

Sie beschlossen, alles Wertlose dem Lumpensammler zu übergeben und das Geld ihren Schwestern zukommen zu lassen, da sie kein anderslautendes Testament hinterlassen hatte.

Sich in diesem Zimmer aufzuhalten war schmerzlich, und als sie im Bett Brotkrümel bemerkten, bedeckten sie sie mit einem Leintuch, das nun wie ein Leichentuch den Umriss einer unsichtbaren Toten verhüllte. Daraufhin begannen sie sich Gedanken über ihr Totenhemd zu machen.

Den Brief, in dem die Amme ihr Louisettes Tod hinterbracht hatte, fanden sie nicht.

Seit Wochen hatten sie mit Roses bevorstehendem Tod gelebt, damit gerechnet und darauf gewartet, sich fast wie Söhne um sie gesorgt und auch die traurigen Behördengänge erledigt. Nun stand das unwiderrufliche Ende bevor: die Bestattung, das Erdloch.

Gott war der Nachbar der sezierten Leichen. Die Kapelle lag direkt neben dem Anatomiesaal.

Die Kirche betrog beide, die Verstorbene und Gott, von dem die Brüder nicht wussten, ob Rose überhaupt an ihn geglaubt hatte.

Der Priester hatte ohne ihre Einwilligung vier weitere Särge mit Leichen aufstellen lassen, die nun unentgeltlich in den Genuss der Totenmesse kamen. Noch nicht einmal unter der Erde, hatte es schon jetzt den Anschein, als lägen die armen Seelen Seite an Seite in einem Massengrab. Großzügig wie dieses Verfahren war auch die Art, wie der Priester das kostenlose Weihwasser in der Kapelle verteilte. Jules glaubte Lavendelöl zu riechen, das der Geistliche dem Weihwasser beigemischt haben musste.

Sie folgten dem Sarg von der Kapelle bis ans Ende des Friedhofs von Montmartre, ein dreiviertelstündiger Fußmarsch durch Matsch und umgelegtes Unkraut, das sich immer wieder aufzurichten versuchte und stets von Neuem niedergetrampelt wurde.

Endlich am offenen Grab angekommen, begann der Priester Verse zu psalmodieren, deren Bedeutung er seit seinem Studium vermutlich vergessen hatte.

Nachdem er den Segen gesprochen hatte, versenkten die Totengräber den Sarg an zwei Seilen in die Erde. Selbst für den schmalen Sarg war Rose zu klein. Ihr Körper schien darin hin und her zu rollen. Nach weniger als fünf Minuten war Rose für immer unter der Erde.

Ihr Tod beherrschte ihre Gedanken weit über die Beerdigung hinaus.

Einige Tage später schlossen sie die Sache ab, wie Edmond sagte.

Denn zwischen ihrem Besuch bei Rose am Donnerstag und ihrem Tod gab es etwas Unbekanntes, das ihnen nicht aus dem Sinn gehen wollte. Es war das Widerspenstige und Unfassbare der Agonie und des Todes, der sich schattengleich herangeschlichen hatte. Trotz aller Vorzeichen hatten sie, wie sie nun gewahrten, doch nicht damit gerechnet.

Sie mussten zu Roses letzten Stunden vordringen, wenn sie nicht weiter im Dunkeln tappen wollten. Um zu wissen, wie sie gestorben war, war es unumgänglich, noch einmal ins Krankenhaus zu fahren.

Der beleibte, stark schwitzende Concierge mit dem ungestärkten Hemdkragen, der sie diesmal empfing, roch nach Leben, wie man nach Wein oder Knoblauch riecht.

Er ging ihnen voran durch einen anderen Flügel des Gebäudes. Die Korridore, auf denen Kranke und Genesende sich dahinschleppten, schienen viel weiter zu führen als beim letzten Besuch.

Als sie am Ende des letzten Korridors angekommen waren, öffnete ihnen der Concierge die Tür zu einem kahlen weiß gekalkten Raum, dann zog er sich zurück. An einer der Wände hingen zwei gerahmte Ansichten des Vesuvs, armselige Aquarelle, die hier fehl am Platz wirkten; es war, als seien sie in dieser Umgebung zu Eis erstarrt. Zwischen zwei Fenstern stand auf einem Sockel eine Gipsmadonna. Aus dem Nebenzimmer erklangen das Gekicher und Schwatzen und Lachen und Schreien herumtollender Kinder.

Nach einer Weile erschien eine kleine, unscheinbare Nonne in weißem Ornat und schwarzer Haube, eine Jungfrau wie aus dem Bilderbuch, die nichts vom Leben erwartete, aber alles, was sie sich wünschte, von Gott erhalten hatte. Sie war die Aufseherin des Krankensaals, in dem Rose gelegen hatte.

»Erzählen Sie uns, wie Rose starb. Erinnern Sie sich an sie?«

»Oh ja, natürlich!«

Die Nonne war sehr freundlich und strahlte, als Roses Name fiel.

Sie zweifelten keinen Augenblick an der Aufrichtigkeit ihrer Erzählung.

»Sie hatte kaum Schmerzen. Ihr aufgetriebener Bauch war abgeschwollen. Es ging ihr besser. Sie schien erleichtert. Ein trügerischer Augenblick, der beim Sterben hilft. Sie war voller Hoffnung, bis sie plötzlich Blut erbrach und innerhalb weniger Sekunden starb. Sie hat ihren Tod nicht bemerkt. Sie ging, als habe man abrupt eine Tür geschlossen.«

Als sie sich verabschiedeten, waren sie erleichtert, befreit von der entsetzlichen Vorstellung, dass sie beim Sterben gelitten haben könnte, froh, von diesem Ende gehört zu haben.

## *12 Autopsie, Tombeau und Apotheose von Rose*

Nie vergaßen sie den Augenblick, als sie die Wahrheit über Rose erfuhren. Es sollten sich noch unzählige Gelegenheiten ergeben, über die Rätsel zu sprechen, die sie ihnen aufgab, seit sie tot war.

Maria, die einzige Geliebte, die sie sich je geteilt hatten, die erst in Edmonds, dann in Jules' Bett gelegen hatte, als wollte der Ältere prüfen, ob sie für den Jüngeren tauge, enthüllte am 20. August, was sie am nächsten Tag in ihrem Tagebuch festhalten würden. Sie erfuhren, was Rose der Hebamme anvertraut und worüber zu schweigen sie ihr geschworen hatte.

Der Schock war groß. Außergewöhnliches, das in völligem Widerspruch zu ihrer Wahrnehmung stand, hatte sich direkt vor ihnen abgespielt. Wo hatten sie ihre Augen gehabt? Von einer Sekunde auf die andere sahen sie sich mit einer fremden, unbekannten Existenz konfrontiert, die sie nicht nur das Fürchten lehrte, sondern auch ihr Vertrauen in die eigene Beobachtungsgabe erschütterte.

Vier Tage nach Roses Tod hatte sich Maria zum Essen angemeldet, eine der seit Roses Bettlägerigkeit häufig wechselnden Haushaltshilfen bereitete ein kleines Abendessen, das sich trotz seiner Einfachheit wohltuend – und zugleich schmerzhaft – von Roses Essen unterschied. Es gab zur Vorspeise Seeteufel, zur Hauptspeise Rebhuhn, zum Dessert war Baba au Rhum vorgesehen. Doch sie würden ihn nicht anrühren.

Denn noch während der Hauptspeise legte Maria unvermittelt die Gabel neben den Teller und stieß einen tiefen Seufzer aus, der trotz der herrschenden Trauerstimmung unangemessen wirkte.

»Ihr wisst nicht alles. Ihr könnt nicht alles wissen. Ich möchte es nicht länger für mich behalten. Ich kann nicht.«

»Was wissen?«

Edmond und Jules waren so ahnungslos wie neugierig.

Maria zupfte zwei-, dreimal an ihren braunen Locken und sagte dann: »Meine Freunde, meine Freunde ...«, um dann noch einmal zu stöhnen und zu verstummen. Sie blickte sich vorsichtig um, als fürchtete sie einen heimlichen Zuhörer.

»Was ist? Maria, erzähl!«

Dann brach es aus ihr heraus: »Ich habe geschwiegen, weil ich schweigen musste, ich konnte nicht anders. Ich hatte es geschworen, doch jetzt bindet mich kein Versprechen mehr. Ich muss reden, ich schweige nicht mehr, ihr sollt es wissen. Ich werde euch alles über Rose erzählen, alles, was ich von ihr weiß, und ich bin sicher, sie würde es mir nicht übelnehmen, jetzt, wo die Prüfungen hinter ihr liegen. Ich will nur, dass ihr zuhört, mehr würde auch sie nicht verlangen, die arme, schwache Rose.«

Fassungslos starrten sie sie an. Was redete sie da, was wollte sie enthüllen? So kannten sie Maria nicht.

Das Essen auf den Tellern und in den Schüsseln auf der Kredenz wurde kalt, und als das Mädchen während Marias Beichte einmal zur Tür hereinschaute und sich erkundigen wollte, ob sie noch auftragen sollte, wiesen sie sie zurecht, das Zimmer zu verlassen und die Tür zu schließen. Erschrocken machte sie einen Schritt rückwärts und zog die Tür ins Schloss.

»Ich fasse mich also«, setzte Maria von Neuem an. Kerzengerade saß sie zwischen den Freunden, Jules zu ihrer Rechten, Edmond zu ihrer Linken, und rückte manchmal ihr Haar zurecht.

Was sie hörten, verschlug den Brüdern die Sprache. Vor ihnen wurde das Bild einer abstoßenden Existenz enthüllt. Unter dem Anschein steckte die Wahrheit. Und unter der Wahrheit war Rose nicht wiederzuerkennen. Beklagenswert und niederträchtig war alles.

Sie erfuhren, dass Rose nichts als Schulden und Dutzende von Gläubigern hinterlassen hatte.

Alexandre, der Sohn der Ladenbesitzerin an der Ecke, den sie nicht kannten, war ihr Liebhaber gewesen. Obwohl er sie betrogen und ausgenommen hatte, war sie ihm treu gefolgt wie eine läufige Hündin. Sie hatte ihn bezahlt und bestochen, und er hatte sich einen Spaß daraus gemacht, sie auszunutzen und zu hintergehen. Er hatte sie öffentlich bloßgestellt. Sie ließ sich alles gefallen. Mit ihrem Ersparten hatte sie ihm früh einen eigenen Laden eingerichtet. Obwohl sie von seinen Weibergeschichten wusste, gab sie ihm ihr letztes Hemd. Sie lauerte ihm auf und wurde schließlich selbst vom Sinnesfuror erfasst. Schwindsüchtig, liebestoll und geisteskrank, wurde sie ein leichtes Opfer der grassierenden Hysterie. Doch zuvor hatte sie ein Kind von ihm bekommen.

»Ein Kind, das kann nicht sein.«

»Mindestens ein Kind von diesem elenden Mann, dem attraktiven Schürzenjäger mit dem griechischen Profil, nach dem die Frauen verrückt sind. Das Kind starb nach sechs Monaten.«

»Aber wann soll sie schwanger gewesen sein, ohne dass

wir es bemerkten, und wie und wo hat sie das Kind geboren? Wir hätten es gesehen. Eine Schwangerschaft konnte uns unmöglich entgehen«, sagte Edmond.

»Sie behauptete, sie müsse ins Krankenhaus, irgendeine Ausrede wird sie schon gefunden haben.«

Jules und Edmond blickten sich an. Sie erinnerten sich an den Aufenthalt im Krankenhaus vor einigen Jahren, aber nicht an die Krankheit, die sie vorgeschoben hatte. Sie würden der Sache später nachgehen und gewiss Indizien finden.

»Bis es so weit war, band sie ihre Schürze so, dass ihr nicht sehen konntet, was los war, und nicht nur ihr, niemand hat es bemerkt, der Kindsvater schon gar nicht. Sie war geschickt darin, sich den Anschein einer unschuldigen und ehrbaren Person zu geben. Sie wirkte unberührt, bekam das Kind und brachte es auf dem Land bei einer Amme unter. Wann immer es sich einrichten ließ, besuchte sie sonntags den kleinen Engel, wie sie ihn nannte, dessen Namen ich leider vergessen habe, ein Mädchen, das ihr Ein und Alles war. Ich habe die Augen der Mütter, die ihr Kind zum ersten Mal erblicken, nachdem ich es aus ihrem Bauch geholt habe, oft genug gesehen, um zu wissen, welches Glück sie dabei empfunden haben muss. Das Kind wuchs und gedieh auf dem Land und starb völlig unerwartet in Roses Abwesenheit, was sie in einen Zustand tiefster Melancholie und Verzweiflung stürzte. Der Tod des Mädchens brachte sie fast um.«

Sie hatten von alledem nichts gesehen, nichts bemerkt, nicht ihre Schwangerschaft, nicht ihre Freude, nicht ihre Trauer, nicht ihr Leid. Schon gar nicht ihre nymphomanischen Neigungen, von denen sie später erfuhren.

»An den Vater der kleinen Toten klammerte sich Rose wie eine Ertrinkende an das Ruder eines davonschwimmenden Schiffs. Aber das Ruder schlug erbarmungslos nach ihr, um sie abzuschütteln. Der junge Mann nutzte die Situation aus so gut er konnte, darin war er ein Meister. Wenn sie ihm seine Wünsche nicht von den Lippen ablas, äußerte er sie eben selbst, der redete nicht lange um den heißen Brei herum, wenn er etwas von ihr wollte. Er brauchte immer Geld. Sie gab es ihm. Sie war verschlagen, verliebt und unglaublich naiv.«

Besaß sie Geld, von dem die Brüder nichts wussten?

»Als es nichts mehr zu borgen gab, begann sie zu stehlen. Wer wollte ihr noch etwas leihen, wo jeder wusste, wohin sie es trug?«

Das wollten sie Maria nicht glauben, niemand war ehrlicher als Rose. Niemals, niemals hätte sie sich an fremdem Besitz vergriffen.

»Sie hat euch bestohlen. Regelmäßig. Ich musste schwören, mit niemandem darüber zu sprechen. Sie war nicht Herrin ihrer Sinne und Triebe, aber natürlich hatte sie Angst, erwischt und davongejagt zu werden. Sie hat sich aus eurer Kassette bedient. Ihr habt es nicht bemerkt? Nicht einmal vermutet?«

»Nein!«

»Ihr glücklichen schlichten Gemüter habt es nicht bemerkt, was nichts anderes heißt, als dass es euch nie an etwas gemangelt hat. Dabei bedeutete ihr Geld im Grunde noch weniger als euch. Sie brauchte es ja nicht für sich. Sie bestahl und betrog jene, die sie nährten, die sie liebte und die sie liebten, auf die Gefahr hin, euch für immer zu verlieren, so wie sie den Liebhaber längst verloren hatte.«

»Die Krankheit hat sie umnachtet«, sagte Edmond.

Jules öffnete seinen Kragen.

»Sie bestahl euch, aber sie bereute es, und auch dies in einem Maß, das ans Wahnhafte grenzte. Sie begann zu trinken, Unmengen von Wein und Schnaps. Sie machte sich entsetzliche Vorwürfe. Sie verachtete sich für ihr Verhalten. Sie trank, um ihrer Schuld zu entfliehen. Sie fürchtete sich vor der Zukunft noch mehr als vor der Gegenwart. Was würde aus ihr werden, wenn die Sache aufflog? Sie fürchtete ein Ende in der Gosse. Musste sie es nicht fürchten? Auf der anderen Seite die Eifersucht, die es ihr unmöglich machte, den Geliebten endlich loszulassen, die Eifersucht, die sie schließlich das Leben kostete, anders kann man es nicht sagen, die anderen Männer, die ihr vorhielten, sie sei hässlich, als wäre sie selbst daran schuld, und denen sie dennoch nachlief, die Frauen, die sie um den Mann beneidete, der sie sitzengelassen hatte, die Angst, dass man sie anzeigen würde, weil sie das geliehene Geld nicht zurückzahlen konnte, die Angst, dass euch eines Tages das anonyme Schreiben eines Denunzianten erreichen würde und all die Lügen ans Licht kommen könnten. All das und vieles, von dem wir nichts wissen, fraß an ihren Nerven und trug zur völligen Zerrüttung bei, dazu der Alkohol, der ihren Körper vorzeitig altern ließ, so dass sie mit kaum dreißig schon wie eine Sechzigjährige aussah. Weiß außer euch überhaupt jemand, wie alt sie war? Und dabei«, fuhr Maria fort, bevor sie ihrem Redeschwall Einhalt gebot, »war ihre Willensstärke ungebrochen, im Leiden wie im Überlebenskampf. Was tat sie nicht alles, um nicht erwischt zu werden; trotz ihrer Gewissensbisse stahl sie weiter. Hätte man sie überführt, wäre sie vielleicht wie euer Äffchen aus dem Fenster gesprungen. Sie sprach ja mehr als einmal von Selbstmord.

All das musste schließlich zu ihrem Tod führen. Sie holte ihn sich in einer kalten, regnerischen Nacht, als sie dem Mann auflauerte, der sich vermutlich noch nach ihrem Tod über sie lustig machte.«

Welch eine Gier! Welche Verworfenheit! Wie andersgeartet als das Bild, das sie nach außen hin abgab, das Bild einer Dulderin, die klaglos alle Unbill erträgt und das Schlechte, das man ihr antut, mit Gutem vergilt, still leidend, langmütig und fromm. Jeder Schritt war ein Schritt vom vorgegebenen Weg.

So wie die betrogene Ehefrau als Letzte erfährt, was längst alle wissen – ihre besten Freundinnen, ärgsten Feindinnen, Zofen, Schneiderinnen und die Freunde ihres Ehemannes –, hatten auch Edmond und Jules de Goncourt als Letzte erfahren, dass sie seit Jahren von Rose hintergangen worden waren.

Es dauerte nur wenige Tage, bis sie Rose verziehen hatten. Bald sahen sie nur noch das Leid, dem sie ausgesetzt gewesen war und gegen das sie sich nicht zur Wehr hatte setzen können. Nach Marias Enthüllungen empfanden Edmond und Jules nicht nur Bitterkeit, sondern auch Mitgefühl und naturwissenschaftliche Neugier. Wie hätten sie gehandelt, wäre ihnen Roses Doppelleben zu Lebzeiten zu Ohren gekommen? Hätten sie sie vor die Tür gesetzt, oder wären sie so großmütig gewesen, ihr zu verzeihen? Nein, sie hätten sie ihr Leben weiterführen lassen, als wüssten sie von nichts, um sie heimlich dabei beobachten zu können, wie sie ihren

Lastern frönte und sie verheimlichte und vom Schicksal verschlungen wurde, kühl und interessiert wie Forscher, die alles benannten und katalogisierten, was sie sahen.

Sie hielten sich vor Augen, dass sie lungenkrank und hysterisch und dass das eine die Bedingung für das andere gewesen war. Das Leben nutzte die Aggregation von Molekülen. Wer die Natur wissenschaftlich analysiert, muss auch deren vermeintliche Krönung, den Menschen, unter die Lupe nehmen, den Geist wie den Körper, das Sichtbare wie das Unsichtbare, das Verborgene und das Offenkundige, das Entfernte und das Naheliegende. Wer einen Baum mit kühlem Verstand als eine Ansammlung von Molekülen betrachtete, musste genauso mit dem Menschen verfahren, auch wenn es sich um eine einfache Magd handelte, denn physiologisch betrachtet bestand kein Unterschied zwischen einem einfachen Mädchen und einer Pariser Aristokratin.

Doch was fingen sie mit ihrem Wissen an und was mit ihrem Unwissen? Sie standen vor einer Mauer des Schweigens, die sie selbst errichtet hatten. Nun mussten sie sie gemeinsam niederreißen.

Je länger sie über Rose sprachen, sahen sie sie mit neuen Augen: eine Unselige, die ihr Glück, ihre Liebe, ihre Freundschaft und Ergebenheit nicht in vernünftige Lebensbahnen zu lenken verstanden hatte. Fatalerweise hatte sie allein im wütenden Exzess Befriedigung gefunden.

Es dauerte noch einige Wochen, bis ihnen klar wurde, wie sie einen Weg aus der Dunkelheit finden würden. Rose würde auferstehen, sie sollte leben, sie hatte es verdient, sie waren es ihr schuldig. Sie würden Rose in den Mittelpunkt eines Romans stellen, in dem Edmond und Jules in die einfachere Gestalt einer verarmten Aristokratin schlüpfen sollten. Die leichtgläubigen Brüder verwandelten sich in die treuherzige Sempronie de Varandeuil, deren Bescheidenheit in krassem Gegensatz zu Roses Maßlosigkeit stand.

Den Anschein des Autobiografischen, der lediglich falsche Rückschlüsse zugelassen hätte, die für die Öffentlichkeit nicht von Interesse waren, wollten sie nicht aufkommen lassen, so weit ging ihre Wahrheitsliebe nicht.

So wurde aus Rose Malingre Germinie Lacerteux. Mit dem Roman errichteten sie ihr ein Denkmal, das weit über das Gemeinschaftsgrab hinausragte, in dem sie lag und das Jules im Winter 1863 auf dem Friedhof von Montmartre aquarellierte.

Es war, als hätte man die wahren Personen in einen Zug gesetzt und einmal um Paris gefahren, um am Ausgangspunkt der Reise auf einem parallel verlaufenden Nebengleis noch einmal von vorne zu beginnen. Wohin die Reise sie führen würde, wussten sie zu Beginn noch nicht. Nur das Ziel war bekannt.

Die Romanfigur Germinie wurde noch lebendiger als Rose, so kamen sie ihr näher als im richtigen Leben. Sie durchschauten jede ihrer Handlungen, sie sahen voraus, was als Nächstes geschehen würde, jedes Wort, das aus ihrem Mund kam, jeder Gedanke, den sie dachte, wurde auf die Goldwaage ihrer kritischen Vernunft gelegt. Sie klagten sie nicht an. Sie blieben gelassen, erhoben sich nicht über sie und verurteilten sie nicht.

Sie war ihnen durch die Hölle vom Himmel geschickt

worden; an ihrem Beispiel konnten sie demonstrieren, wozu ein Mensch, der seinen Trieben nachgibt, fähig ist, ein Mensch, der dazu verurteilt ist, zu dienen und zu stehlen, zu lieben – denn natürlich hatte sie Jules und Edmond auf ihre Weise geliebt, sie hatte sie mütterlich umsorgt und verwöhnt – und gleichzeitig Leiden zu erzeugen, zu erdulden und darüber zu triumphieren, all dies in der Enge eines kleinen erregten Herzens, zu dem niemand Zugang hatte. Hatte sie im tiefsten Inneren unter ihren unbezähmbaren Leidenschaften gelitten? Hatte sie je unverfälschte Schuldgefühle gehabt oder Reue empfunden?

Wie außergewöhnlich war Rose als Anschauungsmaterial im Museum der menschlichen Niedertracht!

Ohne dass sie es argwöhnten, hatte sich das Laster in ihren eigenen vier Wänden eingenistet und sich dabei ihren Blicken, denen sonst nichts entging, geschickt entzogen. Waren ihre Augen also doch nicht unbestechlich, war ihr Blick getrübt? Dass die Ohren taub waren, hätte man hingenommen, nicht aber blinde Augen. Welch eine Beleidigung ihres Intellekts, Roses wahre Natur nicht erkannt, nicht einmal erahnt zu haben. Wie eine durchtriebene flinke Ratte war sie ihrer Urteilskraft entwischt. Tatsächlich hatte sie über eine Fähigkeit zur Verstellung verfügt, die sie ihr nicht zugetraut hätten.

Ohne Rose hätten sie den Roman »Germinie Lacerteux« nie geschrieben.

Dieses Buch enthielt mehr Wahrheit als das Leben. Darin stand mehr, als sie laut sagen durften. Darin war mehr

Natur als im Park von Versailles. Die Risse und Krakelees, die durch den zivilisatorischen Zuckerguss verliefen, waren dank ihres Klarblicks nicht mehr zu übersehen.

Das Leben war wie ein barockes Bühnenbild, in dem sich die Menschen und ihre wahre Natur hinter den starren Kulissen versteckten. Die Aufgabe der beiden Schriftsteller bestand darin, die Akteure unter jedem nur denkbaren Vorwand hervorzulocken und zum Sprechen zu bringen. Erwünscht war eine Verwandlung auf offener Szene; dann stiegen die Gedanken wie Rauchwölkchen aus den aufgeklappten Hirnen der Schauspieler empor. Der Mensch war weder gut noch schlecht, sondern anders, als er sich der Welt präsentierte.

Wer Rose je begegnet war, erkannte sie in Germinie wieder. Die Autoren taten nichts, es zu vertuschen, ganz im Gegenteil unternahmen sie alles, um der Natur so nah wie möglich zu kommen. Sie halfen der Wahrheit auf die Sprünge.

Rose musste sterben, um als Germinie in einem Roman eine Wiederauferstehung zu feiern, die ihrer unwürdigen Verfehlungen würdig war. In ihrem Roman über Rose hatten sie sich den verheimlichten Ungeheuerlichkeiten des gewöhnlichen Lebens gestellt. Noch in hundert, in zweihundert Jahren würde irgendwo auf der Welt ein Mensch den Roman ihres Lebens aufschlagen und zu lesen beginnen, und sich Kapitel für Kapitel der ganzen Wahrheit nähern, die erst ans Licht kam, als Rose unter der Erde lag.

Erst im Roman setzte sich das ungeschönte Puzzle zusammen, hier wurde es zu einem Ganzen, zu einem Gemälde, das aus unzähligen Teilen bestand, eines abgegriffener und schmutziger als das andere, doch jedes, das sie unterdrückten, hätte die Wahrheit verfälscht, wie Rose die Wahrheit verfälscht und das Leben, das sie den Brüdern vorgaukelte, gefälscht hatte. Edmond und Jules enthüllten die Lügen und Täuschungen, die sich in ihren eigenen vier Wänden ausgebreitet hatten. Sie hatten vor der eigenen Tür gekehrt.

Mit Hilfe von Adèle, anderen Dienstmädchen und Hausburschen aus der Nachbarschaft gelang es ihnen schließlich, Roses sämtliche Gläubiger ausfindig zu machen und die Schulden an sie zurückzuzahlen.

Sie hatten sich erhofft, dass »Germinie Lacerteux« ein überwältigender Erfolg sein würde, tatsächlich war nur die Ablehnung groß. Die einen nannten das Buch, das 1865, drei Jahre nach Roses Tod erschien, einen pathologischen Roman, der sich ausschließlich um Physiologie und Sexualität drehe, die anderen eine schändliche Zügellosigkeit auf unterirdischem Niveau; die Protagonistin wurde einmal als Kleopatra der Gosse, ein anderes Mal als nach altem Fett stinkende Lucrezia Borgia charakterisiert; das Werk wurde als Orgie und als verrohter Höhepunkt des brutalen modernen Realismus bezeichnet.

Ein unbekannter junger Kritiker namens Emile Zola jedoch nahm in einer Lyoner Zeitung eine völlig andere Position ein. In einem ausführlichen Artikel ließ er seiner Bewunderung freien Lauf. Das überbordend fiebrige Werk hatte alle seine Sinne, aber auch seinen Verstand erfasst, seine Begeisterung war grenzenlos. Die Herren Goncourt hatten für die Menschen von heute geschrieben; ihre

Germinie hätte zu keiner anderen Zeit als in der unseren leben können; eine Frau dieses Jahrhunderts. Selbst Stil und Form der Autoren hatten, verstärkt durch eine Art moralischer und physischer Erregung, etwas Exzessives, das sich jeder Definition entzog.

## *13 Nerven – Ausradiert*

Elf Uhr nachts. Auteuil. Ihr Haus. Niemand blickt in die Zukunft. Niemand. Das Pferd wiehert und schlägt mit seinen Flanken gegen die dünnen Wände seiner fensterlosen Koppel. Es wartet darauf, angeschirrt zu werden und wie Pegasus davonzufliegen. Jules würde es umarmen, bevor er dessen Bauchdecke mit einem langen, scharfen Messer aufschlitzte.

An Rose wollte er nicht denken, aber er dachte doch an sie.

Jules wollte Gewichte stemmen und Kraft gewinnen, wie man Zeit gewinnt, indem man sie stiehlt. Rubato, wie es in der Musiksprache heißt, bedeutet schneller zu spielen, als es in den Noten steht, um nachher beliebig schleppen zu dürfen, übers Ziel zu schießen, um kurz darauf hinters Ziel zurückzufallen, ein schlingernder Weg, der ohne Eile zum Ziel führte, ein Bild, das vor und zurück zeigt, als könne man etwas, was sich bereits nach vorne bewegt, zurückspulen, wie man einen Faden zurückspult, und er verlöre den Faden und löste sich auf, er wollte nicht sterben.

Konnte man so leben? War er zu langsam gegangen und wurde nun vom unerreichbaren Ziel eingeholt? War es nicht besser, um das sture Metronom herumzutänzeln und sich der Illusion hinzugeben, man bewege sich frei und ungebunden nach seinem eigenen Willen und Geschmack wie Gott, statt immer nur vorwärtszustreben?

Sein Leben zu verlängern, während man sich rasend schnell auf einen Punkt zubewegte, war unmöglich. Wie ein Sonnenreflex leuchtete Jules noch kurz auf der Oberfläche auf, um dann vom Schatten der Wolken erfasst zu werden und für immer in den Fluten zu versinken, es war nur eine Frage der Zeit, so schnell wie ein Gedanke, der einen flüchtig durchzuckt.

Er hatte keine Worte für diese Empfindungen. Er konnte sie nicht äußern. Er fürchtete das Wasser. Er hatte Bilder. Selbst das Wort WASSER bereitete ihm Unbehagen, ja Ekel.

Die Mündung eines Gewehrs schien auf ihn gerichtet, auf das er zuschoss, als wäre er nicht das Opfer, sondern die Kugel, die sich gegen die Waffe gewendet hatte, um sich in ihrem Schoß zu verkriechen. Der Zusammenstoß, eine kurze, lautlose Explosion mit unvorstellbaren Folgen für ihn, war unvermeidlich. Er war allein.

Jules war todmüde. Er sah die Qual auf Edmonds Gesicht, sobald die Worte Erschöpfung, Mattigkeit oder Schwäche über seine Lippen kamen, die Worte Langeweile, Desinteresse, Niedergeschlagenheit, Gleichgültigkeit allen und allem, selbst Edmond gegenüber, den er liebte, wie nie ein Bruder einen Bruder geliebt hatte. Besser schwiege er und läge ruhig schlummernd in Edmonds Armen wie ein Säugling.

Hatte er das wirklich nur gedacht, nicht auch gesagt?

Es entging Jules nicht, dass Edmond sich verändert hatte. Seine Kaltblütigkeit, für die der Jüngere ihn stets bewundert hatte – als kleiner Junge, als junger Mann, als Erwachsener –, hatte sich in jene dünne Luft aufgelöst, in der die Montgolfieren von Landstrich zu Landstrich schwebten, mal schneller, mal langsamer, mal höher, mal niedriger, im Wettstreit mit den Brieftauben, die Liebesbriefe mit derselben Indifferenz überbracht hätten wie Morddrohungen.

So unbeteiligt, neutral und zielgerichtet wie die fleißigen Tauben, die sich durch nichts ablenken und vom Weg abbringen lassen, war Edmond schon lange nicht mehr. Oft hatte er feuchte Augen, für die er sich schämte und die er deshalb zu verbergen suchte.

Noch glaubte Jules, es entginge ihm nichts, nicht einmal das Chaos.

Edmonds Nerven lagen blank. Zuckend wie frisch geschlüpfte Schlangen wanden sie sich auf dem Seziertisch der Anatomie. Er war nicht mehr der Arzt, sondern der Patient, der sich selbst dabei beobachtete, wie er in zwei Hälften zerfiel. Wie würde es sein, wenn der Bruder nicht mehr lebte, folglich Edmond der Spiegel fehlte, den Jules ihm bislang in jeder Situation vorgehalten hatte; mit wem sollte er sich unterhalten, wenn die Verbindung sich aufgelöst hatte? Würde er ohne seinen Bruder nicht blind für die Schönheit, unempfindlich für Freundschaften, unfruchtbar für die Literatur werden? Er hasste Fragezeichen auf dem Papier.

Auch Rose hatte am Ende nur noch aus zum Zerreißen angespannten Nerven bestanden, die sich schließlich selbstständig gemacht, ihren Verstand erdrosselt und ihr Herz zum Stillstand gebracht hatten.

Jules sehnte sich an die alte Adresse zurück. Seine Zukunft lag nicht hier, sondern an der Rue Saint-Georges. Er würde seinen Bruder fragen, wo sie denn wohnten. Und wo war Rose? Wo war sie?

Er war sich sicher, dass Edmond seine Sätze notierte, er selbst vergaß sie, kaum hatte er sie gedacht. Er vergaß dies und er vergaß das, und er vergaß alles, als würden seine sich überschlagenden Gedanken in eine unendliche Zahl winziger, ununterscheidbarer Schubladen gesteckt. Je mehr man öffnete, desto gewisser fand man die Nachrichten darin nicht wieder, auf keinen Fall die, die man suchte. Aber er suchte nicht lange, weil er vergaß, was er suchte.

Wie sehr hatte Jules es stets genossen, die Feder in die Hand zu nehmen, trocken über das Papier zu schreiben, eine kaum sichtbare Spur ins Papier zu ritzen, die gleich verwischte, und erst dann die Feder ins Tintenfass zu tauchen, um die Seiten zu füllen, Blatt für Blatt, Heft für Heft. Für etwas anderes hatte er nicht gelebt, seitdem er sich gegen die Malerei und für die Worte entschieden hatte.

Töte den Hund, der an mein Hirn bellt!

Sosehr der Gedanke an Rose ihn gegen sie aufbrachte, spürte er doch immer wieder ihre warme Hand auf seinem kalten Nacken, auf seiner Stirn und Wange, auf seinem Arm, auf seinem Handgelenk, genau wie früher, wenn sie ihm abends den heißen Tee ans Bett gebracht hatte, weil er fror, weil er immer fror. Eine Tasse. Sie sagte nichts, als habe man ihr das Sprechen verboten. Doch dass sie da war, stimmte ihn versöhnlich. Ihr Tee schmeckte köstlich.

Auch jetzt fror er, er klingelte nach Pélagie. Nichts duldete Aufschub, alles gebot Eile angesichts der kommenden Wochen und Monate und des gnadenlos klappernden Metronoms. Er saß aufrecht im Bett. Er hatte einen Bruder.

Als habe sie nur darauf gewartet, ihm zu Diensten zu sein, stand Pélagie kurz darauf in der Tür. Er bat sie um eine Tasse Pfefferminztee, viel Zucker, versetzt mit einem guten Schuss Chartreuse, und er bat sie, ihm ehrlich zu sagen, ob sie allein zu Hause seien; sie sah ihn an, als wollte er sich an ihr vergehen, aber nein, er wollte doch nur wissen, ob er dies Haus allein bewohnte oder ob er tatsächlich, wie er glaubte, einen Bruder hatte.

»Einen Bruder!«, rief Jules aus.

»Oh ja, Ihr Bruder ist Monsieur Edmond«, antwortete Pélagie fürsorglich und ließ ihn in Gedanken versunken verwirrt zurück.

»Monsieur Edmond … Monsieur Edmond …«

Als sie das Zimmer verließ, glaubte er, Rose verlasse das Zimmer, obwohl Pélagie – Pélagie Denis – größer und kräftiger war als Rose – Rosalie Malingre –, die das Haus in Auteuil nie betreten hatte, denn als Rose noch lebte, wohnten sie in der Rue Saint-Georges. Heute Abend nicht mehr. Und wer sagte, dass sie gestorben war?

»Rose!«

Aber Pélagie war schon fort, sie hörte ihn nicht.

Rose und Germinie sahen sich zum Verwechseln ähnlich. Pélagie und Rose hatten keinerlei Ähnlichkeit.

Edmond stand in der Tür. Er schien besorgt.

»Wollen wir ausgehen? Magst du ein Bad nehmen?«

Oder war er nicht in der Tür gestanden?

»Baden? Es ist ja mitten in der Nacht«, sagte Jules.

Edmond schüttelte den Kopf. Er zog seine Taschenuhr hervor. Es sei kurz vor elf Uhr, morgens.

»Habe ich einen Bruder?«, fragte Jules, nachdem er eine Ewigkeit geschwiegen hatte, eine Ewigkeit, in der Edmonds Blick zwischen dem Zifferblatt seiner Taschenuhr und den Augen seines Bruders hin- und hergewandert war.

Bloß kein Wasser und keine Musik.

»Ja, du hast einen Bruder. Das bin ich, dein Bruder Edmond«, sagte Edmond.

»Und warum meint mein Bruder, wenn er sagt, er sei mein Bruder, ich sei sein Bruder, Sie verwirren mich, Monsieur – Edmond?«

Er sei müde, sagte er, und das Gespräch war damit beendet, Edmonds Umriss ein Schatten geworden, der im Nebel verschwand. Er wartete, bis die Magd, deren Name ihm entfallen war, die Tasse brachte, den Zucker, das Wasser, den Tee und die Chartreuse, Zusammensetzung eines Tees und dessen Analyse.

Die Wörter fielen von ihm ab wie lose Federn, flügellose Wesen.

Im September vor einem Jahr waren sie nach Auteuil gezogen. Von dem Haus, das sie einem Ehepaar abgekauft hatten, waren sie so eingenommen gewesen, als handelte es sich um ein Schloss, ihre endgültige Bleibe.

Im Erdgeschoss gab es nebst dem Vestibül eine Garderobe, einen kleinen und einen großen Salon, ein Speisezimmer und die Küche, im ersten Stock, den Edmond bewohnte, drei Zimmer, zwei Mädchenkammern und zwei Bäder, im zweiten Stock zwei Mansardenzimmer sowie eine Abstellkammer und den Dachboden. Jules hatte darauf bestanden, dort zu wohnen, als wollte er sich frühzeitig von den festen Grundlagen der Welt verabschieden. Hier oben war er weit genug davon entfernt und in Sicherheit, auch wenn er manchmal das Gefühl hatte, der Boden schwanke unter seinen Füßen.

»Aber das ist nicht unangenehm«, hatte er zu Edmond gesagt, »nein, gar nicht unangenehm.«

Einmal abgesehen vom unerträglichen Lärm, mit dem sie nicht gerechnet hatten, obwohl ein genauer Augenschein genügt hätte.

Dass sich in unmittelbarer Nähe der Bahnhof der erst kürzlich fertiggestellten Ringbahn befand, mit der sie das Zentrum der Stadt jederzeit bequemer und billiger als mit der Kutsche hätten erreichen können, wären sie ausgegangen, bedeutete aber auch, dass sie in unmittelbarer Nähe der Bahntrasse wohnten, auf der im Halbstundentakt Züge verkehrten, neuerdings nicht nur tagsüber, sondern auch abends und mitten in der Nacht. Sax' Trompeten tagsüber gegen das ohrenbetäubende Stampfen und Fauchen von Lokomotiven und das Rattern von Eisenbahnrädern bei Tag und bei Nacht einzutauschen, war eine schlechte Idee gewesen, die zu bereuen sie nicht müde wurden. Hier war ihnen selbst die Nachtruhe nicht vergönnt; dass sie sich eines Tages daran gewöhnen würden, lag außerhalb ihres Vorstellungsvermögens.

Tagsüber gingen sie weiterhin zu Fuß nach Boulogne, wo Jules die lästigen Bäder über sich ergehen ließ, die seinen Gesundheitszustand verbessern sollten, tatsächlich aber nichts daran änderten, dass er täglich hinfälliger, teilnahmsloser und vergesslicher wurde. Was für eine seltsame Erkrankung, dachte Edmond, die geistige Anstrengung schwächte seinen Bruder Tag für Tag, und nichts schien seine frühzeitige Alterung aufhalten zu können.

Nur ein kleiner Teil des Tages war diesen Bädern gewidmet, aber der Weg hin und zurück, jeweils fast eine Stunde, nahm angesichts seines Zustands viel Zeit in Anspruch. Statt die Kutsche zu nehmen, bestand Jules noch auf Bewegung, so wie er eine Weile darauf beharrte, täglich mit den Hanteln zu üben wie ein Artist.

Im Wasserpavillon ließ er die Qualen des therapeutischen Wassers und das Stöhnen aus den angrenzenden Kabinen über sich ergehen, das die anderen Badenden so wenig zu unterdrücken vermochten wie er. Seufzer und erstickte Schreie verbanden sich zu einem mehrstimmigen Klagelaut, den niemand zu steuern vermochte, denn alle, die sich hier behandeln ließen, waren der Macht des kalten Wassers wehrlos ausgeliefert.

Auteuil sei eine der charmantesten Ecken von Paris, schrieb Frantz Jourdain, einer der bedeutendsten Architekten seiner Zeit, eine strahlend helle moderne Oase der Ruhe, nur zwanzig Meilen vom Getümmel der Hauptstadt entfernt, in der die schmucken Villen taktvollerweise nie weiter als zwei Stockwerke in den Himmel ragten, so dass das wunderbare Panorama mit dem Mont Valérien und den Hängen der Seine als Begrenzung keinem der Besitzer vorenthalten wurde; keine Fabriken, keine Geschäfte, keine Werkstätten, keine Karren, keine Passanten, alles wie ausgestorben. Der gehobene Luxus, die distinguierte Ruhe und der herbe Duft gediegener Nachbarschaft erinnerten Jourdain, den Erbauer der Samaritaine, an einen in gebührendem Abstand zu den Gesellschaftsräumen gelegenen Wintergarten, wohin man sich während der Bälle zurückziehen konnte, um durchzuatmen; der Lärm dringe bloß als undefinierbares Echo bis hierher. Zwar spüre man die Nähe der Stadt und ihren brennenden Atem, aber man sehe und höre sie nicht.

Doch wohnte Jourdain weder an der Ringbahn noch neben einem wiehernden Pferd und einer Horde wilder Nachbarskinder, streunenden Katzen und knurrenden, kläffenden und jaulenden Hunden.

Die gemeinsame Arbeit an ihrem Buch über den verstorbenen Freund Gavarni, das die Erinnerung an dessen Kunst für die Nachwelt erhalten sollte, erwartete sie in Edmonds Arbeitszimmer in der ersten Etage. Im Dezember jedoch geriet sie ins Stocken. Nachdem Jules in den vergangenen Monaten eine nie zuvor gesehene Schaffenswut gepackt hatte, erlahmte diese jäh und anhaltend. Er wirkte abgekämpft, als habe ihm der Furor der letzten Wochen den Rest gegeben, er war am Ende seiner Kräfte. Hatte er eben noch täglich frühmorgens und bis tief in die Nacht im Bett geschrieben, saß er jetzt stumm und untätig Edmond gegenüber, der Jules' Lethargie durch eine Menge unnötiger Worte zu überspielen versuchte; doch sein ausdrucksloser Blick belehrte Edmond eines Besseren; Jules verstand ihn offenbar nicht.

Also arbeitete Edmond in Jules' Gegenwart, die ihm so wichtig war, allein. Er las Jules vor, was er geschrieben hatte, und nahm die geringste Bewegung seines Bruders zum Anlass, sie als Bestätigung auszulegen, das Geschriebene nicht weiter zu bearbeiten, sondern für den Druck so stehenzulassen, wie es da stand.

Mitte Dezember legte Jules die Hanteln weg, wollte aber nicht, dass Pélagie, die beinahe täglich darüber stolperte, sie aus dem Zimmer schaffte.

Am 1. Januar 1870 notierte Jules: Heute, am ersten Tag des Jahres, kein einziger Besucher, niemand, der uns liebt, lässt sich blicken, keiner: Einsamkeit und Leid.

In der Nacht auf den 5. Januar fand Jules keinen Schlaf; um sich abzulenken, versuchte er sein Gedächtnis durch Erinnerungen an die Kindheit aufzufrischen. Glücklich darüber, dass ihm das gelang, hielt er es am nächsten Morgen im gemeinsamen Tagebuch fest. Doch seine Handschrift war kaum wiederzuerkennen. Die feine Ziselierung war der groben, unbedarften Schnitzarbeit eines Anfängers gewichen. Leerräume klafften wie offene Wunden zwischen den Buchstaben. Die Schrift schlug aus wie das unregelmäßig hin- und herschwingende Pendel einer Uhr. Der stille Fluss, an den sie bislang erinnerte, war nun ein Bach, der über die Ufer seines einst sanft geschwungenen Betts gestiegen war.

Er erinnerte sich an den Familienbesitz in Ménilmontant, ein Schloss, das der Herzog von Orléans einer Tänzerin zum Geschenk gemacht hatte, das unter anderem im Besitz ihrer Mutter gewesen war; dort verbrachte man, gemeinsam mit anderen Verwandten, den Sommer. Er erinnerte sich an den groben alten Gärtner, der mit dem Rechen nach ihm warf, als er unerlaubterweise Trauben von den Reben stibitzt hatte. Ein alter Onkel tauchte in seiner Erinnerung auf, der einen Wagen gebaut hatte, dessen drei Räder sich wie von allein drehten. Und das Schloss und der Park und der kleine Wald erschienen ihm so groß wie damals, als er sie mit Kinderaugen zum ersten Mal gesehen hatte.

In die Gegenwart zurückgekehrt, machte er sich Gedanken über Popelin, den Emailleur und neuen Geliebten der Prinzessin Mathilde, die diesem für alle sichtbar den Vorzug vor dem stattlichen Nieuwerkerke gab, mit dem sie doch so etwas wie eine glückliche Ehe geführt hatte, ein trauriges Schauspiel für die Freunde; eine lächerliche Komödie für die Fremden; Mathilde hatte eine liebenswerte Größe gegen eine schief in der Landschaft stehende unbegabte Witzfigur ausgetauscht, die kleine Napoleons aus Karton schnitt und kolorierte.

Jules' Verachtung für seine Mitmenschen nahm täglich zu. Es genügte, einen Blick auf sie zu werfen, um ihr Tun, ihr Leben, ihre Existenz zu missbilligen. Ausgenommen wurden wenige.

Etwas anderes als Taumel, Schwindel, Entsetzen vermochten seine Zeitgenossen auf sein nervöses Wesen nicht zu bewirken.

Anfang Januar weigerte sich Jules, das heilende Wasser in Boulogne aufzusuchen. Seine Entscheidung, die Edmond auch durch gutes Zureden nicht zu beeinflussen vermochte, fiel aus heiterem Himmel. Von nun an unterließen sie die zeitraubenden Spaziergänge zu den Bädern. Hin und wieder suchten sie aber weiterhin den Bois de Boulogne auf.

Die Bäder zu meiden, schien Jules kurzfristig etwas Auftrieb zu geben, aber Edmonds Hoffnung, mit dem Abbruch der Routine eine Befreiung herbeizuführen, erfüllte sich nicht.

Das letzte Gespräch, das Jules mit dem Badearzt geführt hatte, drehte sich um Jean Baptiste Troppmann, den siebenfachen Mörder der Familie Kinck, dessen Todesurteil am 29. Dezember gefällt worden war, nachdem man ihn durch Zufall in Le Havre verhaftet hatte, kurz bevor er sich nach Nordamerika einschiffen konnte.

Sie sahen ihre alten Freunde nicht mehr. Wenn sie auswärts aßen, dann nur in Restaurants, von denen sie sicher sein konnten, auf keine Bekannten zu treffen.

Edmond litt unter den Veränderungen seines Bruders, und er gab sich keiner Täuschung hin: Auch Fremden entging sein auffälliges Verhalten nicht.

Ende November hatte Jules einen letzten, kurzen Brief an seinen Freund Flaubert gerichtet, der ein paar Worte über dessen neuen Roman beinhaltete, an den Titel – »L'éducation sentimentale« – musste Edmond seinen Bruder mehrfach erinnern. Er konzentrierte sich inzwischen auf ein anderes Werk, in dem er las und lesen würde, solange er lesen konnte, meist mit erhobener Stimme, tagsüber und nachts laut im Bett, als wollte er die ganze Nachbarschaft darauf aufmerksam machen, dass kein anderes Werk als Chateaubriands »Erinnerungen aus dem Grab« von Bedeutung sei.

Immer wieder las, nein schrie, ja brüllte er die Zeilen: *»Die Bäume, die ich dort gepflanzt habe, gedeihen; noch sind sie so klein, dass ich ihnen Schatten spende, wenn ich mich zwischen sie und die Sonne stelle; eines Tages werden sie mir Schatten spenden und werden meine alten Tage beschützen, wie ich ihre Jugend beschützt habe.«*

Wenn Edmond ihn so unbändig und entfesselt lesen

hörte, hielt er sich die Ohren zu. Er wollte in den Keller flüchten, tat es aber nicht, weil er es als Verrat empfunden hätte, vor seinem Bruder davonzulaufen. Er fühlte sich schuldig, ihm den bedeutenderen und schwierigeren Anteil ihrer Arbeit überlassen zu haben. Er fühlte sich schuldig, ihn zur Literatur verführt zu haben, die ihn so schnell seiner Kräfte beraubt hatte. Wäre er Maler geworden, wie er es vorgehabt hatte, hätten sich die Dinge anders entwickelt. Er hatte alles für die Worte hingegeben und wurde nun von den Worten erdrückt.

Nur wenn Jules ihn bat, ihm zuzuhören, lauschte Edmond den Worten beifällig, und manchmal, wenn Jules nicht unvermittelt innehielt und endlose Pausen machte, oder Buchstaben und Silben verdrehte, so dass das Vorgelesene keinen Sinn mehr ergab, schloss er die Augen und wurde in ihre Jugend zurückversetzt – und die Gegenwart setzte aus.

Am 10. Januar 1870 notierte Jules in ihr gemeinsames Tagebuch: *Wie seltsam und eigentümlich sind die Nervenleiden! Den Komponisten de Vaucorbeil graut es vor Samt, die Vorstellung, was geschieht, wenn er zum ersten Mal in einem Haus zum Essen eingeladen ist, in dem die Esszimmerstühle mit Samt bezogen sind, muss doch zu entsetzlich sein.*

Die folgenden knapp anderthalb Zeilen, die letzten, die Jules schrieb, bevor er die Feder für immer aus der Hand legte, enthielt Edmond der Nachwelt vor, indem er sie fein säuberlich wegkratzte.

Dann verstummte auch Edmond.

## 14 *Das erbarmungslose Imperfekt*

Eines Nachts stand Rose im Zimmer und rief ihn leise. JULES. Sie war gut sichtbar, wenngleich sie ihm etwas größer erschien als früher. JULES. War sie gewachsen oder hatte er sie einfach kleiner in Erinnerung? Die Distanz zwischen Leben und Tod hatte ihren Wuchs verändert, im Jenseits war sie in die Höhe geschossen. JULES. Sie rief so leise, dass er sie kaum verstand, doch erkannte er ihre Stimme sofort, auch wenn sie ihm auffallend rauer schien als früher, wie hätte er sie vergessen können? JULES. Wollte sich Rose für ihre literarische Verwandlung in Germinie rächen? Doch je länger sie unter der Tür stand und ihn rief, desto schwächer wurde seine Angst. Rose hatte keinen Grund, sich Germinies wegen zu grämen. Man hatte ihr nicht Unrecht getan. Man hatte ihr vielmehr zu ihrem Recht verholfen. Wollte sie sich rächen, müsste er sich fürchten. Er fürchtete sich nicht. Roses Geist näherte sich unhörbar, setzte sich leicht wie ein Luftzug auf den Bettrand und wachte an seiner Seite, atmete nicht, bewegte sich langsam, fuhr ihm durchs Haar, über die feuchte Stirn, übers Kinn und murmelte Dinge, die er weder verstand noch verstehen musste, freundliche Dinge, wie die Mutter zu einem Kind, es beruhigte ihn sehr. Er schlummerte ein. Sein Kopf lag schwer in ihrer schwebenden Handfläche.

Jules schrie so laut und durchdringend, dass Pélagie und Edmond aus dem Schlaf hochschreckten, der bei Edmond leicht, bei Pélagie tief und fest war. Wenige Minuten später standen sie – Pélagie im Nachthemd, Edmond im Morgenrock – schlaftrunken und besorgt in Jules' Zimmer an seinem Bett und wollten helfen. Was er im Traum gesehen hatte, wussten sie nicht, dass es ihn davor gegraut haben musste, war ihm noch immer anzusehen, aber er brachte kein Wort hervor, fuhr sich immer wieder durchs Haar, das ihm vom Kopf abstand, als habe er einen Geist gesehen, und er beruhigte sich erst, als sich die Erinnerung an das Hirngespinst allmählich verflüchtigte. Was er lallte, hätte jeder Fremde für die Worte eines Betrunkenen gehalten, die sich vermutlich nicht einmal ihm selbst erschlossen.

Pélagie kühlte seine Stirn mit einem Schwamm, der auf dem Waschtisch lag. Zunächst stieß er sie heftig von sich, dann ließ er sie gewähren. Sie versuchte, sein Haar zu glätten. Ihre Fürsorge rührte Edmond.

EDMOND: Du hast sicher geträumt.
JULES: Gedäumt.
EDMOND: Ein Alptraum sicher. Erinnerst du dich nicht?

Jules suchte in der Erinnerung oder tat so oder dachte über etwas ganz anderes nach oder dachte an gar nichts. In schneller Folge erwog Edmond jede Möglichkeit, ohne zu einem befriedigenden Ergebnis zu gelangen.

JULES: Abdaum.

Rose beobachtete Jules auch in den nächsten Tagen, sie war ganz die Alte, nur dass sie nun nicht mehr den Haushalt führte und nicht kochte, sondern ihm untätig und gehorsam, nachgiebig und ausdruckslos als Schatten folgte, der sich wiederum in seinen Schatten schmiegte wie eine Katze, die ihm nicht von den Fersen wich. Manchmal streckte sie die Hand nach seinem Gesicht aus.

EDMOND: Mit wem sprichst du?
JULES: Oos.
EDMOND: Rose?

Jules sah durch ihn hindurch und nickte.

Indem er alle Scheu vor der Lächerlichkeit überwand, der er sich aussetzte – da niemand zugegen war, fiel es ihm leichter –, sagte Edmond: »Es ist gut, wenn sie auf dich aufpasst. Rose war immer gut zu uns, und wenn ich es recht überlege, waren wir es doch auch zu ihr, bei allem, was war. Nicht wahr?«

Jules wirkte abwesend, entweder verstand er nicht, was sein Bruder sagte, oder er hatte kein Ohr dafür, weil er den unhörbaren Worten seiner schwebenden Aufpasserin lauschte. Also legte Edmond sein Besteck neben den Teller und tat, als lausche auch er, und beide schwiegen und horchten. Jules nahm einen Bissen zwischen Daumen und Zeigefinger, tunkte ihn in die weiße Sauce und führte ihn genüsslich zum Mund. Er hatte nicht verlernt, die feinen Knöchelchen der Froschschenkel im Mund akkurat vom Fleisch zu trennen. Er spuckte sie auf den Tisch, den Pélagie eine Viertelstunde später abräumte. Seit einigen Tagen sah sie sich gezwungen, die Tischdecke täglich zweimal zu wechseln. Jules aß sehr schnell.

Monsieur isst wie ein Schwein, dachte Pélagie, nahm es ihm aber nicht übel. Er war krank. Bestimmt hatte er die böse Krankheit.

Manchmal fürchtete Edmond, Jules könnte versuchen, sich den eigenen Finger abzubeißen, weil er ihn mit einem Froschschenkel verwechselte.

Rose war da, wenn er sich hinlegte, sie wachte über ihn, wenn er schlief, sie wartete auf ihn, wenn er aufwachte. Und dann verschwand sie, wie sie gekommen war.

Einmal machten sie einen Spaziergang. Sie sprachen kein Wort. Edmond bedrängte Jules weder mit Fragen noch Hinweisen oder Beobachtungen. Er ließ ihn mit sich und seinen Gedanken, zu denen Edmond nicht vorzudringen vermochte, allein. Jules, so war sein Eindruck, lauschte auf die Geräusche der Natur, auf das Schlurfen seiner eigenen Schritte im trockenen Laub und die silbrige Stille, die sich darauf vorbereitete, mit Schnee wattiert zu werden, den niemand hören würde außer ihm. So jedenfalls erdachte sich Edmond Jules' innere Welt, nicht als labyrinthischen Garten, sondern als geordnetes Haus, wie ihr eigenes Haus, in dem die Stockwerke durcheinandergeraten waren, der Keller lag auf dem Dachboden, der Dachboden im Garten.

Er sei jung, noch keine vierzig, sagte Edmond, als sie vor einer Bank stehen blieben, auf die sie sich schon öfter gesetzt hatten, doch diesmal blieben sie stehen.

»Nehmen wir an, im schlimmsten Fall, du brauchst ein Jahr, um wieder gesund zu werden, vielleicht auch weniger. Wenn mehr, na wenn schon? Es bleiben dir danach noch viele Jahre, um gemeinsam mit mir ein Dutzend Bücher zu schreiben. Also nimm dir Zeit, du hast viel Zeit.«

Er setzte alles daran, seinen Bruder nicht spüren zu lassen, dass auch er nicht mehr an eine Genesung glaubte, wie er es vor wenigen Wochen noch getan hatte. Dass es ihm nicht möglich war, Jules' Feder zu übernehmen, behielt er ebenfalls für sich. Er selbst gestand sich kaum ein, dass seine Hand wie gelähmt war, weil seine Gedanken nur noch um den elenden Zustand seines Bruders kreisten und nicht etwa um den Inhalt eines Buchs, für das ihm die Form fehlte, weil stets Jules die Gestaltung des Inhalts bestimmt hatte, den sie gemeinsam entwickelten und zum Leben erweckten. Jules war der begabtere Schöpfer gewesen.

Jules' Kopf, in den er hineinzuschlüpfen versuchte, gewährte ihm keinen Einlass, er bockte und verweigerte die Zusammenarbeit, die notwendig war, um sich ans Werk zu machen. Der Weg dorthin war also versperrt. Das gegenseitige, an keine Bedingungen geknüpfte Einverständnis war einer Festung des Schweigens gewichen. Jules verstand ihn nicht, so wenig wie den Rest der Welt, die ihn umgab, in der er sich noch vor kurzem flink, schlagfertig, geistreich, interessiert und äußerst gebildet bewegt hatte. Jules kehrte zwar immer wieder für kurze Augenblicke zurück, aber je weiter seine Krankheit fortschritt, desto lethargischer wurde er.

Jules sah Edmond an, als wüsste er genau, was Edmond über ihn dachte.

»Ich weiß, dass ich nie mehr arbeiten werde, nie mehr.«

Er wiederholte dieses »nie mehr« in der immer gleichen dumpfen Tonlage so lange, bis sie vor ihrer Haustür standen. Edmond hatte der Versuchung widerstanden, Jules vorauszueilen, hatte Schritt mit dem Bruder gehalten und war froh, dass sie niemandem begegneten. Hierher verirrten sich zum Glück nur selten Spaziergänger.

Als die Lokomotive just vor ihrem Haus Dampf abließ, schrie Jules aus vollem Hals und hielt sich die Ohren zu. Edmond war einer Ohnmacht nahe, nie zuvor hatte er sich den Tod so sehr gewünscht wie jetzt, den eigenen und Jules' Tod, um dem allem ein gnädiges Ende zu machen und die Zeit auszulöschen, in der die Zukunft lag, vor der ihm graute.

Kaum hatten sie die Schwelle überschritten, verstummte Jules. Edmond übergab Pélagie seinen Stock, seinen Mantel und seinen Bruder.

»Begleiten Sie ihn nach oben. Er möchte sich bestimmt einen Augenblick hinlegen.«

Und wenn er selbst erkranken würde, wenn er unfähig wäre, sich um Jules zu kümmern, wer würde es tun, wenn er sterben würde, wer kümmerte sich um ihn?

Jules würde das Ende des Jahres nicht mehr erleben, womöglich nicht den Sommer, nicht den Herbst. Edmond wusste es.

An diesem Abend sagte Jules kein Wort mehr, bis sie zu Bett gingen. Er aß mit gutem Appetit. Er stopfte hastig in sich hinein, was Pélagie ihm vorlegte. Sein einziges Interesse galt der Mahlzeit, dem Kauen und dem Verzehr.

Jedes Mal, wenn Edmond aufsah, begegnete er Jules' Blick, der ihn musterte. Er schien erstaunt, ihn hier zu sehen, als habe er ihn nicht erwartet, als sei er allein, als habe er keinen Bruder, als erkenne er ihn nicht.

Jedes Mal, wenn Pélagie sein Glas nachfüllen wollte, hielt er beide Hände übers Glas, als wollte man ihm etwas antun.

Edmond ertappte sich bei dem Gedanken, dass die Gesellschaft eines Papageis, selbst eines Hundes jetzt angenehmer gewesen wäre als die seines geliebten Bruders, von dem er seit dem Tod der Mutter vor über zwanzig Jahren nur zwei Nächte getrennt gewesen war und der sich nun immer weiter entfernte, nicht nur von ihm, sondern – was viel schlimmer war – von sich selbst.

Edmond hatte nicht die Kraft, das gemeinsame Tagebuch weiterzuführen, ohne Jules fehlte ihm die empfindsame Seite ihres Zusammenspiels. Niemals würde er mit dem Einfallsreichtum seines Bruders Schritt halten können.

Also ließ er die letzte von Jules beschriebene Seite aufgeschlagen auf dem Tisch liegen. Sollte es ihm eines Tages einfallen, wieder zur Feder zu greifen, könnte er fortfahren, wo er aufgehört hatte, als sei kein Tag vergangen.

Doch die Tage vergingen, und wenn Jules das Arbeitszimmer im ersten Stock betrat, was immer seltener geschah, beachtete er weder das Tagebuch noch sonst etwas, was an ihre gemeinsame Arbeit erinnerte. Er schien wenig angetan, wenn er seinen Bruder dort sitzen sah.

Wochen nachdem Jules die Feder weggelegt hatte, begann Edmond fortzusetzen, was bislang vornehmlich die Arbeit seines Bruders gewesen war. Was geschah, musste aufgeschrieben werden, wie schlimm es auch war, denn das Unerträgliche war nur zu ertragen, wenn es festgehalten wurde. Edmond, der seinem Bruder bislang beim Schreiben meist über die Schulter gesehen, ihm diktiert oder das Wort ganz überlassen hatte, setzte das Tagebuch alleine fort. Auch wenn er sich nun, da das Schreiben kein Wechselgesang mehr war, wie ein Einarmiger fühlte, würde er die Feder nicht mehr aus der Hand geben.

Er war glücklich, Ende Februar notieren zu können, dass es seinem Bruder besser ging. Der Wille für zwei, den Jules früher gehabt hatte, schien allmählich zurückzukehren. Er war voller Tatendrang und wollte den Wasserfall im Bois de Boulogne wiedersehen.

Es war herrliches Wetter, die kleinen Alleen voller Männer und Frauen, die selig waren, mitten im Winter in den Genuss eines unverhofften Frühlingstages zu kommen. Für einmal ließ Jules den Kopf nicht hängen, sondern schritt frohgemut, hocherhobenen Hauptes voran, scherzte kindsköpfig wie früher und rief Edmond zu: »Siehst du wohl, bist du zufrieden mit mir? Mir geht es besser, ich bin wohlauf, ich bin noch nicht plemplem.«

Angesichts der großen Zahl aufrechter Bürger, die ihnen entgegenkamen, erwachte sein spöttischer Geist zu neuem Leben.

»Warum sagst du nichts?«, warf er seinem verdutzten Bruder zu, der ihm auf seine unfeine Bemerkung über ein älteres Liebespaar eine Antwort schuldig blieb.

In Edmonds Freude mischte sich bald die Besorgnis, dass es sich bei diesem Ausbruch um die trügerischen Anzeichen eines besonders hinterhältigen Schlags handelte, der gleich erfolgen würde.

»Schmerzt es dich, mich so zu sehen?«, sagte Jules.

Edmond antwortete nicht. Als wohne er einem Wunder bei, fand er keine Worte, es zu beschreiben oder darauf zu reagieren. Er glaubte dem Anschein nicht, er war sicher, dass sich dahinter etwas verbarg, das stärker und zerstörerischer war als die sichtbare Oberfläche. Seine Enttäuschungen waren nach verheißungsvollen Augenblicken stets so groß gewesen, dass ihm der Glaube an eine anhaltende Verbesserung fehlte.

Zu Hause angekommen, entledigte sich Jules seines Mantels, indem er ihn Pélagie vor die Füße warf. Alle Freude und Leichtigkeit waren von ihm abgefallen. Bevor er nach oben ging, sagte er kalt:

»Ich kann nicht mehr unter die Leute gehen, ich werde mich nicht mehr zeigen. Ich schäme mich. Ich bin kaputt. Weg mit mir.«

Edmond fand nicht die Worte, um ihm zu widersprechen, weil er nicht mehr daran glaubte, dass sein Einwand glaubwürdig war.

Geist, Intelligenz und Verstand verließen Jules. Seine Fähigkeit zu artikulieren ließ nach. Sein Bruder durfte ihn nicht verlassen.

Jules sprach immer öfter mit der ungeübten Stimme eines unbekümmerten Kindes, gerade so, als äffte er einen kleinen Jungen nach. Seine Infantilität machte Edmond Angst, zumal sie nichts Rührendes an sich hatte.

Immer öfter weigerte er sich zu sprechen. Er saß im Garten auf einer Bank, nahm dem Strohhut nicht ab, obwohl die Dämmerung bereits eingesetzt hatte, war stumm, ohnmächtig, untätig und starrte feindselig auf einen Baum, als wollte er dessen Laubwerk zwingen, so reglos zu werden wie er selbst. Manchmal streckte er die Hand aus und bewegte die Fingerspitzen mal kreisend, mal in heftigen Strichen, als malte er ein Gemälde in die Luft. Als Edmond ihn fragte, was es darstellte, blickte Jules ihn verständnislos an.

Lediglich Farben schienen ihn zu berühren, Farben, die

in der Natur vorkamen, am Himmel vor allem, während er gemalte Bilder ignorierte, als existierten sie nicht. Es war April geworden, und wie in diesem Monat üblich, war kein Verlass auf Beständigkeit des Wetters. Möglicherweise genoss er den schnellen Wechsel am Himmel, auf seiner Haut, in der Luft und in Edmonds Augen, der ihn darüber hinwegtröstete, dass in seinem Inneren eine Leere herrschte, die durch nichts zu füllen war.

Als sie eines Tages durch die *Passage des Panoramas* spazierten – eine der seltenen Gelegenheiten, da sie die innere Stadt mit ihren vielen Neubauten besuchten –, erinnerte Jules sich nicht an den Namen der Stadt, in der sie lebten. Die Passage erkannte er nicht. Den Namen Watteau schien er nie gehört zu haben. Paris?

Unerklärlicherweise überlebten in der schwindenden Hirnmasse dennoch manche Fähigkeiten und Kenntnisse, immer wieder verdrängten gewisse Wörter die Lethargie und machten der trügerischen Hoffnung Platz, der alte Jules sei auferstanden.

Doch immer öfter schob sich die verstörende Maske des Schwachsinns über seine Züge. Die anderen existierten nicht mehr für ihn, er war egoistisch wie ein kleines Kind.

Edmond litt. Er notierte: *Ich leide, ich leide, ich glaube, keinem liebendem Wesen war es gegeben, je so zu leiden, wie ich leide.*

Er gab Antworten auf Fragen, die man ihm nicht gestellt hatte. Wenn Edmond ihn fragte, weshalb er so mutlos sei, antwortete er:

»Nun gut, dann werde ich heute Abend im Chateaubriand lesen.«

Von morgens bis abends in den »Erinnerungen« zu lesen

war seine fixe Idee geworden. Er verfolgte ihn von morgens bis abends damit, und Edmond sah sich gezwungen, es geschehen zu lassen. Er gab vor, aufmerksam den zweifelhaften Vorlesekünsten seines Bruders zu lauschen, indem er hin und wieder nickte und bestätigende Laute von sich gab.

Wenn Jules zufällig einmal ein Buch aufschlug, das er selbst geschrieben hatte, sagte er: »War gut geschrieben.« Das erbarmungslose Imperfekt unterstrich die Tatsache, dass der Verfasser für immer gestorben war und dass all die Pläne für kommende Bücher, die sie gemeinsam entworfen hatten, nie ausgeführt werden würden. Unweigerlich füllten sich dann Edmonds Augen mit Tränen, und er fragte sich immer öfter, wie lange er den Anblick seines stumpfsinnigen Bruders wohl noch ertragen würde, dessen Verstand Tag für Tag schwand.

Jules ließ ihn keine Sekunde in Ruhe, selbst wenn er sich nachmittags erschöpft hinlegte, um einen Augenblick zu schlafen und zu vergessen, konnte er nicht auf Edmond verzichten, wollte immer in seiner Nähe sein, folgte ihm überallhin, war nicht abzuschütteln.

Ende Mai fasste Edmond den Entschluss, dem Leiden ein Ende zu bereiten. Die Entscheidung traf er weder über Nacht noch im Affekt, sie war überlegt und bestens vorbereitet, nichts wurde dem Zufall überlassen, nichts durfte schiefgehen.

Frühmorgens, als Jules noch schlief, setzte Edmond einen Brief an die Polizei auf, den er gut sichtbar auf seinen Schreibtisch legte, wo man das Kuvert nicht übersehen würde. In dem Schreiben nahm er die Schuld des Verbrechens auf sich, das er gleich begehen würde, ohne näher auf die Gründe einzugehen, die ihn dazu veranlassten. Sie bedurften keiner Erklärung, zumal er niemandem als sich selbst und seinem Bruder Rechenschaft schuldig war, seinem Bruder, der ihm, wäre er dazu fähig, nicht nur verzeihen, sondern auch gutheißen würde, was zu tun er entschlossen war.

Niemand durfte irrtümlich verdächtigt werden.

Pélagie hatte er frühmorgens weggeschickt und gebeten, erst gegen Abend zurückzukommen. Er hatte ihr anheimgestellt, entweder ihre Familie zu besuchen (so dass es Zeugen für ihre Abwesenheit gab) oder auf seine Kosten durch Paris zu flanieren, einzukaufen, was sie wollte, einzukehren, wo es ihr beliebte (damit sie gesehen wurde). Sie ahnte nicht, was ihr bei ihrer Rückkehr bevorstand. Um sie für den unerquicklichen Anblick zu entschädigen, der sie in Auteuil erwartete, setzte er sie als Erbin des Hauses ein. Das restliche Erbe – Bilder, Bücher, Kunstgegenstände und so weiter – sollte versteigert werden, damit Sammler wie sie in den Genuss der schönen Dinge kamen, die sie zusammengetragen hatten.

Kurz nach zehn betrat Edmond Jules' Zimmer. Jules war über der Lektüre von Chateaubriands »Erinnerungen« eingeschlafen; hochgeklappt lag das Buch wie ein kleiner Dachgiebel auf der Bettdecke. Er hatte die Augen halb geschlossen – die gelblichen Augäpfel und zwei Sicheln der hellgrauen Iris waren zu sehen – und bewegte im Schlaf die schmalen Lippen, auf denen sich beim stummen Sprechen kleine Bläschen bildeten, die in den Mundwinkeln platzten und im einfallenden Sonnenlicht in winzige Partikel zerstoben. Er zitierte Chateaubriand selbst im Schlaf.

Edmond, der nicht wusste, ob er ein- oder ausatmen

oder die Luft anhalten sollte – er wollte seinen Bruder nicht wecken –, umklammerte den Revolver mit der Rechten, die so feucht war, dass er fürchtete, er würde ihm aus der Hand gleiten, sobald er ihn aus der Tasche zog, noch bevor er die Waffe auf seinen Bruder richten konnte, was seinem Plan ein banales Ende bereiten würde. War es das, was er sich insgeheim wünschte?

Doch er hielt den Revolver fest.

Er hatte etliche Male in seinem Schlafzimmer geübt, natürlich ohne je einen Schuss abzugeben. Er hatte sein Kissen zusammengeknüllt, es sich unter den Arm geklemmt und die Mündung darauf gehalten. Das weiche Daunenkissen hatte keine Ähnlichkeit mit Jules' Kopf. Aber die Einbildung, es wäre Jules' Kopf, war stark genug gewesen, um ihn jedes Mal, wenn der Abzug zuschnappte, erschauern zu lassen. Kaum hatte er abgedrückt, versteckte er die Waffe hinter Büchern. Die Munition bewahrte er in seinem Nachtkasten auf. Er hoffte, der Revolver würde jetzt, da es ernst war, so wenig versagen wie er. Auf wen mehr Verlass war, wusste er nicht.

Er hatte keine Übung, aber er hatte eine Waffe. Der Revolver hatte dem alten Goncourt gehört und ihn vermutlich auf Napoleons Feldzügen begleitet; ob er ihn je benutzt hatte, im Krieg, bei der Jagd oder zur persönlichen Verteidigung, wusste er nicht. Von seiner Existenz hatte Edmond erst nach dem Tod seines Vaters erfahren, als er ihn unter dessen Nachlass in einer Truhe gefunden hatte, wo die Waffe wie alles andere sicher aufbewahrt wurde. Trotzdem hatte er sie nach Blutspuren abgesucht, als handelte es sich um ein Messer.

Es musste sein. Der Gedanke daran entwickelte sich

im Lauf weniger Tage zur Besessenheit. Der Zustand seines Bruders verschlimmerte sich ständig, deshalb würde er seinen Entschluss in die Tat umsetzen. Er würde seinen Bruder töten, danach sich selbst. Ein schnelles und gnädiges Ende musste es mit ihnen beiden haben. Edmond würde die Schuld im gleichen Atemzug tilgen, indem er sie auf sich nahm. Erschießen und erschossen werden in einem Atemzug. Einatmen und ausatmen. Das war die Tat. Das war der Plan. Das war das beste Ende. Die Tat eines Mannes, der täglich an den Rand der Gewissheit gedrängt wurde, dass sein Bruder noch ein ganzer Mensch, nicht schon ein Tier sei. Die Tat war kühl durchdacht. Das Leid würde im zusammenströmenden Blut erstickt. Es schreckte ihn nicht, sich eine Vorstellung von dem Anblick zu machen, den sie bieten würden. Die Brüder vereint. Arme Pélagie. Aber sie war – wie Rose – vom Land und hatte genug Tote gesehen, um von der unerfreulichen Szene nicht allzu abgestoßen zu sein.

Er trat auf Zehenspitzen auf das Bett zu, beugte sich über den Schlafenden, dessen Lippen sich nicht mehr bewegten, umschlang mit seiner Linken Jules' Schulter und zog ihn sachte hoch, er sollte in seinen Armen liegen, wenn es geschah, wenn er sich sicher fühlte, konnte er ihn leichter töten. Er hoffte, er würde nicht aufwachen. Sanft drehte er Jules' Kopf zu sich, während die Rechte tat, was er so oft geübt hatte. Er zog den Revolver aus der Tasche und hielt die Mündung an Jules' Schläfe. Die Waffe hatte die Temperatur seines Körpers. Aber sein Kopf war kein Kissen, er war unnachgiebig und hart.

Jules schlug die Augen auf, bevor Edmond abdrücken konnte. Ob er die Waffe an seiner Schläfe spürte und Edmonds Absicht durchschaute oder ob ihm etwas ganz anderes, ein Abschnitt aus Chateaubriands »Erinnerungen« oder eine eigene Erinnerung, durch den Kopf schoss, die ihm trotz seiner Verwirrung ankündigte, dass etwas Ungeheuerliches geschehen würde, wenn er sich nicht wehrte, war nicht zu erkennen. Dass er das, was geschehen sollte, nicht als willkommene Erlösung betrachtete, war hingegen offenkundig. Staunend und entsetzt sah Jules Edmond in die Augen, so direkt und flehend, als bitte er ihn um seine Zukunft.

Jules' Blick traf Edmond bis ins Mark. Die Verzweiflung darin übermittelte sich ungehindert seinen vor Spannung flatternden Nerven. Er ließ den Revolver sinken, als habe ihn ein elektrischer Schlag getroffen, und ließ sich selbst fallen. Kraftlos rutschte er vom Bett, über die Kante zum Fußboden, während sein Bruder verständnislos zusah, wie er vor ihm auf den Knien landete. Er verharrte dort eine Weile. Er konnte nicht denken. Er dachte an nichts.

Nach einer Weile griff Jules nach seinem Buch und nahm die Lektüre wieder auf, als wäre nichts gewesen. Er las Edmond mit erhobener Stimme etwas vor, was aber nicht bis in dessen Bewusstsein drang.

Edmond mühte sich aufzustehen.

Nie zuvor waren zwei so widersprüchliche Gefühle so stark gewesen wie in diesem Augenblick: Er liebte seinen Bruder, wie er ihn hasste, und hasste ihn, wie er ihn liebte. Dem war nichts hinzuzufügen, kein Kommentar, keine Rechtfertigung, auch nicht der Versuch, es von sich zu weisen. Es half nichts. Nichts half. Er würde bis zum bitteren Ende zusehen und aufschreiben, was mit Jules geschah.

Nach diesem verhinderten Mord- und Selbstmordversuch verließ Edmond das Zimmer, nicht ohne seinen Bruder auf die Stirn zu küssen, wie er es schon lange nicht mehr getan hatte. Er fragte sich, ob er dies eines Tages nur noch mit Widerwillen über sich bringen und wann dieser Tag kommen würde, und einen Augenblick lang wünschte er sich, keine Gedanken mehr zu haben, nicht mehr denken zu müssen, sich vielmehr in den gleichen Zustand versetzt zu sehen wie Jules, der immer weniger sein Bruder war, alles, alles zu vergessen und nur noch ein vegetierendes Wesen zu sein.

Immer wieder hatte Jules aber auch lichte Momente. Über seinen Gesundheitszustand sprach er jedoch nie. Logischen Zusammenhängen gegenüber war er insgesamt feindlich gesinnt oder unempfindlich. Nicht nur seine Intelligenz schrumpfte, auch seine Fähigkeiten zu Zärtlichkeit, Zuneigung und Sensibilität schwanden. Sein Zustand war tierhaft, mehr der Erde als dem Himmel verbunden, und es hätte Edmond nicht gewundert, wäre er plötzlich auf allen vieren gekrochen.

Liebte er seinen Bruder noch? Ganz gewiss schlugen ihre Empfindungen nicht mehr im gleichen Takt wie früher. Konnten sie noch vor einem Jahr sicher sein, sich beim Anblick einer Blume, beim Betrachten eines Kunstwerks oder in Gegenwart von Menschen verständnisvoll wiederzufinden, war statt der Harmonie nunmehr ein schriller Misston zu hören.

Versuchte Edmond Jules' Verstand anzusprechen, wich er aus und schnitt Grimassen. Jede Gedankenkette, die er zu knüpfen versuchte, riss über kurz oder lang. Löcher. Brüche. Fallstricke. Blicken wich er aus. Er selbst blickte unterwürfig und scheu, beinahe wie ein ungezähmtes Lebewesen. Lächeln oder gar Lachen waren ihm fremd geworden, nur Grimassen.

Ohnmächtig musste Edmond dem unaufhaltsamen Verfall seines Bruders beiwohnen und tatenlos und stumm mitansehen, wie dieser wieder und wieder den Fisch und das Fleisch, die Beilagen und das Gemüse salzte, bis alles ungenießbar war, was ihn nicht daran hinderte, mit Heißhunger darüber herzufallen, eine Hand an der Gabel, die andere Hand im Mund, wo sie ungeniert nach Gräten, Knorpelstücken und Fasern stocherte, die sich zwischen den Zähnen verfangen hatten. An die angeregten, vor Geist sprühenden Konversationen, die sie früher geführt hatten, ohne dass ihnen die Themen je ausgegangen waren, konnte er nur sehnsüchtig zurückdenken.

Eines Tages blätterte Jules minutenlang in einem Buch vor und zurück, hin und her, das Suchen nach der richtigen Stelle, der Seite, die er zuletzt gelesen hatte, wollte kein Ende nehmen, Edmond versuchte sich nicht anmerken zu lassen, wie sehr das Blättern ihn enervierte. Schließlich fragte Jules ihn knapp: »Wo bin ich nur?«

Aber all das war nichts gegen die Furcht vor dem Unbekannten, die Edmond nicht mehr verließ. Er ängstigte sich vor der fremden Kreatur, die eines Tages ganz Besitz von Jules ergreifen würde. Sie als Teil einer benennbaren Krankheit zu betrachten, war ihm nicht möglich. Jules war nicht krank. Er hatte sich verausgabt. Er hatte seine Kraft und seinen künstlerischen Ehrgeiz zu sehr herausgefordert.

Hätte er ihn doch aus dem Käfig befreien können, um den auf leisen Sohlen das namenlose Ungeheuer strich und den Moment abwartete, die Gitterstäbe aufzubrechen und Jules endgültig zu vernichten. Edmond war machtlos.

Die Bücher, die sie geschrieben hatten, betrachtete er inzwischen wie fremdartige Objekte.

Immer wieder versteinerte Jules, rührte sich nicht, schlug die Augen auf und zu, während die Pupillen unruhig hin- und herrollten.

Wenn Edmond ihn ansprach, hatte er den Eindruck, ihn aus dem Schlaf zu reißen. Wenn Jules ihn dann ungläubig betrachtete, musste er ihn mehrmals bitten, bis er schließlich – schrecklich gelangweilt – irgendeine Antwort erhielt. Irgendeine. Daran, dass sie sich nicht auf seine Frage bezog, hatte sich Edmond längst gewöhnt.

Edmond verhärtete sich angesichts der Qualen, die sein Bruder litt, auch gegenüber dem Leid anderer. Sprach ihn ein Bettler an, genügte ein »Habe nichts!«, um diesen zu vertreiben und sich selbst immer weiter von der Gesellschaft zu entfernen.

Er wurde selbst ein Fremder, der sich kaum noch für die anderen interessierte. Wie Jules las er nur noch wenig. Manchmal blätterte er in den eigenen Büchern und wunderte sich darüber, was sie gemeinsam verfasst hatten. Auch wenn er jeden Satz, den sie jemals gemeinsam niedergeschrieben hatten, wiedererkannte, fiel es ihm doch schwer zu glauben, mit welcher Leichtigkeit sie all das zustande gebracht hatten. Wenn er nun las, was gedruckt war, hörte er die Stimme seines Bruders, die Stimme von einst.

»Wenn du weiter so isst, werden sie uns hier nicht mehr bedienen! Pass auf mit der Schüssel!« – Jules hätte sie beinahe umgekippt. »Du isst wie ein Schwein!«

Edmond hatte seinen Bruder auf eine Art und Weise zurechtgewiesen, wie er es nie zuvor getan hatte – und nie mehr tun würde, denn danach fühlte er sich schuldig und schlecht, als hätte er Jules ins Gesicht geschlagen, und er wollte – und würde – Abbitte leisten, indem er in Zukunft, wo Restaurantbesuche immer seltener wurden und schließlich ganz ausblieben, keine Kritik dieser Art mehr übte und ihn erst recht nicht mehr abkanzelte, weder vor Fremden noch zu Hause.

Was machte Jules aus sich? Was machte Jules aus ihm? Was tat er Jules an? Dessen glänzende Tischmanieren, die von frühester Jugend an stets noch etwas feiner gewesen waren als seine eigenen, hatten sich in Nichts aufgelöst. Ja, er aß wie ein Schwein, und er hatte es ihm gesagt, als er feststellen musste, dass es nicht unbemerkt blieb; obwohl sie in einem einfachen Lokal saßen, fielen sie auf, so schlecht, wie Jules sich benahm. Die Gäste an den anderen Tischen, einfache Leute, beobachteten sie und stießen einander an, bestimmt dachten auch sie: Der isst ja wie ein Schwein, umklammert die Gabel mit der Rechten, mit dem Handrücken nach oben, wie ein Fleischer das Hackmesser; auch den Löffel hatte er wie ein Bauer gehalten, nicht wie ein Mann, dem die Grandezza der feinen Umgangsformen bereits in der Kindheit in Fleisch und Blut übergegangen war. Nichts davon war noch da, wie weggepustet, nichts mehr an seinem Platz.

Jules brach, noch während Edmond sprach, in Tränen aus: »Es ist nicht meine Schuld, nicht meine Schuld.«

Er streckte seine Hand nach der seines Bruders aus, die auf der Tischdecke lag, und nun weinten beide.

»Ist dir etwas ins Auge geflogen?«, fragte Jules nach einer Weile.

»Ja«, antwortete Edmond und fuhr sich über Stirn und Wangen.

Jules betrachtete Edmonds Hand wie ein fremdes Tier, bestürzt, fast angewidert, dann seine eigene und leckte sie ab, als sei es kaltes Besteck.

»Uesser«, sagte er. »Uabel. Uöffel.«

Er lachte unbändig und versank dann in tiefes Schweigen. Dass die anderen Gäste zu ihnen hinblickten, spielte nun keine Rolle mehr.

Eines Montags, als sie im Garten hinter dem Haus saßen und Jules wieder in den »Erinnerungen« las, blieb er fortwährend an einem Wort hängen. Es gelang ihm nicht, das Wort korrekt auszusprechen, er versuchte es Buchstabe für Buchstabe, es gelang ihm aber auch nicht, über diese Unfähigkeit hinwegzugehen, er machte immer neue Anläufe und stolperte und stolperte wieder. Je öfter er das Wort wiederholte, desto unverständlicher wurde es offenbar auch ihm selbst.

Plötzlich hielt er inne. Edmond näherte sich ihm, der wie versteinert dasaß und auf das aufgeschlagene Buch starrte, und bat ihn fortzufahren, doch Jules blieb stumm. Edmond bemerkte einen ihm unbekannten Gesichtsausdruck, Tränen standen in seinen Augen – oder einfach nur Wasser, das aus ihm herausströmte – und Furcht. Überwältigt von diesem Anblick nahm er Jules in den Arm, zog ihn zu sich und küsste ihn.

Jules begann Laute von sich zu geben, die keine Worte werden wollten, bedeutungsloses, wahnhaftes Gemurmel und Gebrabbel, eine stumme Angst versuchte sich Luft zu verschaffen, gelangte aber nur ungeformt und unverständlich über seine Lippen.

Edmonds Befürchtung, dass es sich um eine Sprechlähmung handelte, legte sich, als Jules sich innerhalb der nächsten Stunde allmählich beruhigte. Aber auch dann war er nicht fähig, etwas anderes als Ja und Nein zu sagen. Er blickte seinen Bruder aus trüben Augen an. Er schien nicht zu verstehen, was um ihn herum geschah.

Unvermittelt nahm er das Buch wieder zur Hand und wollte unbedingt lesen. Er las: »Kardinal Pa – Kardinal Pa – «

»Kardinal Pa – « Es war ihm unmöglich, den Namen auszusprechen.

Ungehalten rutschte er auf dem Sessel hin und her, nahm seinen Strohhut vom Kopf, fuhr sich mit den Fingern unentwegt über die Stirn, setzte sich den Hut wieder auf, nahm ihn ab und fuhr sich mit den Fingern erneut über die Stirn, als wollte er in sein Hirn eindringen. Er zerknitterte die Seite, die er zu lesen versucht hatte, riss sie heraus und hielt sie ganz dicht vor seine Augen. Er war verzweifelt. Dann stopfte er sich das Papier in den Mund. Edmond konnte ihn daran hindern, es hinunterzuschlingen.

Nie zuvor war Edmond Zeuge eines so traurigen, grausamen Schauspiels gewesen. Es war, als müsste er zusehen, wie der menschliche Verstand der Tatsache gewahr wurde, dass er, der einst weißes Papier zum Leben erweckt hatte, die Fähigkeit zu lesen für immer verloren hatte.

In solchen Augenblicken geschah etwas, was sich weder

beschreiben noch verstehen ließ. Es geschah außerhalb des Lebens, das Edmond kannte. Wo es in Jules' Leben stattfand, konnte er nicht einmal ahnen. Dessen flehentlicher Blick blieb undurchdringlich. Der Tod näherte sich.

Der Tod näherte sich. Wie nah er schon war, konnte niemand wissen.

Sie saßen auf einer Bank im Bois de Boulogne und betrachteten die zahlreichen farbigen Kutschen, luxuriösen Equipagen und bunten Kinderwagen, die an ihnen vorbeiglitten, und wer sie nicht kannte, hielt sie wohl für ein zufriedenes Brüderpaar, dessen Gattinnen zur Kur weilten oder bereits gestorben waren.

Da bemerkte Edmond eine schwarzgekleidete Nonne im Fond einer Kutsche, die wie der gestrenge Tod nach ihnen Ausschau zu halten schien. Der Überfluss und die Fröhlichkeit von Paris wurden verschluckt.

Wie ein kleines Kind beschäftigte Jules allein das, was er gerade aß, und das, was er am Leib trug. Empfänglich war er für eine Nachspeise und glücklich über ein Kleidungsstück, das er vergessen hatte und im Schrank entdeckte.

Ständig zerknüllte und drehte er irgendwelche Papiere, Stoffe, Wachs, Blätter, Brot und sonstige Lebensmittel zwischen den Fingern zu kleinen Gebilden, die er nach einer Weile achtlos zu Boden fallen ließ. Oft trat er unabsichtlich darauf, wenn er sich erhob, manchmal entschuldigte er sich mit Blick auf den Boden, als handelte es sich um lebende Wesen, und Edmond fragte sich, ob er die Dinge, die dort lagen, als das ausmachte, was sie gewesen waren, bevor er sie zwischen die Finger genommen und malträtiert hatte.

Wenn Edmond ihn etwas fragte, verneinte er wie ein verängstigter Junge, der sich vor ungerechter Bestrafung fürchtete.

»Nein«, sagte er dann.

»Wo bist du, mein Freund?«, fragte ihn Edmond einmal.

Nach einer langen Pause antwortete Jules: »Im leeren Raum.«

Er erinnerte sich an keinen einzigen Titel ihrer Bücher.

Er besaß allerdings noch immer zwei erstaunliche Fähigkeiten, er konnte Passanten mit wenigen Worten wie mit feinsten Pinselstrichen charakterisieren und fand noch immer das richtige Wort, um die Färbung des Himmels zu beschreiben.

Edmond suchte sich an diesen Lichtblicken festzuhalten, aber es waren eben nur flüchtige Momente.

## *15 Im leeren Raum*

Hätte Gott ihn sterben lassen, wie er Millionen andere Menschen sterben ließ, geschlagen von einer Krankheit, wie unzählige andere Menschen sie erlitten, bevor ein natürlicher Tod sie erlöste, hätte Edmond vielleicht den Mut besessen, Jules' grausames Schicksal als unabwendbar zu akzeptieren. Ihn langsam, wie unter der Folter, sterben zu lassen, indem er ihn nach und nach aller Talente und Fähigkeiten beraubte, die ihn von gewöhnlichen Sterblichen unterschieden, war eine grausame unnötige Qual. Es war, als martere man ein Tier, indem man ihm bei lebendigem Leib Bein um Bein und Flügel um Flügel ausriss. Gott war böse, wenn er existierte.

Doch als sie am 11. Juni unangekündigten Besuch von Edouard Lefebvre de Béhaine erhielten, der eben aus Italien zurückgekehrt war, traute Edmond seinen Augen und Ohren nicht. Wider Erwarten gebärdete sich Jules so normal und umgänglich wie in alten Zeiten. Beim Anblick des Jugendfreundes fand Jules jäh zu dem Leben zurück, das er vor Monaten scheinbar für immer hinter sich gelassen hatte. Die Krankheit fiel von ihm ab. Er redete klar und schön, geschliffen und deutlich, ohne zu stocken, und sein Gedächtnis stöberte mit Leichtigkeit Namen und Ereignisse aus der Vergangenheit auf, die kurz zuvor noch vergessen waren; er sprach, was Edmond am meisten wunderte, über ihre Bücher wie früher, als hätte er sie eben erst geschrieben.

Betört von Jules' altem Schwung lauschten Edmond und Edouard seinen Reden. Nur als er von den Tagebüchern zu sprechen begann, über die vor anderen zu sprechen sie sich stets verboten hatten, fuhr ihm Edmond über den Mund, das war zu viel, das durfte niemand wissen. Edouard hatte die Bemerkung offenbar überhört, jedenfalls ging er nicht darauf ein.

Als Edmond den alten Freund zum Wagen begleitete, gab auch er – der über Jules' Zustand unterrichtet war – seiner Verwunderung und Freude Ausdruck. Er hatte einen neuen, nicht wiederzuerkennenden Jules erwartet und mit Erleichterung den alten vorgefunden. War die Kehrtwende eingetreten, bestand nun Hoffnung, dass Jules sein Leben dort wieder aufnehmen würde, wo er es zu Beginn des Jahres aufgegeben hatte?

Als Edmond in den Garten zurückkehrte, wo er Jules sich selbst überlassen hatte, saß dieser mit tief ins Gesicht gezogenem Strohhut, die ausdruckslosen Augen starr zu Boden gerichtet, unbeweglich auf der Bank unter der blühenden Rosenhecke.

Es war ein Hoffnungsschimmer gewesen, nicht mehr, danach schlug Jules hinter seinem alten Selbst die Tür wieder zu und verschwand; es war ein Augenblick gewesen, ein Flackern.

Als Edmond ihn ansprach, antwortete er nicht.

Der Ertrinkende hatte sich nicht ans Ufer retten können. Er trieb in den Fluten, die über ihm zusammenschlugen, dem sicheren Tod entgegen.

Die Melancholie, die ihn jetzt wie Trauerflor umgab, war eine andere als in den Tagen zuvor, sie erinnerte Edmond an Christus' Gefühl der Verlassenheit am Ölberg, das göttliche Wesen war sich seiner menschlichen Unzulänglichkeit bewusst geworden. Edmond setzte sich neben seinen Bruder und blieb sitzen, bis der Abend dämmerte, ohne ein Wort zu sagen. Es wurde kühl, und Pélagie brachte ihnen ungefragt und wortlos etwas zum Überziehen. Jules hielt sie am Handgelenk fest. Sie musste Finger um Finger lösen, um sich von seiner Umklammerung zu befreien.

Am nächsten Tag ging Edmond allein auf den Wegen hinter dem Haus spazieren, die wie durch einen Park an den benachbarten Villen vorbeiführten. Den Spazierstock, den er stets bei sich trug, um angriffslustige Hunde oder tollwütige Füchse abzuwehren, brauchte er diesmal nicht. Nicht sie vertrieben ihn, sondern das Lachen der Menschen, die sich ihrem Glück, dem ersten sommerlichen Hochgefühl, wie einem befreienden Laster hingaben. Manche hielten sich in ihren Gärten oder auf den Terrassen auf und speisten zu Mittag, die Erwachsenen an den Tischen, die Kinder mit Spielen beschäftigt. Edmond musste sich abwenden, zu sehr und zu schmerzlich erinnerte er sich an die eigene Jugend, in der er seinen kleinen Bruder beim Spielen beobachtet hatte.

Auf dem Rückweg fiel sein Blick zufällig auf die Hausnummer eines großen Hauses, die ihm zwischen dem Efeudickicht wie ein Menetekel entgegenleuchtete, eine weiße 13 auf dunkelblauem Grund; es war so weit mit ihm gekommen, dass er noch abergläubisch wurde.

Erst später bemerkte er einen kleinen kurzhaarigen karamellfarbenen Hund, der ihm unauffällig gefolgt war, der zu niemandem zu gehören schien und der zu ihm aufblickte, als wollte er von ihm gestreichelt werden. Auffallend war, dass er, anders als die anderen Hunde in dieser Gegend, nicht bellte und nicht nach ihm schnappte. Er schaute einfach zu ihm hoch und wedelte mit dem Schwanz. Edmond unterdrückte seine erste Regung, den Stock zu heben, um ihn zu verjagen; er hatte im Blick des Hundes etwas gesehen, was ihn an Jules erinnerte, Vergeblichkeit und Traurigkeit und eine Bitte.

In der Nacht von Samstag auf Sonntag, den 19. Juni, um zwei Uhr morgens, löste er Pélagie am Krankenlager ab, das nun zum Sterbebett wurde. Seit Donnerstag sechs Uhr nachmittags war Jules nicht mehr bei Bewusstsein, auch hatte er seitdem nicht mehr gesprochen.

Sein Atem ging schwer. Sein Blick war erloschen. Immer wieder griff sein dünner Arm nach etwas, was nur er sah; aus seinem Mund drangen unverständliche Worte. Durch das offene Fenster fiel das elektrisch klare weiße Licht eines Balladenmonds. Wenn Jules' Atem aussetzte, fühlte Edmond nach seinem Puls; mit Hilfe der Repetieruhr ihres Vaters maß er den Pulsschlag. Selbst die hohen schwarzen Bäume vor den Fenstern schwiegen. Aber das Ticken der Uhr war zu hören. Als riefen Vater und Mutter Jules mit tonloser Stimme zu sich: Komm, komm, komm.

Trotz der dreifachen Dosis Brom, die er ihm eingeflößt hatte, schlief Jules keinen Augenblick. Unaufhörlich bewegte er den Kopf hin und her, gab Laute von sich – und seufzte. Aus der Ferne drang der markerschütternde, langgezogene Schrei eines Esels an Edmonds Ohr, und er hoffte, Jules höre ihn nicht.

Er hörte ihn nicht. Er reagierte nicht.

Unter dem sich aufhellenden Himmel begannen die Amseln zu pfeifen.

Der Hund vom Vortag blickte ihn aus Jules' Augen an und verzauberte ihn. Jules war nur noch eine zitternde Flamme, die jeden Moment erlöschen konnte.

Noch am Donnerstag hatte Jules ihm aus den »Erinnerungen« Chateaubriands vorgelesen, kaum verständlich, aber mit der größten Anstrengung. Seinem älteren Bruder vorzulesen war die einzige Freude und Zerstreuung, die ihm geblieben war, doch sie erschöpfte ihn sehr.

Edmond hatte ihn gebeten, die Lektüre zu beenden und mit ihm im Bois spazieren zu gehen, er widersetzte sich zunächst und willigte dann ein, doch nachdem er mit Edmonds Hilfe aufgestanden war, schwankte er plötzlich, kaum hatte er einen halben Schritt gemacht, und fiel vornüber in den Sessel, der neben dem Bett stand, der Tod kam näher, der Tod berührte ihn, Edmond konnte ihn spüren, es war, als schnitte ein eisiger Windzug einen Keil zwischen seinen Bruder und ihn. Komm, komm, komm. Er half ihm auf, drehte ihn um, half ihm ins Bett, fragte ihn, was er benötige. Er antwortete nicht.

Edmond wollte wissen, ob er ihn erkenne. »Wer bin ich?« Jules antwortete mit einem höhnischen Lachen, das zu besagen schien, wer ihm eine so dumme Frage stelle, könne keine Antwort erwarten.

Auf das Gelächter folgte ein Augenblick der Stille. Jules betrachtete ihn ruhig und schien auf etwas zu warten. Doch noch bevor Edmond das erlösende Wort fand, warf Jules den Kopf in den Nacken und stieß einen heiseren Schrei aus. Edmond sprang auf und schloss das Fenster, kein Fremder, kein Nachbar sollte seinen Bruder so hören. Dann entstellten Krämpfe Jules' Gesichtszüge, der ganze Körper begann zu zucken und zu zittern, er verdrehte und verwarf Arme und Beine, und aus seinem aufgerissenen Mund lief blutiger Speichel. Edmond setzte sich hinter ihn auf das Kopfpolster, hielt seine Hände fest und drückte seinen Kopf gegen seine Brust und den Oberkörper gegen seinen Bauch. Todesschweiß rann über Edmonds Oberschenkel.

Nach diesem heftigen Anfall fiel er in eine Art Koma. Seine Züge glätteten sich allmählich, bis er beinahe der Alte war.

Es folgten mehrere Anfälle, die weniger stark waren. Ihr Auftreten war so unausweichlich wie unvorhersehbar. Also rechnete Edmond jeden Augenblick damit, glaubte, erste Anzeichen zu erkennen, die folgenlos blieben, und war erleichtert, wo Grund zur Sorge angebracht gewesen wäre. Es gab keine Regel und keinen Verlass. Anders als einem Arzt oder einer Krankenschwester gelang es Edmond nicht, sich ins Unvermeidliche zu schicken.

Den Anfällen folgten Phasen der Entspannung. Manchmal lag Jules da wie versteinert. Dann wieder streckte er die Arme aus und ließ seine Hände wie Vögel über der Bettdecke flattern. Er wischte sich unsichtbare Spinnweben aus dem Gesicht. Seine Stirn war schneeweiß, seine Augen blutunterlaufen, die Lippen bläulich. Schweißtropfen bedeckten das ganze Gesicht. Er flüsterte und verstummte plötzlich.

Pélagie und Edmond ließen ihn von nun an nicht mehr aus den Augen. Stets wachte einer von beiden an seinem Bett. Der Tod kam näher, sie hörten es am schnellen, flachen Atem. Der dünne Umriss seines Profils warf einen unwirklichen Schatten auf das weiße Kissen. Das flackernde Licht der Kerze kämpfte einen aussichtslosen Kampf mit der Morgenröte, bis sie erlosch, wie Jules verlöschen würde. Es war entsetzlich und unheimlich, dem Erwachen des Tages und der Vögel beizuwohnen, während ein junges Leben zu Ende ging.

Das Tageslicht, das auf das ausgemergelte Gesicht des Sterbenden fiel, hob die Falten und Schatten um Augen und Mund noch stärker hervor als der Schein der Kerze.

Edmond verfluchte die Literatur und malte sich aus, wie er diesen Fluch laut hinausschreien würde. Doch wer würde ihn hören, und was würde es ändern? Ohne ihn hätte sich Jules nicht auf die gefährlichen Pfade der Literatur begeben, ohne ihn hätte er sich keinen Bruder zum Vorbild genommen, der Schriftsteller sein wollte. Talentiert, wie er war, hätte er sich einen Namen als Künstler gemacht, als Maler hätte er sich nicht das Hirn zermartert, um das richtige Wort zu finden, er hätte nach der Palette gegriffen und geduldig so lange die Farben gemischt, bis er den passenden Ton gefunden hätte – und er müsste nicht sterben, er würde leben.

Edmond fürchtete, dass Jules ihn nicht wiedererkennen würde, wenn er erwachte. Nie blickte er ihn an, nie erwiderte er seinen sanften, sorgsamen Händedruck, er fürchtete, Jules würde kein Abschiedswort an ihn richten. Er gab die Hoffnung nicht auf. Er saß da. Er wartete. Er sah ihn an. Er sprach zu ihm.

Er wollte mit Jules allein sein, er duldete keine Krankenwache, nicht einmal Pélagie, die stets im Hintergrund blieb.

Sollte ihm ein Augenblick des Wiedererkennens vergönnt sein, sollte Jules' Blick keinem anderen Gesicht begegnen als seinem, und er fragte sich, ob die Mutter, die ihm auf dem Sterbebett ihren jüngsten Sohn anvertraut hatte, mit ihm zufrieden wäre.

Edmond wünschte sich für Jules einen sanften Tod, ein unmerkliches Hinübergleiten. Stattdessen musste er ihn leiden sehen. Selbst die Eisstückchen, die er ihm in den Mund legte, vermochte er kaum zu schlucken. Sein Atem ging schwer und dröhnend wie ein verstimmter Kontrabass, verröchelte in herzzerreißenden Seufzern und stand in krassem Gegensatz zum filigranen Wesen, das Jules binnen weniger Wochen geworden war.

Er rief nach ihr. Edmond verstand, dass er nach seiner Mutter rief.

Zweimal sprach er deutlich den Namen der Geliebten Maria aus. »Ma-ia. Ma-ia.«

Was für ein Glück hatten jene, die an Gott glaubten. Er glaubte nur an das Ende, und er, der sonst nie betete, betete, dass es schmerzlos eintreten möge.

Um acht Uhr abends begann Jules' Herz so wild zu schlagen, als wollte es Haut und Knochen durchstoßen und sich aus seinem engen Gehäuse befreien.

Edmond betrachtete Pélagie, die über ein kleines Gebetbuch gebeugt war. Das Unsichtbare trat deutlicher hervor als das Sichtbare. Dann wurde Jules von den Schatten verschluckt, die ihn umgaben.

Sein Atem klang nun wie eine Säge, die unaufhörlich

und unbeirrt in feuchtes Holz schnitt. Nichts bewegte sich außer seiner Brust, die das Laken hob und senkte, das auf ihm lag.

Würde Gott ihm das Aufbäumen kurz vor dem Eintritt ins Totenreich ersparen und ihn stattdessen gnädig und widerstandslos hinübergeleiten?

Die Morgendämmerung verlieh den tief in ihre Höhlen eingesunkenen halb geöffneten Augen die fahle Farbe des Todes, die man wohl malen, aber kaum beschreiben konnte. Jules hätte das treffende Wort dafür vielleicht gefunden, um den Preis eines nur halb gelebten Lebens, dessen Faden mit neununddreißig Jahren abgeschnitten wurde.

Dann endlich geschah das, worauf Edmond so lange gewartet hatte: Jules' Blick suchte den Blick seines Bruders, hielt ihn fest und nahm ihn für einige Sekunden in ihre gemeinsame Vergangenheit mit. Edmond war bereit, ihn zu begleiten, auch in den Tod. Doch Jules würde ihn fürs Erste allein zurück lassen.

Seine Hände fühlten sich an wie nasser Marmor.

Am 20. Juni 1870 um neun Uhr vierzig seufzte Jules dreimal leise und erleichtert wie ein Kind vor dem Einschlafen und starb.

Das Laken hob und senkte sich nun nicht mehr. Das Zimmer bewahrte Jules' letzten Atemzug. Nach einigen Minuten öffneten sich seine Augen wieder. Edmond küsste ihn ein letztes Mal. Als er sich entfernte, schien Jules' Blick ihm zu folgen.

Pélagie unterlegte seinen Kopf mit dem dicksten Buch,

das sie fand. So erhöht schien er aufmerksam zu lauschen. Doch die Vorspiegelung von Leben wurde durch die blau angelaufenen Fingernägel widerlegt. Er war gestorben.

Edmond fragte sich, ob der Tod sich mit einem von beiden begnügte oder ob er sich die andere Hälfte ebenfalls holen würde, er war bereit, Jules zu folgen.

Je länger er ihn betrachtete, desto stärker wurde sein Eindruck, Jules bedauere nicht das Ende seines irdischen Lebens, sondern die Tatsache, dass sein Werk unvollendet bleiben würde. Und vielleicht bedauerte er auch, seinen Bruder allein zurückgelassen zu haben.

In der ersten Nacht, die Jules' Sterben folgte, wich die Verzweiflung der letzten Tage der Erleichterung, den Bruder vom Leben erlöst zu sehen, das für ihn am Ende nichts als Qualen bereitgehalten hatte.

Die folgenden Stunden bis zum Morgen verharrte Edmond abwesend, während um ihn herum allerlei vor sich ging. Durch die halb offene Tür des Speisezimmers sah er vier Männer mit schwarzen Hüten, die Bestatter.

Gemeinsam mit ihnen stieg er in Jules' Zimmer hinauf, wo der Sarg bereits auf sie wartete. Aufgrund der großen Hitze war es unumgänglich, den Verblichenen bald zu bestatten.

Die Männer entfernten die Decke, zogen ein Leintuch unter den Leichnam und wickelten ihn wie ein Paket zum Versand vollständig ein. Edmond bat sie um Vorsicht: »Ich weiß, dass er tot ist, aber dennoch, seid vorsichtig.«

»Wenn es Sie zu sehr schmerzt, sollten Sie unten warten«, sagte einer der Männer, doch er blieb. Er wollte bis zum letzten Augenblick, da Tageslicht auf seinen toten Bruder fiel, dabei sein, und er wollte ihn nach unten begleiten.

Sie gingen mit der größten Umsicht vor und legten ihn in den Sarg, der mit wohlriechendem Sägemehl ausgelegt war.

»Wenn Sie irgendein Erinnerungsstück in den Sarg legen möchten, Monsieur, wäre es nun der richtige Augenblick.«

Edmond bat den Gärtner, der sich eingefunden hatte, im Garten sämtliche Rosenblüten abzuschneiden; die Rosen sollten ihn dorthin begleiten, wo nichts blühte und wo kein Haus war wie dieses, das sie erworben hatten, um lange darin zu leben, umgeben von schönen Dingen, ihren Studien und Büchern verpflichtet.

Pélagie und er bedeckten den Toten mit Rosen. Zum Schluss legte Edmond eine weiße Rose dorthin, wo sich sein Mund deutlich unter dem Leichentuch abzeichnete. Danach füllten die Männer den Sarg mit dem restlichen Sägemehl, bis der Leichnam ganz darunter verschwunden war. Der Deckel wurde leise aufgelegt, als schlösse man eine Tür, und festgeschraubt, es war vorbei, Edmond ging nach unten.

Für eine Weile vergaß er, was war und was gewesen war, es war, als wäre alles ausgelöscht, auch die Erinnerung an Jules, sein Sterben und die Endgültigkeit seines Todes.

Die Sonne schickte gleißende Strahlen in Jules' Zimmer, als wollte sie ihm ein letztes Mal bestätigen, wie viel Schönheit er in die Welt gebracht hatte. Die Strahlen spiegelten und spielten auf dem glattpolierten Sarg und auf dem großen Blumenstrauß, den Pélagie zusammengestellt hatte und in dem die Magnolienblüte leuchtete, deren Erblühen Jules noch mit eigenen Augen gesehen haben musste.

In dem kleinen Zimmer herrschte ein Durcheinander, als bereite man eine Reise vor. Der Gedanke schoss Edmond durch den Kopf, Jules habe eben das Haus verlassen, um einen Wagen zu rufen, der sie aufs Land bringen würde. Die Wahrheit holte ihn sogleich ein.

Seine Augen glitten langsam über die vertrauten Gegenstände, auf die Jules' Blick täglich gefallen war: die Vorhänge seines Betts, die wie die Portieren bereits in der Rue Saint-Georges gehangen hatten, auch die Bilder und Zeichnungen, der große weiße Tisch, dessen Platte große Tintenflecke aufwies, darauf hatten sie das Buch über Gavarni geschrieben, die Hanteln, die in einer Ecke lagen, seit Monaten hatte Jules sie nicht mehr benutzt.

Mittags aß er allein am Esstisch. Beim Anblick des Stuhls, auf dem Jules stets gesessen hatte und der nun für immer leer bleiben würde, übermannte ihn ein Weinkrampf, und er konnte keinen Bissen mehr essen.

Kurz darauf wurde ein Brief aus England abgegeben; ein Verleger schlug ihnen vor, ihre Geschichte Marie-Antoinettes ins Englische zu übersetzen. Welche Freude hätte Jules gehabt, hätte er das erlebt.

Er schrieb ins Tagebuch:

*Je länger ich darüber nachdenke, desto gewisser bin ich mir, dass seine Arbeit an der Form, sein Bemühen um den Stil schuld an seinem Tod waren. Eben erinnere ich mich an die rastlosen Stunden, die er damit zubrachte, Geschriebenes umzugestalten, zu überarbeiten und von Neuem zu korrigieren, und wie er sich nach diesen Kraftanstrengungen und geistigen Verausgabungen, die dem Zweck der Vervollkomm-*

*nung der französischen Sprache hinsichtlich ihrer unerschöpflichen Möglichkeiten dienten, völlig entkräftet auf das Sofa fallen ließ, um sich schweigend und traurig dem Rauchen hinzugeben; nur zu gut erinnere ich mich daran, wie oft seine hartnäckigen und eigensinnigen Kämpfe vom Verdruss und der Wut über die eigene Unzulänglichkeit heimgesucht wurden.*

Am folgenden Morgen um neun Uhr schlugen die Kirchenglocken. Eine Stunde später trat Edmond in den Garten hinaus, wo er mit zwei Sargträgern zusammenstieß, die zwischen zwei von der Sonne grell beleuchteten Kirchenleuchtern auf zwei Holzböcken saßen.

Der Sarg wurde die Treppe hinunter durch das Speisezimmer in den Garten getragen. Unter den Wartenden, die dort standen, entdeckte Edmond einen ihm unbekannten Alten, der ihn an jemanden erinnerte. Als er sich nach dessen Namen erkundigte, stellte sich heraus, dass es sich um den alten Kutscher der Familie ihrer Cousinen handelte, der den kleinen Jules dreißig Jahre zuvor zu sich auf den Kutschbock gehoben hatte, um seinen Händchen die Zügel seiner Pferde zu überlassen.

Obwohl seine Augen alles registrierten, was vor sich ging, gelang es ihm nicht, die endgültige Trennung als unumstößliche Tatsache zu akzeptieren. Sein Kopf verwarf das Nimmermehr, und er konnte sich nicht vorstellen, dass er sich je damit abfinden würde.

Die Trauerfeier fand in der alten Kirche von Auteuil statt, wo sich zahlreiche Freunde, in der Hauptsache Künstler und Schriftsteller, darunter Flaubert und Gautier, versammelt hatten. Prinzessin Mathilde hatte sich für den

Gottesdienst durch Popelin vertreten lassen, nur eine einzige Frau, Madame Feydeau, befand sich unter den Trauergästen. Böse Zungen behaupteten, die kleine Kirche sei halbleer gewesen, die Zeitungen hingegen nannten viele Namen, die, wenn auch nicht in der mondänen, so doch in der literarischen Welt etwas galten.

Edmond selbst sah wenig von dem, was um ihn herum geschah, anders als sonst nahm er kaum wahr, wer und wie viele gekommen waren, wer anwesend war und wer fehlte; er war außerstande, es denjenigen übelzunehmen, die seinem Bruder das letzte Geleit verweigerten.

Der Chorgesang war nicht auszuhalten, das ständig wiederholte *Requiescat in pace* eine Tortur, als ob die Ruhe, die hier herbeigefleht wurde, nach Jahren der Arbeit und des Kampfes nicht das Mindeste wäre, was sein Bruder als Lohn erwarten durfte. Aber doch nicht in diesem Ton!

Die Hitze schien Edmond keinen Augenblick länger erträglich, als er aus der Kirche trat, aber er ertrug natürlich auch sie. Flaubert und Gautier hakten ihn unter, als sie auf die Kutsche zugingen, da sie fürchteten, der Schwankende, dessen Kräfte aufgezehrt schienen, würde zusammenbrechen, wenn sie ihm nicht beistanden. Sie halfen ihm in die Kutsche und fuhren nun zu dritt dieselbe Strecke, die er gemeinsam mit Jules so oft zur Prinzessin gefahren war. Während er und seine Mitfahrer schwiegen, überfiel ihn nach kurzer Zeit eine Müdigkeit, die ihm geradezu körperliche Schmerzen bereitete. Er schloss die Augen. Kurz vor der Ankunft schreckte er hoch, als der Wagen eine scharfe Kurve nahm. Er war eingeschlafen.

Als sie vor dem Grabmal der Eltern und ihrer im Kindesalter verstorbenen Geschwister standen, fiel ihm Mathilde, die ihn bereits erwartete, um den Hals und weinte hemmungslos wie ein kleines Mädchen.

Was auch immer die Trauergäste in der Kirche und auf dem Friedhof sonst noch beschäftigt haben mochte, die wohl größte Aufmerksamkeit erregte die unglaubliche Veränderung, die in den letzten Stunden mit Edmond vor sich gegangen war. Während jene, die ihn heimlich von der Seite beobachteten, wie er in der Kirche an Flauberts Seite in der ersten Reihe saß, zunächst an eine optische Täuschung glaubten, erwies sich das, was sie sahen, schließlich als unumkehrbare Metamorphose. Mochten sie zunächst glauben, dass es die Reflexe der alten Glasfenster waren, die einen bläulichen Schimmer auf sein kaum ergrautes volles Haar warfen, wurde es beim Verlassen der Kirche zur kaum fraglichen Gewissheit und auf dem Friedhof zur unumstößlichen Tatsache: Sie waren Zeugen eines nie zuvor gesehenen Vorgangs geworden. Sie hatten zugesehen, wie das Haar des Witwers – so bezeichnete er sich an diesem Tag mehrfach selbst – buchstäblich die Farbe wechselte. Als ginge eine unendlich langsame Welle über ihn hinweg, wurde Stelle um Stelle seines Haars, von der Stirn bis zum Hinterkopf, immer heller, bis es weiß wie Muschelkalk war. Wie jene zum Tode verurteilten Männer, die man zum Schafott führte, war er auf dem Weg von zu Hause zu Jules letztem Wohnsitz um Jahre gealtert. Es gab also eine Menge zu tuscheln, wovon er selbst jedoch keine Notiz nahm.

Edmond schleppte sich zwischen seinen Freunden mühsam dahin, als hätten sich seine Füße in einer Falte des brüderlichen Leichentuchs verfangen, dachte Gautier. Nie zuvor hatte der Dichter einem so traurigen Ereignis beigewohnt. Obwohl Philosophen und Vertreter der unterschiedlichsten Künste anwesend waren, Menschen, die es gewöhnt waren, Schmerz zu ertragen und Schmerz heraufzubeschwören, waren die meisten unfähig, ihre Nerven zu bezwingen. Sie weinten oder schluchzten und schnäuzten sich in ihre Taschentücher.

## *16 Die Ermordung eines Huhns*

Zwei Tage später reiste Edmond zu seiner Cousine Augusta nach Bar-sur-Seine. Die Vorstellung, nach Auteuil zurückzukehren, bereitete ihm das größte Missbehagen, weshalb er den Entschluss gefasst hatte, das Haus entweder zu verkaufen oder zu vermieten. Er hatte eine Anzeige aufgegeben und umgehend ein seriöses Angebot eines interessierten Mieters erhalten. Doch kaum war diese Bewerbung auf dem Tisch, änderte Edmond seinen Entschluss. Er war an dieses Haus, in dem er so gelitten hatte, gebunden; das unsichtbare Band zu durchtrennen war ihm nunmehr unmöglich. Er antwortete dem Interessenten, dass er es sich anders überlegt habe und das Haus weder vermieten noch verkaufen werde.

Im Haus gegenüber lag eine alte Magd seiner Cousine im Sterben.

Edmond war nicht krank, aber sein Körper verweigerte die Bewegung, er wollte weder spazieren noch sich unnötig anstrengen.

Stundenlang saß Edmond untätig da, ohne Pläne und ohne Zukunft, es gab nichts anderes als die Vergangenheit, die er mit seinem Bruder geteilt hatte, Jahre, die sich nicht zurückholen ließen; er bereute, sie nicht besser genutzt und sich nicht jede einzelne Minute eingeprägt zu haben. Er fürchtete das Vergessen und spürte in seiner Magengrube ein nervöses Gefühl der Leere, das durch die Angst vor einem offenbar unabwendbaren Krieg – die Zeitungen waren voll davon, alle mutmaßten darüber – noch verstärkt wurde. Leere und Angst, zwei Dinge, von denen er vor kurzem noch gedacht hatte, sie schlössen sich aus, waren eine untrennbare Koalition eingegangen.

Drüben starb die Magd.

Er besuchte die Sterbende, die er kaum gekannt hatte, als könnte er vom Tod nicht genug bekommen, als würde er dort, wo er schon wieder am Werk war, eine Faser seines Bruders wiederfinden.

Um das Bett der Magd saßen fünf einander zum Verwechseln ähnliche schwarzgekleidete Frauen und murmelten wohl dieselben unverständlichen Gebete, die bereits die sterbende Magd an den Sterbebetten ihrer Verwandten und Freundinnen gebetet hatte.

Edmond blieb unter der Tür stehen und ließ es sich gefallen, dass sich die Köpfe der Klagenden nach ihm umdrehten, während sich die Münder weiter bewegten. Er stand da und wartete. Die Sterbende, deren Nasenspitze weiß wie Gips war, befand sich schon in einer anderen Welt, die Betenden saßen an der Schwelle und achteten darauf, im entscheidenden Augenblick zurückzuweichen, sie wollten nicht ins Jenseits mitgerissen werden.

Jeder Tag wurde zum Gedenktag seines Schmerzes, seiner sich stets erneuernden Trauer, donnerstags erinnerte er sich an den Donnerstag, als sein Bruder den großen Anfall gehabt hatte, freitags dachte er an den Freitag, als er geglaubt hatte, eine Besserung sei eingetreten, samstags, sonntags und montags durchlebte er die Erschütterungen der drei letzten Tage von Jules' Leben, und am 20. Juli, einen Monat nach seinem Tod, wurde ihm bewusst, dass er nun seit dreißig Tagen für den Rest seiner Tage von ihm getrennt sein würde.

Er war traurig, gebrochen, am Boden zerstört; aber er aß mit gutem Appetit.

Der bevorstehende Krieg, von dem alle sprachen, bedeutete zugegebenermaßen eine willkommene Ablenkung.

Er hätte gern von Jules geträumt, in Gedanken war er während des ganzen Tages bei ihm, doch seine Hoffnung, er würde ihn nachts aufsuchen, erfüllte sich nicht, seine Träume blieben leer, Jules suchte ihn im Schlaf nicht heim.

Und dann träumte er eines Nachts endlich doch von ihm. Jules war wie er selbst in tiefer Trauer. Sie schlenderten gemeinsam eine Straße entlang, die Ähnlichkeit mit der Rue Richelieu hatte, und wollten irgendeinem Theaterdirektor ein Stück überbringen, von dem sie sich Erfolg und Einkünfte erhofften. Auf dem Weg trafen sie einige Freunde, darunter Gautier. Wie alle anderen wollte auch er Edmond kondolieren, stutzte aber und hielt inne, als er Jules erblickte, der, wie es seine Gewohnheit gewesen war, auch im Traum ein paar Schritte hinter ihm ging.

Hin- und hergerissen zwischen der Gewissheit, dass Jules' Gegenwart nichts anderes bedeuten konnte, als dass er lebte, und dem unbestreitbaren Wissen, dass er tot war, begannen Zweifel an ihm zu nagen, die erst dann verschwanden, als er erwachte.

Anfang August kehrte er nach Paris zurück, wo eine drückende Ruhe herrschte. Auf den Boulevards waren kaum Kutschen zu sehen, die Geräusche der Stadt erstickten unter der bangen Erwartung, die die Bevölkerung in Schach hielt, nachdem Napoleon III. am 19. Juni dem Norddeutschen Bund den Krieg erklärt hatte.

Er suchte die Prinzessin auf, deren Palast in Schweigen und schwarze Tücher gehüllt war, die ihre Möbel bedeckten, zwischen denen sie, ihren Befürchtungen ausgeliefert, auf Neuigkeiten wartete, Besuche erhielt sie jetzt, da die meisten Freunde auf ihren Landsitzen ausharrten, kaum. Sie hatte sich mit dem Kaiser getroffen, den sie davon abzuhalten versuchte, in den Krieg zu ziehen, da er krank, zermürbt, kein Vorbild für die Truppen und der ganze Krieg ein unsinniges Unterfangen war. Kaiserin Eugénie aber tat alles, um ihn zum Krieg zu treiben. Mathilde saß, ganz in Schwarz gekleidet, mit übereinandergeschlagenen Beinen auf einem der wenigen freien Sessel und wippte unruhig mit ihrem Stiefelchen. Um den Gefühlssturm, der in ihrem Inneren tobte, zu besänftigen, presste sie die Lippen aufeinander, die sich doch immer wieder öffneten, um einen Fluch auszustoßen, den sie nicht unterdrücken konnte. Selbst als sie über die Kaiserin sprach, wollte die alte Ironie, mit der sie sonst über sie herzog, nur matt aufflackern.

Edmond bemerkte Lücken im abgedeckten Mobiliar des Hauses, die darauf hindeuteten, dass sie einen Umzug vorbereitete, über den sie nicht sprechen wollte; sollten die Deutschen in Paris einmarschieren, war sie hier nicht mehr sicher. Aber wohin mit den Sachen?

Plon-Plon war bereits geflohen, sie selbst würde sich nicht so schnell vertreiben lassen.

Edmond sprach über das bedrängte Vaterland und wie sehr er Jules in diesen schweren Zeiten vermisste. Mathilde nickte abwesend, während ihr Blick ruhelos durch den Raum schweifte und nach einem Punkt Ausschau zu halten schien, von dem aus sie sich orientieren konnte. Wer würde in ihrer Abwesenheit den Wintergarten unterhalten und was würde damit geschehen, wenn sie nicht zurückkehrte? Was sie dachte, brauchte sie nicht auszusprechen, es ließ sich leicht an ihrem Verhalten ablesen.

Am einsamsten fühlte Edmond sich abends, wenn er allein im Garten saß und rauchte und die Gegenwart seines Bruders vermisste, der nicht mehr neben ihm saß, um ihn mit seinen erlesenen Geistesblitzen zu unterhalten. Wie sehr, wie oft hatten sie gelacht. Welche Bilder und Vergleiche wären ihm wohl eingefallen, wenn er von den Kämpfen und Demütigungen der französischen Armee im Osten des Landes gehört hätte?

Paris war seit den Niederlagen bei Weißenburg und Spichern Anfang August 1870 wie gelähmt. Die Gesichter der Menschen drückten die herrschende Unsicherheit, die Ungeduld und den Überdruss, vor allem aber die nackte Angst aus, die immer weiter um sich griff. Es gab keine Ablenkungen mehr, an Unterhaltung wollte niemand denken, der um sein Leben fürchten musste.

Schön und schmuck blitzten die französischen Uniformen, aber gab es bessere und leuchtendere Zielscheiben für preußische Gewehre und Krupp'sche Kanonen als herausgeputzte Soldaten? Die Menschen sahen krank und elend, grau und verwittert aus, unter ihnen war wohl niemand, der nicht wusste, dass die Herrschaft des Kaisers und die friedlichen Tage gezählt waren.

Am 2. September 1870 unterlagen die Franzosen den Preußen auch in Sedan. Napoleon III., der als letzte kaiserliche Handlung geschminkt wie eine alte Kokotte hoch zu Ross vor seinen Soldaten paradierte, wurde gefangen genommen. Zwei Tage später riefen die Franzosen die Republik aus, der schwerkranke Kaiser wurde abgesetzt. Unter der Führung Preußens bereiteten die deutschen Armeen die Einnahme von Paris vor.

Statt Berlin zu erobern, wie sich mancher Franzose zu Beginn des Krieges erträumt hatte, zerfiel die Illusion unerschütterlicher Größe zu Staub; nicht der Kampfgeist und der Wille, sondern die Wahl der tödlicheren Waffen hatte über das Schicksal und die Zukunft der Nationen entschieden.

Napoleon III. befand sich bereits auf dem Weg zum Schloss Wilhelmshöhe in Kassel, wo einst Mathildes Vater als König residiert hatte. Sie floh nun ebenfalls, wollte nach England übersetzen, änderte ihre Pläne jedoch, als sie hörte, dass die See stürmisch und der Empfang jenseits des Kanals nicht herzlich sein würde. Sie reiste nach Belgien. Bevor der Bürgermeister von Dieppe sie allerdings nach Mons weiterziehen ließ, durchsuchte er höchstpersönlich ihre Koffer, da ein Gerücht in Umlauf war, die Prinzessin schmuggle gestohlenes Staatsgold im Wert von einundfünfzig Millionen Francs außer Landes. Davon fand sich keine Spur.

Dass Mathilde sich nach ihrem Landsitz und nach Paris sehnte, erfuhr Edmond ebenso wie von ihrer Entscheidung, unverzüglich die Krone über dem Eingang an der Rue de Courcelles entfernen zu lassen. Pferde, Zaumzeug und Wagen wurden verkauft, der Koch entlassen, die anderen Dienstboten durften bleiben. Der Gutsverwalter von Saint-Gratien wurde angehalten, Grund und Boden zu schützen, denn sie befürchtete, die Pickelhauben könnten sich ihres Besitzes bemächtigen, was am 20. September tatsächlich geschah: Dreihundert preußische Soldaten nahmen das Schloss in Besitz. Sie blieben eine Woche und wurden dann durch einen kleineren Führungsstab ersetzt.

Wozu auf dem Kontinent bleiben? Größtmögliche Entfernung von den Orten, an denen sie so hing, weil sie dort ihre schönste Zeit verbracht hatte, schien Mathilde die beste Vorgehensweise, sich von der Vergangenheit zu lösen. Also beauftragte sie eine Freundin, ein Haus in der Umgebung Londons für sie ausfindig zu machen und zu ermitteln, ob es sauber sei und über die nötigen Küchenutensilien, Wäsche, Geschirr und so weiter verfüge. Schließlich blieb sie aber doch in Belgien.

Wenn die Zeit, wie es heißt, alle Wunden heilt, so tat der Krieg einiges dazu, die Heilung zu beschleunigen, er lenkte Edmond vom Verlust des Bruders ab. Da die vier Monate anhaltende Belagerung von Paris auch ihn nicht verschonte, sah er sich gezwungen, sich mit praktischen Dingen zu beschäftigen, wie er es nie zuvor in diesem Ausmaß hatte tun müssen, mit Dingen des täglichen Lebens, die zu erledigen so viel Zeit in Anspruch nahm, dass er Jules manchmal für Minuten, Viertelstunden, ja sogar halbe Stunden vergaß. Der Krieg zog ihn und seine Freunde in Mitleidenschaft, er bestimmte seinen Tag vom Aufstehen bis zum Einschlafen. Doch er fand immer mehr Gefallen daran, fast täglich ausführlich in seinem Tagebuch festzuhalten, was in Paris geschah, dass in den Straßen kaum andere Fahrzeuge als Omnibusse und Fiaker verkehrten, die als Ambulanzen dienten, dass man sich an das Geschützfeuer, das Krachen und Dröhnen der Kanonen gewöhnte und dass der Hunger so groß war, dass man Pferde requirierte und zur Schlachtbank führte – auch jene Gautiers –, die in den Metzgereien ebenso feilgeboten wurden wie Hunde, Katzen und Ratten. Edmond machte es sich zur Gewohnheit, durch Paris zu streifen, die Kellner zu beobachten, die über die Scherben geborstener Schaufenster tänzelten, als ob nichts geschehen wäre, oder einer eleganten Dame zu folgen, die Kartoffeln ergattert hatte, die sie nun, in ein Spitzentuch gehüllt, nach Hause trug, und die Wagen zu betrachten, die sich in der Rue de Rivoli kreuzten, Leichenwagen, die Tote transportierten, und Fahrzeuge, die mit Stockfisch beladen waren. Das Leben ging weiter, und wie bei jedem Krieg rückten auch in diesem Tod und Leben so eng zusammen wie Liebende am Tag vor einer erzwungenen Trennung. Wenn Edmond abends von seinen Ausflügen heimkehrte, wunderte er sich jedes Mal, dass das Haus noch stand, die Mauern unbeschädigt, die Fensterscheiben intakt.

Am 18. Dezember 1870 wurde Wilhelm I. in Versailles zum deutschen Kaiser ausgerufen, zehn Tage später ergab sich Paris den deutschen Truppen und unterzeichnete einen Waffenstillstandsvertrag. Wer sich in Paris nun in Sicherheit glaubte, wurde jedoch enttäuscht.

Edmond hatte sich während des Kriegs in den kleinen Salon im Erdgeschoss zurückgezogen; dort hatte er mit Hilfe des Gärtners ein Bett aufgestellt, hier glaubte er sich vor den Granateneinschlägen der Preußen geschützter als im oberen Stock.

Da unmittelbar nach dem Waffenstillstand mit den Deutschen blutige Auseinandersetzungen zwischen aufständischen Pariser Kommunarden und regierungstreuen

Truppen entbrannten, gab es keinen Grund, den sicheren Hafen zu verlassen, den er sich hier erschaffen hatte. Der Kanonendonner nahm nicht ab, die Gefahr war nicht gebannt, er rechnete mit allem, auch mit schlimmen Überraschungen. Solange er aber im Erdgeschoss wohnte, war er schnell im Freien, wo er zumindest nicht damit rechnen musste, von herabstürzenden Deckenbalken erschlagen zu werden, sollte eine Granate das Haus treffen. Täglich bebten die Mauern, fielen Bilder von den Wänden, hielt die Unsicherheit an. Den Ofen feuerte er mit grünem Holz, da Brennholz nicht mehr aufzutreiben war. Als nehme es übel, dass man den Baum, von dem es stammte, so früh gefällt hatte, wärmte das Feuer kaum und nur kurz.

Der kleine Salon war Schlafzimmer, Aufenthaltsraum, Küche und quicklebendige Vorratskammer in einem, als er einige Wochen lang sein häusliches Exil mit sechs Hühnern teilte, von denen allerdings bald nur Blanche übrig blieb; die anderen waren nach und nach Edmonds Hunger zum Opfer gefallen, denn er verabscheute das süße rotschwärzliche Fleisch der Kutschgäule.

Da ihm die hübsch gepunktete, mit einem Häubchen keck gekrönte Blanche ans Herz gewachsen war, schob er deren Tötung immer wieder hinaus. Er brachte es kaum über sich, daran zu denken, wie und warum sie sterben sollte.

Wenn Pélagie ihm das karge Mittagessen servierte, hüpfte das Hühnchen auf den Tisch und pickte blitzschnell die wenigen Armseligkeiten vom Teller, die darauf lagen; Edmond gestand Blanche jeweils die Hälfte zu, denn schließlich hatte auch sie im Lauf der Hungersnot an Gewicht verloren, genau wie er, genau wie Pélagie, und wenn er Blanche eines Tages genießen wollte, sollte sie doch nicht nur Haut und Knochen unter dem schneeweißen Gefieder sein.

Regelmäßig legte sie Eier, aber niemals hatte er Gelegenheit, eines in Sicherheit zu bringen, um es zu essen. Kaum war es herausgepresst, hatte die hübsche Kannibalin es bereits selbst vertilgt, deren Gackern Edmond, je länger sie zusammenlebten, zu deuten und zu verstehen vermochte. Flink kletterte Blanche an ihm hoch, setzte sich auf seine Schulter und schwang sich von dort auf den Kaminsims, wo sie mit dem Schnabel zornig auf die Unbekannte einhackte, die ihr im Spiegel entgegenblickte. Er hatte Blanche, die er jeden Morgen mit einem feinen Kamm striegelte, so in sein Herz geschlossen, dass es ihm undenkbar schien, sie zu schlachten.

Doch selbst die intelligenten Spatzen und Amseln waren aus Paris geflohen, um den feindlichen Gewehrkugeln zu entkommen; der kleine Teich war leer, die Goldfische hatte er bereits gebacken und gegessen; der Pökelfisch, den die Gemeinde von Auteuil ihm und Pélagie zugeteilt hatte, war voller Gräten und nach drei Tagen verspeist; das Brot war ungenießbar, davon brachte man keinen Bissen herunter; es musste eine Entscheidung getroffen werden.

Eines Morgens forderte er Pélagie dazu auf, es zu tun. Der Gärtner, der diese Art undankbarer Aufgaben bislang erledigt hatte, war eingezogen worden.

»Was tun?«, fragte Pélagie entgeistert.

»Mein Hühnchen wird sterben, es muss nun sein«, sagte Edmond und unterdrückte einen Seufzer, den sie gewiss nicht überhörte.

»Nein, nein«, rief sie entsetzt, »ich nicht. Ich habe nie ein Tier getötet!«

»Du bist vom Land, du weißt, wie das geht.«

Aber sie weigerte sich, und er verstand sie nur zu gut und wusste, dass er sich wie ein Feigling aufführte, also musste er handeln.

Nachdem er die Überlegung, einen Metzger mit der Tötung des Huhns zu beauftragen, wieder verworfen hatte – er wusste, er würde nur spöttische Absagen kassieren –, fiel ihm der japanische Säbel ein, der im ersten Stock hing und dessen Schneide so scharf war wie Sultan Saladins Krummsäbel; es war eiskalt und es lag frischer Schnee.

Entschlossen ging er hinauf und nahm das Schwert von der Wand.

Gerade als er Blanche, die sich im Garten aufhielt, ins Haus lockte, flogen Granaten Richtung Faubourg Saint-Germain übers Haus, und das Hühnchen stellte den Kopf schräg und blickte nach oben, als fragte es sich, wann dieses Gewitter, das schon so lange tobte, wohl enden werde. Dann überschritt es die Schwelle und trippelte auf ihn zu. Blanches Schicksal war besiegelt.

Er hatte etwas Gebäck aus echtem Mehl zerbröselt und vor dem Kamin verteilt und rief Blanche bei allen Kosenamen, die er ihr zugedacht hatte, was aber gar nicht nötig war; ihr Hunger war so groß wie ihr Zutrauen, und so stürzte sie sich aufgeregt flatternd auf die verlockenden Krümel und pickte hastig ihre Henkersmahlzeit auf.

Edmond war bereit. In dem Augenblick, als Blanche das Köpfchen reckte, um den letzten und größten der Bissen herunterzuwürgen, hieb er ihr mit einem glatten Schnitt den Kopf ab. Ihm wurde schwindlig. Es war vollbracht.

Er hatte nicht damit gerechnet, dass Blanche – blutüberströmt und eine Blutspur hinter sich lassend – quicklebendig, wenngleich tot, davonlaufen würde, über die Schwelle in den Garten, durch den Schnee, der alsbald von ihrem Blut gefärbt ein Bild abgab, als sei ein Maler, dem man einen Topf mit roter Farbe anvertraut hatte, wahnsinnig geworden. Edmond sah dem Spektakel mit Entsetzen zu.

»Was kann man tun?«, schrie er, als er Pélagie neben sich bemerkte, die dem Blutbad wohl heimlich hinter der Tür beigewohnt hatte. Doch sie war sprachlos, und so raste Blanche noch eine Weile ohne Kopf im blutbesudelten Garten herum, bis das Bächlein Leben, das aus ihrem Hals sprudelte, allmählich versiegte. Plötzlich fiel sie stocksteif um.

Als er später feststellen musste, dass das bisschen Fleisch an ihren Knochen trocken und zäh, im Grunde ungenießbar war, vergoss er zum ersten Mal Tränen über einen anderen Verlust als den des geliebten Bruders.

»Vielleicht hätten wir sie ein paar Tage abhängen lassen sollen«, meinte Pélagie, die Blanche wortlos gerupft und zubereitet hatte.

# *Epilog*

Edmond verbrachte den Rest seiner Tage – mehr als ein Vierteljahrhundert – allein mit Pélagie in der geräumigen Villa des aufstrebenden Vororts Auteuil, der während der Belagerung von Paris teilweise zerstört worden war; anders als etliche benachbarte Häuser und trotz eines Granatenbeschusses, der ein Loch ins Dach riss und die Inneneinrichtung geringfügig beschädigte, blieb das Haus Nummer 53 verschont.

Im Lauf der Jahrzehnte verwandelte Edmond die zunächst nur spärlich möblierte Villa in eine von oben bis unten mit Samt und Seide bespannte, weich gepolsterte, in warme Farben getauchte, vollgestopfte Wunderkammer. Objekt um Objekt, Gemälde um Gemälde, Buch für Buch, Stoff für Stoff wurden hineingetragen, aufgehängt, ausgestellt, in Vitrinen und Schubladen geordnet und katalogisiert; das Haus verdichtete sich allmählich zu einem Museum voller Bilder, Zeichnungen, Skulpturen, Porzellanfiguren und Bücher, das Edmond als wachsamer, sich selbst und seinen Träumen überlassener Experte und Nutznießer bewohnte, der manchmal sogar Fremde einließ, um ihnen seine Schätze zu zeigen. Hier empfing er seine Freunde zum Essen und zu sonntäglichen Unterhaltungen in den beiden Mansardenzimmern, in denen sein Bruder gelebt hatte und gestorben war. Hier entstand die Idee, einen Literaturpreis zu stiften, der den modernen Tendenzen Rechnung tragen sollte. Er beschrieb das Haus Zimmer für Zimmer, Gegenstand für Gegenstand in seinem 1881 erschienenen Buch »Das Haus eines Künstlers« von der Eingangshalle bis unters Dach. Blanches Leben und Tod gedachte er im Kapitel »Kleiner Salon«.

Dass Edmond am 16. Juni 1896, sechsundzwanzig Jahre nach seinem Bruder, nicht in seinem Haus starb, sondern während eines Aufenthalts auf dem Land bei seinem Freund Alphonse Daudet, war ein unglücklicher Zufall.

*So, wie sich die Brüder Goncourt die Freiheit herausnahmen, das Leben ihrer Magd Rose Malingre in einem Roman nachzubilden, in dem diese den Namen Germinie Lacerteux erhielt, habe ich mir erlaubt, einige Episoden aus dem Leben der beiden Unzertrennlichen zu einer Erzählung zu verdichten, in der nur wenig erfunden ist. Edmond hat den Sterbeprozess seines Bruders Jules bis zum letzten Atemzug akribisch und schonungslos in seinem Tagebuch festgehalten. Er war es seinem Bruder und ihrer gemeinsamen Arbeit schuldig, nichts zu beschönigen. Das Tagebuch war die wichtigste Quelle, aus der ich schöpfen konnte, und ich habe es ausgiebig getan, ohne dabei Wort für Wort daraus zu zitieren. Ähnlich wie die Goncourts mit Rose verfuhren, verfuhr ich mit den Goncourts. Ähnlich wie sie ging ich aber auch mit Rose Malingres Geschichte vor, die hier ein weiteres Mal überschrieben wurde.*

*Warum Edmond bis an sein Lebensende nicht eingestehen konnte, dass Jules, wie so viele andere seiner Zeitgenossen, an Syphilis erkrankt war – obwohl der Krankheitsverlauf sämtliche bekannten Symptome aufwies, die Edmond ohne jede moralische Entrüstung an Freunden und Bekannten diagnostizierte – bleibt rätselhaft. Kleinbürgerliche Prüderie war es gewiss nicht, die ihn glauben und behaupten ließ, sein Bruder sei an Überanstrengung im Dienst der Kunst gestorben. Es war wohl eher ein letzter Beweis von Bruderliebe, wenn er eisern daran festhielt, dass Jules nur für eines gelebt hatte und gestorben war: für die Literatur, für das richtige Wort, für die Wahrheit auf dem Papier.*

*Folgende Quellen waren mir besonders wertvolle Hilfen:*

Edmond et Jules de Goncourt. *Journal I und II.* Paris, Robert Laffont, 2013/2014.

Edmond de Goncourt. *La maison d'un artiste.* Garches, A propos, 2018.

Edmond et Jules de Goncourt. *Germinie Lacerteux.* Edition établi par Nadine Satiat. Paris, Flammarion 1990.

Edmond et Jules de Goncourt. *Germinie Lacerteux.* Übertragen von Curt Noch. Mit einem Nachwort von Viktor Klemperer. Leipzig, Dieterich'sche Verlagsbuchhandlung 1951.

Gustave Flaubert/Goncourt. *Correspondance.* Paris, Flammarion, 1998.

André Billy. *Les frères Goncourt. La vie littéraire à Paris pendant la seconde moitié du XIXe siècle.* Paris, Flammarion, 1954.

Pierre Ménard. *Les infréquentables frères Goncourt.* Paris, Talandier, 2020.

Jean-Louis Cabanès et Pierre Dufief. *Les frères Goncourt. Hommes de lettres.* Paris, Fayard, 2020.

Jean des Cars, *La princesse Mathilde.* Paris, Perrin 1988/2006.

Das Zitat auf S. 234 stammt aus Sigrid v. Massenbachs Übersetzung von Chateaubriands *Erinnerungen von jenseits des Grabes.*

## *Danksagung*

Mein Dank gilt all jenen, die mich in den letzten Jahren auf unterschiedlichste Weise immer wieder dazu herausforderten, mich mit Edmond und Jules de Goncourt zu beschäftigen. Das war allen voran Barbara Villiger Heilig, die mir 2015 den Auftrag erteilte, die Übersetzung der Tagebücher für die NZZ zu lesen; das waren Harald Schmidt, mit dem ich einen höchst vergnüglichen Abend über die Goncourts in Basel bestritt, und Gerhard Haffmans, ohne dessen Leistung, die Tagebücher ins Deutsche übersetzen zu lassen, meine Beschäftigung mit den Brüdern nie soweit geführt hätte, sie schließlich zu Protagonisten eines Romans zu machen.

Mein besonderer Dank geht an Prof. Walburga Hülk, die mich stets kompetent beraten und begleitet hat; der Austausch mit ihr war ein anhaltendes Vergnügen. Ebenso danke ich Pierre Ménard, dem jüngsten unter den Goncourt-Biografen, sowie Jacqueline Chambon für ihr früh bekundetes Interesse an meinem noch ungeschriebenen Roman. Dass ausgerechnet sie ihn eines Tages in die Sprache der Brüder übersetzen würde, war damals noch nicht abzusehen.

Ich danke Hilde Recher-Broder, der aufmerksamen ersten Leserin, für die gewissenhafte Durchsicht des Manuskripts und Alexandre de Broca, der sich an einem Herbstabend mit dem Fahrrad nach Auteuil aufmachte, um die

Stimmung des Hauses der Goncourts in Auteuil bei einbrechender Dämmerung einzufangen. Mein Dank geht an Ute Woltron, die ihr sachkundiges Auge auf Prinzessin Mathildes Gewächshaus richtete, und an den Handschuhmacher Nils Bergauer, der mir einen Einblick in seinen selten gewordenen Beruf verschaffte – und nicht zuletzt an Robert Martin, der ganz am Anfang der Recherche über die Goncourts stand. Er führte mich im Oktober 2014 freundlicherweise vom Erdgeschoss bis zum Dachboden durch das Haus am Boulevard de Montmorency 67 (zu Goncourts Zeiten Nr. 53), in dem einst Edmond und Jules de Goncourt gelebt hatten und das heute die Maison des écrivains beherbergt.

Ich danke Wolfgang Hörner für sein Vertrauen und Georg Martin Bode für alles andere.

Der Verlag Kiepenheuer & Witsch hat sich zu einer nachhaltigen Buchproduktion verpflichtet. Gemeinsam mit unseren Partnern und Lieferanten setzen wir uns für eine klimaneutrale Buchproduktion ein, die den Erwerb von Klimazertifikaten zur Kompensation des $CO_2$-Ausstoßes einschließt. Weitere Informationen finden Sie unter www.klimaneutralerverlag.de

Der Autor dankt dem Fachausschuss Literatur der Kantone Basel-Stadt und Basel-Landschaft herzlich für die Unterstützung der Arbeit an diesem Buch.

1. Auflage 2023

Verlag Galiani Berlin

Covergestaltung: Manja Hellpap und Lisa Neuhalfen, Berlin
Covermotiv: Jean Béraud, *Le cercle,* 1911; © akg-images/Erich Lessing
Lektorat: Wolfgang Hörner
Gesetzt aus der Adobe Garamond
Satz: Buch-Werkstatt GmbH, Bad Aibling
Druck und Bindung: GGP Media GmbH, Pößneck
ISBN 978-3-462-00533-2

## »Ein ausgezeichneter Erzähler«

*Christine Westermann*

Mit siebzehn erwacht seine Neugier. Gekannt hat er seinen Erzeuger nicht; er starb kurz nach seiner Geburt. Jahrelang hat er die Fotografie, die in seinem Zimmer steht und offenbar von einem Berufsfotografen gemacht wurde, kaum beachtet, bis ihm eines Tages die Uhr am Handgelenk des Vaters auffällt. Warum zeigt sie viertel nach sieben? Welcher Fotograf macht um diese Zeit Bilder? Der Erzähler beschließt, der Sache auf den Grund zu gehen, und gerät in Paris auf die Spur der wahren Geschichte seines Vaters.